U0534086

组织委员会

主　任：李宇明　刘　利
副主任：韩经太
成　员：杨尔弘　刘晓海　田列朋

专家委员会

主　任：袁行霈
委　员：蔡宗齐　高　昌　顾　青　李宇明
　　　　陶文鹏　吴思敬　詹福瑞　周绚隆

北京语言大学语言资源高精尖创新中心 组编

新选中国名诗1000首

清诗鉴赏

韩经太 主编

蒋寅 注评

人民文学出版社

图书在版编目（CIP）数据

清诗鉴赏/北京语言大学语言资源高精尖创新中心组编；韩经太主编；蒋寅
注评. —北京：人民文学出版社，2022
（新选中国名诗1000首）
ISBN 978-7-02-017358-7

Ⅰ.①清… Ⅱ.①北… ②韩… ③蒋…Ⅲ.①古典诗歌—诗歌欣赏—中国—清代
Ⅳ.①I207.22

中国版本图书馆CIP数据核字（2022）第137719号

责任编辑　高宏洲　杜广学
装帧设计　黄云香
责任印制　任　祎

出版发行　人民文学出版社
社　　址　北京市朝内大街166号
邮政编码　100705

印　　刷　三河市中晟雅豪印务有限公司
经　　销　全国新华书店等

字　　数　201千字
开　　本　880毫米×1230毫米　1/32
印　　张　11.125　插页7
印　　数　1—3000
版　　次　2022年9月北京第1版
印　　次　2022年9月第1次印刷

书　　号　978-7-02-017358-7
定　　价　54.00元

如有印装质量问题，请与本社图书销售中心调换。电话：010－65233595

夏山隐居图 〔明〕王蒙

王蒙 〔明〕青卞隐居图

〔清〕吴宏　燕矶莫愁湖图（局部）

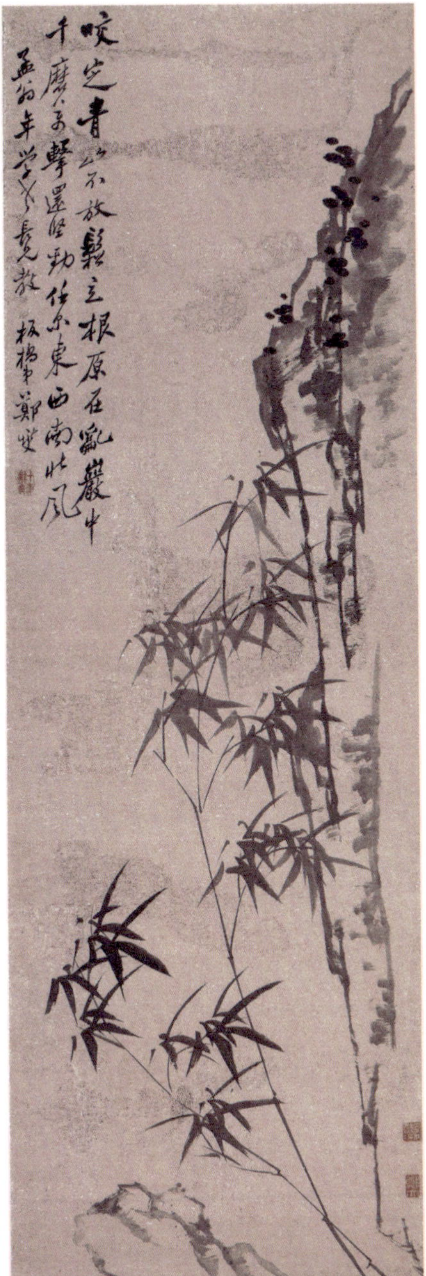

〔清〕郑燮 竹石图

溪回路转图　卷轴〔清〕

〔清〕关槐　黄鹤楼图

〔清〕董邦达　云山图轴

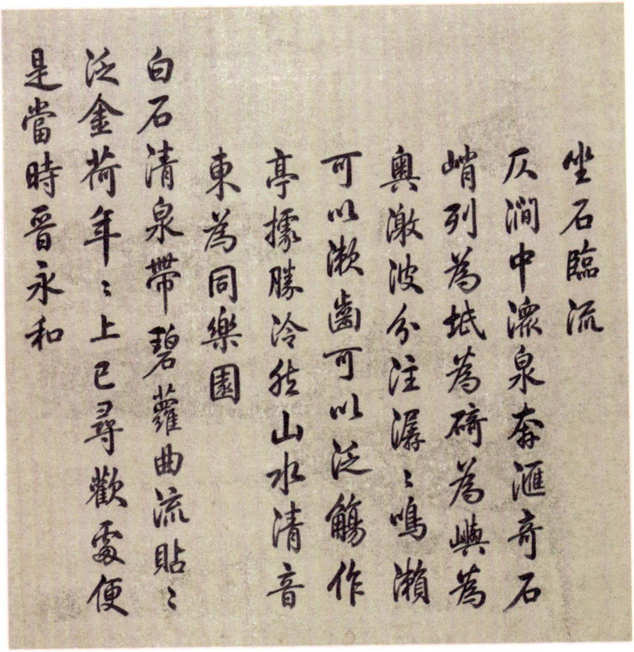

〔清〕唐岱　圓明園四十景圖咏冊（選一）

坐石臨流

反澗中濬泉奉滙齊石
峭列為坻為碕為嶼為
奧激波分注漾ゝ鳴瀬
可以潄齒可以泛觴作
亭攬勝泠然於山水清音
東為同樂園

白石清泉帶碧蘿曲流貼ゝ
泛金荷年ゝ上巳尋歡蓋便
是當時晉永和

读懂诗意的中国

——"新选中国名诗 1000 首"丛书总序

韩经太

中华民族伟大复兴之路，也是一条充满诗意的道路，从悠远的历史深处走来，又向光明的未来高处走去，一路上伴随着历史风雨对生活真相的冲刷，也伴随着思想信念对人生理想的雕塑。所有这一切，又通过诗人的艺术语言凝练为文学形象世界中的华彩乐章，展示着中华民族精神世界的精彩与微妙。特别是历代名家之名作，在传诵人口的过程中被反复解读，自然而然地浸入人民大众的感情生活而塑造着整体国民性格，从而使我们这个盛产诗歌文学作品的文明古国具有堪称"诗意中国"的特色。而当今时代无疑是这种特色日益显著的时代，融媒体多元而高速的传播手段，助力中华诗词尽可能普及地走进千家万户，诗词大会的竞赛机制牵引着大众百姓的诗词习得，于是乎记诵名篇名句而着力于养成诗意交流能力，从大学讲堂到幼儿教育，处处弥漫着感受诗意的生活空气。随着中华诗词迅速普及的客观形势，真正热爱诗歌艺术继而更加热爱中华诗词艺术的读者，越来越意识到一个最浅显却又最深刻的道理，"诗意中国"需要"诗意阅读"，而在此讲求真正"读懂"诗意的解读之路上，从事文学专业研究而积淀丰厚的"学术名家"的特殊作用，日益凸显出来。这也是我们特邀当代学界名流来完成这一套"新选中国名诗 1000 首"丛书的"初心"所在。

"新选中国名诗 1000 首"丛书，在编选体例上兼备诗歌选本的"选释"功能和诗词鉴赏的"鉴赏"功能，而在更为重要的编选原则上，则有现实针对性地强调通观古今的历史视野和兼容道艺的诗学思维。如果说通观古今的历史视野具有超越当今学科壁垒的现实针对性，那道艺兼容的诗学思维就是对长期以来诗歌艺术研究相对忽略其艺术性分析的一种纠偏。更何况一篇精彩的诗歌鉴赏文章，往往是作者人格学养的浓缩式体现，尤其是对作品整体的解读把握，不仅包含着关于诗歌史发展脉络和思想史发展逻辑的深入思考，而且包含着"这一个"诗意典型世界如何具体生成的艺术性分析，这是空洞的理论表述根本无法替代的，而恰恰是我们这套丛书非常看重的。

一代有一代之文学，一代也有一代之"选本"学。文学和学术，与时代背景息息相关。我们正处在这样一个时代，"诗意栖居"的西哲命题，在中国新时代阐释学的创意发挥下，不仅重新燃起了原始儒家"吾与点也"人格理想的精神火花，而且有望于激活原始道家"吹万不同，而使其自己"的主体创造精神。惟其如此，就使"每个人的自由发展是一切人的自由发展的条件"这一马克思主义者之

"初心"，成功实现了与中华优秀传统文化的本质契合。这里不仅有学界人士所确认的"儒道互补"的整合阐释方式，而且有时代需求所指示的"中西参融"的辩证阐释路向，只有两者的成功结合，才能真正有助于发扬中华传统文化特有的追求天人合一而又讲求诗情画意的人文精神。天人合一是一个涵涉深广的思想命题，然而无论民胞物与的仁者襟怀还是以物观物的自然理念，其中都有孕育诗情画意的精神土壤，也正是在这个意义上，中华传统文化是一种最富诗情画意的思想文化。待到历史进入现代文明社会，诗意中国对于诗情画意的追求，在现代工业文明持续发展的历史背景下，更有其特殊的价值和意义。想必人们已经注意到，从经济发展的某个节点开始，出现了与城市化发展趋势相呼应的精神生活新取向，那就是希望把精神安顿在绿水青山之间！对于当代中国来说，这兴许是因为，经济发展在为国人提供了相应的物质基础之后，人之所以为人的精神生活质量的提升，越来越成为"人的自觉"的中心内容，而超越物质欲望的精神追求，总是与"蓝天白云""绿水青山"的审美相伴随。缘此之故，诗意中国的古典传统自然而然地融入到当今中国人的性情自然之中，而读懂诗意的中国也因此而成为新时代美学追求的题内应有之义。

伴随着中华传统诗文走进学校课堂，各式各样的诗歌选本，犹如雨后春笋，琳琅满目，层出不穷。于是，自然就有了人们对选本的选择。而正是在选本之选择的过程中，人们越来越意识到"精品"的价值。"新选中国名诗 1000 首"丛书作为北京语言大学语言资源高精尖创新中心的规划项目，其"名家选名诗"的选题立意已经充分表达了追求"精品"之"初心"。一般来说，当下的读者不再会为了一种诗歌选本的问世而兴奋，除非像《钱锺书选唐诗》那样给唐诗之美再添上文化名流的影响力。当年，钱锺书的《宋诗选注》曾以其独到的编选眼光和更其独到的注释话语，产生了跨越特殊历史时期的文学影响力。然而，《钱锺书选唐诗》有选而无注，相信很多人会感到遗憾。弥补这种遗憾的机会当然很多，"新选中国名诗1000首"丛书中的由葛晓音撰写的《唐诗鉴赏》（200首），以其特有的精选眼光和精妙解读，必将成为唐诗爱好者的最佳选择。由唐诗而扩展至宋诗，于是又有莫砺锋的《宋诗鉴赏》（200首），进而扩展至由《诗经》时代直抵当下的整个中国诗歌历史，于是还有赵敏俐的《先秦两汉诗鉴赏》、钱志熙的《魏晋南北朝诗鉴赏》、张晶的《辽金元诗鉴赏》、左东岭的《明诗鉴赏》、蒋寅的《清诗鉴赏》、张福贵的《现当代诗鉴赏》（各100首）。总之，"新选中国名诗1000首"所推出的八部选本，覆盖了诗歌史发展的各个时代，而借此推出的八位"选家"，也代表了当代诗歌各阶段研究的一流水平。在琳琅满目的诗歌选本中间，由此八位"选家"合作完成的这个选本系列，显然是极富特色的。

八位"选家"的集体合作，自然而然地赋予"新选中国名诗1000首"之选诗、注解和鉴赏以"名家解读"的整体特色，而八位"选家"的学术个性，又自然而然地呈现出彼此不同的个体风貌，在此整体特色和个体风貌之间，是一种彼此默契的诗学追求，其间当然有学术共识的坚实基础，但更为重要的默契，犹如本序开头之所言，一是"通古今之变"的大历史视野，一是"道艺不二"的诗歌美学精神。

"通古今之变"的通观历史眼光，必将聚焦于"五千年"传统文化和"一百年"现代文化涌动冲撞的历史大变局，并因此而追求对中华诗词的整体观照和全面把握。在我们看来，诗意中国的精神意态，是植根于中华优秀传统文化的丰厚土壤而又吸收新文化的智慧营养，并在古今大变局的历史转型过程中经受严峻考验而茁壮成长起来的诗性生命之树，其风采光华兼备古典美和现代美而得两端之妙。也正是在这个意义上，"传统"不是外在于"当代"的"他者"，就像"现代"的价值并不仅仅是为了替代"古典"那样。自从中国古代文学和中国现代文学被分为两大学科以来，各自表述的学科性思维实际上已经遮蔽了许多历史真相。其中最显著的一点是将中国古典诗歌和中国现当代诗歌分为两橛，不利于古今之间的融会贯通。"新选中国名诗1000首"丛书和2020年5月出版的《中国名诗三百首》有意识地突破这一点，将中国古典诗歌和中国现当代诗歌贯通起来予以选析，这对于读者诸君通过观古今之变的大历史视野领会诗意中国当具一定的启发意义。

至于"道艺不二"的诗歌解读，关键在于主题阐释与艺术分析的浑然一体，为此，首先需要诗意解读者具有特殊的诗性审美的艺术鉴赏力。鉴于当今许多文学论著很难显现作者的文学鉴赏能力，导致文学研究缺少"文学性"的现象，"新选中国名诗1000首"丛书格外重视每首诗的艺术鉴赏，试图通过这 1000 篇出自知名专家笔下的鉴赏文章，有效提升全社会"文学阅读"的艺术水准。从完成质量来看，八位"选家"对此是非常用心的，他们一方面深入每首名诗产生的历史文化语境，阐发每首名诗蕴含的思想底蕴和精神高度；另一方面又在诗歌史的纵向延展和横向渗透方面，揭示每首名诗所达到的艺术高度和独特魅力。这对于读者诸君妙悟诗歌真谛当有重要帮助。八位"选家"在选释的过程中，既有对前贤选释本精华的采撷，又有青出于蓝的独到之见。如或不信，请读者诸君对读本丛书中的葛晓音的《唐诗鉴赏》和 2020 年热销的《钱锺书选唐诗》，莫砺锋的《宋诗鉴赏》和钱锺书的《宋诗选注》。其他各卷同样如此，都对之前出版过的各种选本有所超越。

鉴赏是本丛书的核心所在，我们希望八位"选家"将名诗的选释定位于对中华优秀传统文化和中华美学精神的总结和传承上进行。八位"选家"对此非常自觉，鉴赏时见对中华优秀传统文化和中华美学精神以及中国智慧的发掘，荦荦大者如天人合一、诗中有画、民胞物与、家国情怀、现实关怀、忧患意识、通变意识等。可以说，八位"选家"对诗意中国的精神意蕴和诗意栖居的哲学命题，都有深入的思考和真切的体认。我想这对中华优秀传统文化之核心价值观的凝定，和整个人文素养和精神境界的提升，必将产生积极的助益。

需要说明的是，本丛书所选诗歌采取广义的诗歌概念，外延包括诗、词和部分散曲作品，所以唐代之后的部分选了一些词和散曲。

这既是出于本丛书力求选释中国文学史上的诗歌"精品"的"初心"，也是为了更全面地反映诗意中国的丰富形态。此外，为了统一体例，避免将一人的各体作品分散在书中的多个部分，本丛书采取以人为纲的编排方式。

最后，我本人作为"新选中国名诗 1000 首"丛书的主编，借此总序撰写机会，向热情参与此项目的八位知名学者，表示衷心的感谢！我相信，中国名诗之精选精品的"精品"打造，是为学术研究服务社会创造机遇，将使知名学者面向大众读者贡献自己的诗性智慧，从而共同提升新时代中国人诗意生活的质量。

2022 年元旦前夕于北京

目　录

前　言　　　　　　　　　　　　　　001

钱谦益
后观棋绝句六首（其三）　　　　001
西湖杂感二十首（其十六）　　　003

吴伟业
圆圆曲　　　　　　　　　　　　006
过淮阴有感二首（其二）　　　　013

黄宗羲
山居杂咏　　　　　　　　　　　015

黄周星
楚州酒人歌 为陈年兄作　　　　　018

方　文
元旦书怀 庚寅　　　　　　　　　027

钱澄之
留发生　　　　　　　　　　　　030

顾炎武

海上（其一）   033

白下   035

归 庄

己丑元日四首（其二）   037

龚鼎孳

上巳将过金陵三首（其二）   040

申涵光

无才   043

吴嘉纪

一钱行赠林茂之   046

施闰章

泊樵舍   049

顾大申

饮太白酒楼醉后走笔成篇   051

魏际瑞

秋风豪士歌   055

毛先舒

吴宫词   059

蒋 超

金陵旧院   061

陈维崧

虞美人·无聊 063

满江红·秋日经信陵君祠 065

叶燮

登五老峰自一峰二峰登中峰最高处 068

朱彝尊

云中至口 073

玉带生歌并序 075

屈大均

旧京感怀二首（其二） 082

陈恭尹

读秦纪 085

李因笃

潼关三首（其一） 088

王士禛

再过露筋祠 092

真州绝句五首（其四） 094

蝵矶灵泽夫人祠二首（其二） 095

曹贞吉

留客住·鹧鸪 097

顾贞观

金缕曲（季子平安否）　　　100

金缕曲（我亦飘零久）　　　103

陆次云

出门二首（其一）　　　106

王 慧

海上观潮日出　　　108

张 蘩

戏为外子拨闷　　　113

吴 雯

次青县题壁　　　116

洪 昇

衢州杂感十首（其五）　　　119

查慎行

中秋夜洞庭对月歌　　　122

拂水山庄三首（其三）　　　124

纳兰性德

浣溪沙（谁念西风独自凉）　　　127

金缕曲·赠梁汾　　　129

朱柔则

寄远曲六首（其二）　　　131

目 录

赵执信
氓入城行   133

沈德潜
刈麦行   137

七夕辞四首（其四）   139

高景芳
输租行   141

黄 任
彭城道中   144

厉 鹗
渡河   147

郑 燮
竹石   150

严遂成
曲峪镇远眺   152

姚 范
山行   155

袁 枚
同金十一沛恩游栖霞寺望桂林诸山   157

马嵬四首（其四）   161

005

张九钺

海声行 · 163

纪 昀

富春至严陵山水甚佳四首（其二） · · · · · 166

蒋士铨

万年桥觞月 · · · · · · · · · · · · · · · · · · · 168

岁暮到家五首（其二） · · · · · · · · · · · · · 171

赵 翼

梦亡内作二首（其二） · · · · · · · · · · · · · 172

题稚存万里荷戈集 · · · · · · · · · · · · · · · 174

姚 鼐

岁除日与子颍登日观观日出作歌 · · · · · 180

翁方纲

青玉峡 · 185

洪亮吉

云溪春词（其一） · · · · · · · · · · · · · · · · 189

松树塘万松歌 · · · · · · · · · · · · · · · · · · 190

吴锡麒

狮子林歌 · 193

黎 简

夜酌 · 196

小园 198

黄景仁

杂感 200

笥河先生偕宴太白楼醉中作歌 202

癸巳除夕偶成二首（其一） 206

绮怀十六首（选二） 208

宋 湘

黄鹤楼题壁 213

王 昙

项王庙 216

孙原湘

西陵峡 219

张问陶

芦沟 221

雪中过正定 223

舒 位

杭州关纪事 225

张维屏

三元里 231

龚自珍

咏史 236

己亥杂诗（其一二五） 238

汪 端

家大人命同诸兄伯姊咏春雪 240

夜坐 242

魏 源

天台石梁雨后观瀑歌 244

项鸿祚

临江仙（暝色一川谁管领） 249

何绍基

飞云岩 252

郑 珍

荔农叹 258

江 湜

哀流民宁化道中作 262

蒋春霖

鹧鸪天（杨柳东塘细水流） 265

金 和

兰陵女儿行 267

王闿运

圆明园词 282

谭 献

蝶恋花（庭院深深人悄悄）   298

黄遵宪

登巴黎铁塔   301

陈三立

晓抵九江作   309

范当世

大桥墓下   312

陈 衍

冬日种竹竟活喜作   315

朱祖谋

鹧鸪天·九日丰宜门外过裴村别业   318

谭嗣同

狱中题壁   321

秋 瑾

感怀   324

王国维

鹧鸪天（阁道风飘五丈旗）   327

前　言

　　作为中国历史上最后一个封建王朝，同时又是一个外来民族统治的帝国，清代在政治制度、经济形态、社会结构和文化生活方面相比前代都格外复杂。士人置身于华夏与夷狄、新朝与故国、朝廷与盗寇、台阁与山林、清流与浊流等多重势力的冲突中，其生活经历和情感体验之复杂，充满矛盾，是前所未有的。从鼎革之初的亡国之音、反清复明的悲壮情怀，到康熙中叶逐渐认同新朝、接受改朝换代的事实；从康熙后期朝廷将实学风气重新引向艺文，到乾隆朝汉学的兴起、士人日渐沉溺于考证之学，使单纯从事文学创作的文人难以立身，备感生存的压力；从道光中列强入侵，经世之学藉由今文经学的复兴蔚然成风；从咸、同之际朝野竞讲新学，到近代思想变革、社会文化转型，清代士人经历了中国历史上前所未有的

政治动荡、思想裂变、传统解体和社会转型，观念和情感经受前所未有的激荡，在他们的生活和创作中留下深刻的历史印迹。清代文学由此成为中国文学史上思想内容最复杂、情感体验最深刻、文化记忆最深厚的一个时期，它留下的数量无比繁富的作品，至今尚未得到认真的清理，清诗的经典化也是一个很难在短时期内实现的目标。

尽管如此，凭借学界初步的研究和清代诗歌批评留下的丰富资料，我们还是可以对清代诗歌的成就略作概括，指出一些超越前代作品的特色。

第一是清代诗歌的作者遍及社会各个阶层，像袁枚《随园诗话》里提到的医士、蓰工，都留下了很出色的作品。同时，与前代相比，清代涌现出大量可考的女性作者。因此从整体上看，清诗涉及的题材异常广泛、异常丰富，大到国仇家恨、社会动乱、天灾人祸，小到日常行处、人情往来、柴米油盐，深入社会生活的各个方面，构成清诗内容空前丰富、包罗万象、巨细靡遗的特点。

第二是清代诗歌清楚地显示出规模化的倾向，许多别集中都有数十首乃至上百首的连章组诗，尤以七绝为甚。将原本短小的体裁联结为足以容纳丰富内容的强大阵容，不仅大力拓展了游览、悼亡、游仙、咏史、咏物、题画等传统诗歌类型的容量，更发展到在一题一组之内较为集中系统地论政治、论诗文、论学问、论艺术，以组诗伸缩自如的体量尽情发挥作者对历史、社会的反思，对人情物理的体会与领悟，对学问、艺术的理解和探讨。其识见之卓荦、议论之犀利、气势之连贯，充分显示出清代高度发达的学术、艺术文化所催生的理性和感性的飞跃。

第三是清代诗歌有力地拓展了人性和情感表现的深度和广度。清诗从多方面表现出历史认知上空前的深度、社会批判上空前的力度、生命体验上鲜明的个人化和近代化色彩，显示出较前代作品更为显著的理性高度和情感深度，同时在艺术技巧方面也表现出前所未有的精致程度和多方面的开拓性。

第四是有意识地提升写作难度，以避免日常化的写作状态所带来的经验陈熟化、平庸化的趋势。清诗各体作品的数量和作者之众，超过前代的总和，如何避免过量写作带来的"通货膨胀"是作者们首先要思考的问题。他们经常采用的策略之一就是赋予题咏、咏物的对象以情境化的预设，使题咏对象不再是一般的事物、场所，而成为与某种特殊的时空、事件或人生情境相关联的事物和场所，甚至是虚拟的情境与经验，这就为题意的开掘提供了远为广阔的可能性。

第五是从清初开始，诗坛就陆续在"诗史""神韵""格调""性灵""肌理""质实""诗界革命"等一系列的诗歌观念的主导下，形成多样的传统和风格范型，在审美多样化的诗学语境中营造出清诗特有的丰富而多元的诗坛格局和脉络清楚的历史演进过程。其中贯穿着的一条主线，就是历经钱谦益、王士禛、叶燮、查慎行、厉鹗、

姚鼐、翁方纲、程恩泽、曾国藩、陈衍等人的倡导，逐步确立起以杜甫、韩愈、黄庭坚为宗的师法策略，形成以宋诗风为底色的学人诗风，到清末的"同光体"而至其极。随着韩愈和黄庭坚的评价由毁誉参半而定于一尊，宋诗也同时完成了它的经典化过程，其背后诗学语境的变化正是审美文化的现代性转变的历史投影。古典诗歌美学在经历"神韵"论的总结之后，从此走上现代性之路。

清代因为距今天最近，留下了巨量的未经淘汰的诗歌作品。根据李灵年等《清人别集总目》和柯愈春《清人诗文集总目提要》两书著录，清诗别集留存约四万种，作者一万多人，这个数量相信已超过了前代诗歌作品数量的总和。因为尚未经过大规模的清理和淘汰，尽管以邓汉仪《诗观》（康熙）、沈德潜《国朝诗别裁集》（乾隆）、符葆森《国朝诗正雅集》（咸丰）、徐世昌《晚晴簃诗汇》（民国）为代表，一直都有篇幅不等的选本遴选本朝名诗，但清诗的经典化无疑还处于起步阶段。哪些人是清代最杰出的诗人，哪些作品是清代最经典的名篇，恐怕仍会有很多不同的看法。

我个人的浅见，如果从清代选出二三十位诗人，那么像钱谦益、吴伟业、宋琬、徐灿、吴嘉纪、施闰章、陈维崧、朱彝尊、屈大均、王士禛、纳兰性德、王慧、查慎行、袁枚、蒋士铨、赵翼、黎简、黄景仁、归懋仪、张问陶、龚自珍、何绍基、汪端、郑珍、江湜、金和、王闿运、黄遵宪、陈三立、陈衍、秋瑾、王国维等人诗词的总体成就是不亚于唐宋诗词一流作家的。其中像钱谦益气韵沉雄的七言律诗，吴伟业蕴藉流丽的七言歌行，王士禛清雅隽永的七言绝句，纳兰性德真挚动人的小词，固有突过前人的独辟之境；袁枚、赵翼议论犀利的咏史之作，黄景仁缠绵悱恻的深情吟咏，黎简、张问陶洗练名隽的诗歌语言，何绍基、金和、王闿运酣畅淋漓的长篇巨制，也有前人未到之境；龚自珍、黄遵宪的新意境、新名词，郑珍、江湜、陈三立的宋骨宋调，王国维融西学哲思入诗词，更是晚近诗歌中空前的新创、前古无俦的独特风貌。而徐灿、王慧、归懋仪、汪端、秋瑾的诗歌成就，从哪方面说都是前代女诗人所难以企及的，最大限度地妆点了古典诗歌最后的辉煌。

如果按体裁来铨衡，我认为清代七言诗的成就要高于五言，也就是说七古、七律、七绝的总体水平高于五古、五律、五绝。中国古典诗歌在漫长的历史中逐渐形成体裁和内容相对应的一种匹配关系，如长篇五言古、律诗适于总结、回顾生平经历，记述重大历史事件，寄予深沉的理性思索；七言歌行适于叙述故事性强的题材，描写奇异的自然山水和都市景观；五言八句适合写感怀、即事一类的抒情题材，七言八句适于题咏和交际应酬；五绝以片刻情景的速写或乐府风味的情景对话见长，七绝则最适于记录瞬间触动的哲理情思，往往寄托了人们内心最隐秘、最深刻的理性反思和生命体验。就其上乘水准而言，清代的七言古诗以才运学，情兴沛然，题咏山

水之作发想奇瑰，辞采富赡；咏史怀古之作，以吴伟业"梅村体"为代表，或紧扣个人身世展现王朝兴废的宏大主题，或借宫苑胜迹的盛衰寓托历史兴亡的无常之感，声情慷慨，长歌当哭，以淋漓尽致的叙事抒情铸一代伟辞，为后人追摹效法，影响深远。七律则博参前贤，敛才就法，用意深切，属对工稳。咏史咏物，力求议论警拔，措辞妥切，尤以连章之作，竞难争奇，具见才力。七绝也以组诗见长，论艺论诗，盱衡今古；怀旧悼亡，缠绵悱恻。题材空前丰富，风格空前多样，尤以神韵悠然的风景诗、见识卓荦的咏史诗和专写土风民俗的《竹枝词》为一代特色所在。

明清易代之际，王朝更替所造成的政治、文化巨变，给士人心灵带来前所未有的冲击，也在诗歌中留下浓重的阴影。对故国的哀悼，对昔日繁华的眷怀，成为清初诗歌最动人的主题。一时盛传的都是寄黍离麦秀之思的作品，而且多聚焦于晚明富奢繁华的象征——金陵。短篇如钱谦益《后观棋绝句六首》、龚鼎孳《上巳将过金陵三首》、蒋超《金陵旧院》，长篇如杜濬《秦淮灯船歌》，无不是脍炙人口的名作。吴梅村的《圆圆曲》，更是一代兴亡的绝唱。康熙中叶以后，社会日趋安定，休养生息，民生日蕃。士人对王朝的认同逐渐完成，清初悲歌慷慨的亡国之音被咏歌雍熙、流连光景之词所取代。而以悠游含蓄、清空淡远为旨趣的神韵诗风，也适时地占据诗坛的中心，在怀古、游览、即事、风景等传统类型中显示出一致的风格倾向，并与七绝这种短小诗体轻灵流利的文体特征联系起来，给人以特定的风格联想。不过，这种情形并没有持续很久，随着宋诗经典化过程的展开，以杜甫、韩愈和黄庭坚为宗法对象的宋诗风日益强劲起来，以题跋、考证入诗的学人诗风也在浓厚的学术风气下漫起，而一种强调自我表现、力主创新的诗歌观念更在江南一带勃然兴起，并由标榜"性灵"、以生命体验的深刻表现为宗旨的袁枚大力倡导，终于形成一股席卷诗坛的流行思潮。但性灵派代表作家的成就并不限于抒写性灵，依托于过人的才华和学养，他们在咏史和描写山水景物方面也有许多出色的篇章，犀利的议论和舒卷自如的铺叙也是他们所长。

嘉、道之际，随着有影响力的各派宗师的逝去，诗坛陷入一个群龙无首的局面。与学术的汉宋合流、文章的骈散交融相应，诗学观念也由对立走向融合，而宋诗风在京城学人诗风和桐城派诗学的主导下日益成为诗坛的主流。正像整个国运开始走衰一样，诗坛也进入一个整体上显得平庸的时期。少数先知先觉者，感觉到江河日下的危机，渴求变革以挽救世道人心，但更多的士人仍浑浑噩噩地享受着流连光景的闲暇。直到船坚炮利的列强入侵，割地开埠，人们才从天朝的梦幻中惊醒，急于寻求变法图强的道路。学术上出现了有经世倾向的今文经学，诗歌中出现了以龚自珍为代表的呼唤新时代的呐喊，内容上渗入了近代色彩。当"同光体"逐渐占据诗坛

的主流位置时，古典诗歌也走到了封建末世的尽头，丧失了适应新时代的生命活力。道、咸以后的诗歌历经外敌入侵和太平天国内乱的时势动荡和士大夫竞讲新学的风气变化，虽然除了王国维等少数作者外，"诗界革命"仍停留在将西学新名词纳入旧形式，并未带来观念的全面变革及相应的文学创新，但诗歌仍以传统形式记录了新旧时代的交替过程，众多的长篇叙事之作和纪事性组诗，为封建王朝的覆灭奏出一曲曲凄凉的挽歌。以至于今天浏览清代遗留的诗歌遗产，仍不能不感到，清初和清末一首一尾的诗歌更多地代表了清诗的成就，优秀诗人和诗作也更多。

二十世纪以来，从王文濡《清诗评注读本》、徐世昌《晚晴簃诗汇》到陈友琴《千首清人绝句》、钱仲联《清诗三百首》、王英志《清人绝句五十家掇英》，尽管不断有学者对数量庞大的清诗加以遴选，但比起唐诗、宋词的选本来，数量还是有限的，而且各种选本的选目差别很大，这正是清诗还未走上经典化之路的表征。本编计划的数量是一百篇，这个有限的篇幅绝对无法展现清诗的丰富内容和艺术成就，有限的遴选时间更难保证选目差强人意，只能说是为今天的读者阅读清诗提供一个入门的引导。这一百篇诗未必都是清代最著名、最出色的作品，但相信它们多少呈现了清诗在情感内容方面的深刻性和艺术技巧的丰富性，通过阅读这些作品，足以体会和认识清代诗歌的魅力。

钱谦益

钱谦益（1582—1664），字受之，号牧斋，晚号蒙叟、东涧老人，江南常熟（今属江苏）人。万历三十八年（1610），中一甲第三名进士，授翰林院编修。天启元年（1621），出任浙江乡试主考官，转右春坊中允，参修《神宗实录》。明亡，任弘光朝礼部尚书。清顺治二年（1645）五月，在南京率诸大臣开城迎降，授礼部右侍郎管秘书院事，充《明史》副总裁。平生博览群籍，精于史学，诗文久负盛名。富藏书，尤以多收明代史籍著称。著有《牧斋诗钞》《有学集》《初学集》《投笔集》，辑有《列朝诗集》。

后观棋绝句六首（其三）[1]

寂寞枯枰响沉潦[2]，秦淮秋老咽寒潮[3]。白头灯影凉宵里，一局残棋见六朝[4]。

注 释

〔1〕选自上海古籍出版社 1996 年版《牧斋有学集》卷一。钱谦益降清后，
写了许多追念明朝的诗。此诗作于顺治四年（1647），借观棋寄寓世
道沧桑之感、故国之思。金陵：今江苏南京。

〔2〕枰（píng）：棋盘。沇瀓（xuè liǎo）：冷落、空旷貌。

〔3〕秦淮：秦淮河，流经南京市西南，两岸歌台舞榭密布，素为烟花繁
华之所。

〔4〕六朝：金陵历史上共有孙吴、东晋、宋、齐、梁、陈六个朝代在此定都。

鉴 赏

自从杜甫《秋兴八首》用"闻道长安似弈棋"比喻沧桑陵谷之
变，后人递相沿袭，几成俗套。但钱谦益因其特殊的经历，以曾经
的局内人而抽身作局外观，言下遂有无穷的感慨，形诸文字也更让
人觉得有不同寻常的意味。诗起句就用"寂寞"和"沇瀓"两个词
勾画出一个局终人散的冷落环境，暗喻败亡的明朝。"沇瀓"一词
出自宋玉《九辩》"沇寥兮天高而气清"，本是形容天空高爽旷远的
词，钱谦益这里却用来形容声响岑寂，平添一层冷清气息。正值秦
淮秋深，不说秋尽而说"秋老"，自然地和人事形成对照。更续以"咽
寒潮"三字，一股萧条衰飒之气弥漫全诗。第三句"白头"承"秋老"，
"凉宵"承"寒潮"，令人联想到唐司空曙的名句"雨中黄叶树，灯

下白头人"。此联以上句的荒凉之景反衬出白头相对的温情，而钱谦益的"白头灯影凉宵里"却更衬托出一局残棋暗示的绝望。"六朝"这一富含历史兴亡之感的名词，既提示了历史情境的反复相似，同时又寄寓了作者晚年洞悟的世事无常的佛教观念。全诗仅二十八个字，却蕴含着深厚的政治阅历和人生况味，无限感慨尽在言外，给人无穷回味。

西湖杂感二十首（其十六）[1]

建业余杭古帝丘[2]，六朝南渡尽风流。白公妓可如安石[3]，苏小湖应并莫愁[4]。戎马南来皆故国，江山北望总神州。行都宫阙荒烟里[5]，禾黍丛残似石头[6]。

注　释

〔1〕选自上海古籍出版社1996年版《牧斋有学集》卷三。这组诗作于顺治五年（1648），时钱谦益重过杭州，"嗟地是而人非，忍凭今而吊古"，目睹湖山兵燹狼藉，慨而有作。本诗自注："有人问建业，云：'吴宫晋殿，亦是宋行都矣。'感此而赋。"

〔2〕建业：东汉建安十六年（211），孙权在金陵邑故址石头山筑城，名

石头城，为驻军、屯粮之所，并将治所从京口迁往秣陵，改名建业，今为江苏南京市。余杭：秦王嬴政灭楚，于会稽郡置钱唐、余杭两县。唐置杭州，一度改名为余杭郡，清为杭州府属县。帝丘：原指颛顼之墟，此处借指帝都。

〔3〕白公：唐代诗人白居易，曾任杭州刺史，有伎樊素、小蛮。安石：晋名臣谢安，字安石，曾携妓隐于东山。

〔4〕苏小湖：即西湖。苏小，即苏小小，南齐名妓，住在钱塘。莫愁：南朝乐府诗中所写女子。据《旧唐书·音乐志》载，莫愁为郢州石城女子，善歌谣，故时人有歌云："莫愁在何处？莫愁石城西。艇子打两桨，催送莫愁来。"金陵莫愁湖，在今南京水西门外。传说由明初中山王徐达府中丫头莫愁故事得名。钱谦益这里可能混为一谈。

〔5〕行都：帝王出巡时暂住的宫城。南宋迁都杭州，称"行都"，以示有收复汴京的决心。

〔6〕禾黍：《诗·王风·黍离》毛传："《黍离》，闵宗周也。周大夫行役至于宗周，过故宗庙宫室，尽为禾黍。闵周室之颠覆，彷徨不忍去而作是诗。"这里暗寓其意。石头：石头城。三国时孙吴就石壁筑城戍守，称石头城，位于今南京市西清凉山上。

鉴赏

杭州西湖，无论以它的美景还是盛名，都吸引往来游客赋诗歌咏。一两首小诗当然可以是偶书随感，但一组写到二十首的七律，就必定是出于深长的感慨、用心的构思，内容和结构都有整体的考虑。本篇引金陵作对比，列举两座城市的相似故事，层层推进，慨叹其相似的历史命运。首句开篇即言金陵、杭州都曾是前代京城，自古为繁华都会，但次句以"六朝"承"建业"，"南渡"承"余杭"，又暗示两者都是偏安之地。颔联举例分说两地的"风流"：杭州有白居易，金陵有谢安石；钱塘有苏小湖，石城有莫愁湖。这两句造语非常巧妙，上句言妓而含湖，下句言湖而含妓，构成修辞学所谓的"互文"之格。颈联启动今昔对照的怀古模式，以清军至而明社屋的现实，终结往昔的风流而唤起易代之悲。两句说的其实是一个意思——江北领土全部沦陷，但暗寓东晋南渡士人新亭落泪和李煜"独自莫凭栏，无限江山"（《浪淘沙令》）之意，反复重言，自有说不出的悲怆。结联落到眼前的南宋宫阙，荒圮丛残一如金陵的石头城，再度回应了开篇"建业余杭古帝丘"的主题。

吴伟业

吴伟业（1609—1672），字骏公，号梅村，江南太仓（今属江苏）人。少聪敏，年十四能属文，为同里张溥所知。崇祯四年（1631），中殿试第二名，授翰林院编修，充实录纂修官。历官南京国子司业、左中允、左谕德、左庶子，皆未赴任。明社既屋，福王称帝于南京，召拜少詹事，不数月引去。顺治十年（1653），慎交、同声两社大会十郡士人五百余名于虎丘，被推为盟主。清廷因亟物色之，授秘书院侍讲，迁国子监祭酒，以丁忧告归。卒时遗命以僧装殓，题墓曰"诗人吴梅村之墓"。著述今存《绥寇纪略》《梅村集》《梅村家藏稿》及戏曲《秣陵春》《临春台》《通天台》。诗尤长于七言歌行，"格律本乎四杰而情韵为深，议论类乎香山而风华为胜"（《四库全书总目》），号"梅村体"。

圆 圆 曲 [1]

鼎湖当日弃人间 [2]，破敌收京下玉关 [3]。恸哭六军俱缟素[4]，冲冠一怒为红颜[5]。红颜流落非吾恋，逆贼天亡自荒宴[6]。电扫黄巾定黑山[7]，哭罢君亲再相见[8]。相见初经田窦家[9]，侯门歌舞出如花。许将戚里箜篌伎[10]，等取将军油壁车[11]。家本姑苏浣花里[12]，圆圆小字娇罗绮。梦向夫差苑里游[13]，宫娥拥入君王起。前身合是采莲人[14]，门前一片横塘水[15]。横塘双桨去如飞，何处豪家强载归[16]？此际岂知非薄命，此时只有泪沾衣。薰天意气连宫掖，明眸皓齿无人惜。夺归永巷闭良家[17]，教就新声倾坐客。坐客飞觞红日暮[18]，一曲哀弦向谁诉？白皙通侯最少年[19]，拣取花枝屡回顾。早携娇鸟出樊笼[20]，待得银河几时渡[21]？恨杀军书抵死催，苦留后约将人误。相约恩深相见难，一朝蚁贼满长安。可怜思妇楼头柳，认作天边粉絮看。遍索绿珠围内第[22]，强呼绛树出雕栏[23]。若非将士全师胜，争得蛾眉匹马还。蛾眉马上传呼进，云鬟不整惊魂定。蜡炬迎来在战场[24]，啼妆满面残红印[25]。专征箫鼓向秦川[26]，金牛道上车千乘。斜谷云深起画楼，散关月落开妆镜。传来消息满江乡，乌桕红经十度霜[27]。教曲妓师怜尚在，浣纱女伴忆同行。旧巢共是衔泥燕，飞上枝头变凤凰。长向尊前悲老大，有人夫婿擅侯王[28]。当时只受声名累，贵戚名豪竞延致。一

斛明珠万斛愁〔29〕，关山漂泊腰支细。错怨狂风飏落花〔30〕，无边春色来天地。尝闻倾国与倾城，翻使周郎受重名〔31〕。妻子岂应关大计，英雄无奈是多情。全家白骨成灰土〔32〕，一代红妆照汗青。君不见馆娃初起鸳鸯宿〔33〕，越女如花看不足〔34〕。香径尘生乌自啼〔35〕，屧廊人去苔空绿〔36〕。换羽移宫万里愁，珠歌翠舞古梁州〔37〕。为君别唱吴宫曲〔38〕，汉水东南日夜流。

注 释

〔1〕选自上海古籍出版社 1990 年版《吴梅村全集》卷三。据诗中叙事至吴三桂进兵陕西、驻节汉中止，疑作于顺治八年（1651）。圆圆：陈圆圆，明末苏州名妓，吴三桂之妾。吴三桂出镇山海关，李自成攻陷北京，陈圆圆被掳。三桂出于私恨，引清兵入关，最终夺回圆圆，携至云南。结局传说不一，或谓出家为女冠，或谓清兵攻克云南时自缢。

〔2〕鼎湖：《史记·封禅书》："黄帝采首山铜，铸鼎于荆山下。鼎既成，有龙垂胡髯下迎黄帝，黄帝上骑，（中略）后世因名其处曰鼎湖。"后世以"鼎湖龙去"喻帝王之薨，这里指李自成攻破北京后，崇祯帝缢死景山。

〔3〕玉关：玉门关，这里代指山海关。吴三桂引清兵入关攻李自成军。

〔4〕六军：周代制度，天子六军，这里泛指军队。缟素：为帝薨穿戴白色衣巾。

〔5〕冲冠：形容愤怒的样子。岳飞《满江红》："怒发冲冠。"

〔6〕逆贼：指李自成。荒宴：沉湎酒色。

〔7〕电扫：军势迅捷如闪电。《后汉书·吴汉传》："电扫群孽。"黄巾：东汉灵帝时，张角起义军头裹黄巾，称黄巾军。黑山：东汉末，张燕领导的起义军称黑山军。这里都代指李自成起义军。

〔8〕亲：指吴三桂之父吴襄，为李自成所杀。

〔9〕田窦：田蚡、窦婴，均为西汉外戚，此指田贵妃之父田弘遇，或说指周皇后之父周奎。

〔10〕箜篌伎：指陈圆圆。箜篌，类似竖琴的一种竖立弹拨乐器。

〔11〕油壁车：用油涂饰车壁的华丽小车，南朝齐时钱塘名妓苏小小经常乘坐。《玉台新咏》所收《苏小小歌》云："妾乘油壁车，郎跨青骢马。何处结同心，西陵松柏下。"

〔12〕姑苏：春秋时吴国都城，在今江苏苏州市。浣花里：辛文房《唐才子传·薛涛传》："涛字洪度，成都乐妓也。（中略）居浣花里，种菖蒲满门。"此代指陈圆圆居所。

〔13〕夫差：春秋末吴国国君，攻破越国后，越王勾践进献越女西施，以消磨其斗志，后终被越所灭。

〔14〕采莲人：指西施。

〔15〕横塘：在苏州城西南。

〔16〕豪家：指田弘遇（或指周奎）。田弘遇（？—1643），思宗田贵妃之父，窃权专政。

〔17〕永巷：宫中的深巷。

〔18〕飞觞：传觞畅饮之意。觞，酒器。

〔19〕通侯：秦、汉时代侯爵的最高一等，又称彻侯、列侯。这里指吴三桂。

〔20〕娇鸟：此指陈圆圆。

〔21〕银河：天河。此句以牛郎织女鹊桥相会喻吴三桂与陈圆圆少聚多别。

〔22〕绿珠：西晋石崇之妾。赵王伦专政，石崇失势，伦党孙秀捕崇，欲夺绿珠，绿珠自坠楼而死。此指李自成攻占北京，圆圆为闯军所掳。

〔23〕绛树：魏时名歌女，与绿珠之典同义。

〔24〕蜡炬：王嘉《拾遗记》卷七："灵芸未至京师数十里，膏烛之光，相续不灭。"这里借魏文帝迎接薛灵芸之事，喻吴三桂列箫鼓迎接陈圆圆。

〔25〕啼妆：汉代女子在目下拭粉，有如啼痕，故名。《后汉书·五行志一》："啼妆者，薄拭目下若啼处。"

〔26〕专征：古代帝王授予将帅的特权，不待天子之命，可自行征伐。此言吴三桂有不向清廷奏请便可自行决断的权力。此句的秦川和下三句的金牛道、斜谷、散关，都是吴三桂进兵陕西、驻节汉中所经历的地名。

〔27〕"传来"二句：谓陈圆圆已别家乡多年。

〔28〕擅侯王：指吴三桂降清后被封为平西王。

〔29〕一斛明珠：唐明皇原宠梅妃，后移爱杨玉环，梅妃失宠而迁居上阳宫。但明皇偶或思之，曾送她一斛外国进贡的明珠，并命乐官谱《一斛珠》之曲。

〔30〕"错怨"句：指田弘遇（或周奎）将陈圆圆强携至京，陈氏倍受摧残。

〔31〕"尝闻"二句：倾国、倾城，指绝色的女子。《汉书·后戚传》载李延年歌："北方有佳人，绝世而独立。一顾倾人城，再顾倾人国。宁不知倾城与倾国，佳人难再得。"周郎，三国时吴国元帅。《三国志·吴书·周瑜传》："（孙）策欲取荆州，以瑜为中护军，领江夏太守，从攻皖，拔之。时得桥公两女，皆国色也。策自纳太桥，瑜纳小桥。"此言吴三桂因纳陈圆圆为妾一事而出名。

〔32〕全家白骨：指吴三桂全家被李自成所杀。

〔33〕馆娃：即馆娃宫，夫差为西施所筑的宫苑。

〔34〕越女如花：李白《越王台》："越女如花满春殿。"

〔35〕香径：即采香泾，在今苏州市西。

〔36〕屟（xiè）廊：即响屟廊，吴宫中以木条铺成的路，西施走过发出响声。屟，鞋的木底。

〔37〕梁州：指汉中南郑，古为梁州地。

〔38〕吴宫曲：吴王夫差宫中的乐曲。这里双关，也指吴三桂。

鉴赏

在吴梅村的诗作中，最脍炙人口的是《圆圆曲》。它不仅是"梅村体"歌行的代表作，也是清代有名的叙事诗。向来论者将它与白居易的《长恨歌》相提并论。它同样也是借一个女子的传奇身世来书写时代动乱的重大题材，在对女主角陈圆圆身不由己的悲惨命运寄予同情之余，又讽刺了拥兵自重的吴三桂无视国家兴亡而因个人私情失节事敌的匹夫之勇。诗中"恸哭六军俱缟素，冲冠一怒为红颜""尝闻倾国与倾城，翻使周郎受重名""妻子岂应关大计，英雄无奈是多情""全家白骨成灰土，一代红妆照汗青"各联，无不用笔调的夸张庄重与事实的荒唐构成强烈的反差，而尽显讽刺、调侃之意。最后又以吴王夫差沉溺声色而亡国的历史之鉴，映照吴三桂"换羽移宫""珠歌翠舞"的现实，仿佛预言了他最终败亡的结局。当时陆次云作《圆圆传》，曾指出："梅村效《琵琶》《长恨》体作《圆圆曲》，以刺三桂，曰'冲冠一怒为红颜'，盖实录也。三桂赍重币求去此诗，吴勿许。当其盛时，祭酒能显斥其非，却其赂遗而不顾，于甲寅之乱似早有以见其微者。呜呼，梅村非诗史之董狐也哉！"其实就风格渊源而论，《圆圆曲》的格调或许更近于初唐歌行，有着轻飏婉丽的风格和流畅和谐的韵律，只不过并未严守四句一转韵的格式，而是顺应叙事的节奏略有变化而已。

过淮阴有感二首（其二）[1]

登高怅望八公山[2]，琪树丹崖未可攀[3]。莫想阴符遇黄石[4]，好将鸿宝驻朱颜[5]。浮生所欠止一死，尘世无由识九还[6]。我本淮王旧鸡犬[7]，不随仙去落人间。

注 释

〔1〕选自上海古籍出版社 1990 年版《吴梅村全集》卷十五。此诗为顺治十一年（1654）作者应诏赴京途中眺望八公山而作。淮阴：今江苏清江市。

〔2〕八公山：在安徽省寿县北，有淮南王刘安庙。刘安信道术，门客八公能炼丹化金，后随刘安登此山，埋金于地，白日升天。见郦道元《水经注·淝水》。

〔3〕琪树：玉树。丹崖：红色的石崖。二词指八公山的树木和山石。

〔4〕阴符：即《阴符经》，古代兵法。黄石：秦汉间隐士黄石公。张良在下邳（今江苏邳州市）遇见黄石公，获传授《太公兵法》。见《史记·留侯世家》。

〔5〕鸿宝：淮南王刘安门下宾客所纂讲道术的书，见《汉书·刘向传》。

〔6〕九还：道家炼丹，九经循环而成。

〔7〕淮王旧鸡犬：据葛洪《神仙传》载，刘安升天时，剩下的丹药被鸡
犬吃了，也得升天。

鉴赏

　　同为贰臣，钱谦益一直遭人唾弃，而吴伟业却多获原谅。这不
能不说与吴梅村晚年诗中萦绕不绝的忏悔之情有关。虽说仕清前后
仅两年，但对于吴梅村来说，这段经历却是生命中永远的耻辱。无
论他置身于稠人广众之中，还是惊觉于夜半梦回之际，这段岁月的
所经所历都会蓦然浮现于脑海，强制他重复体验那生不如死的屈辱
感觉。于是，他生命残余的时间，就成了羞耻感不断拷问灵魂的精
神炼狱。本诗以淮南王刘安升天的故事为依托，将崇祯帝喻为淮南
王，将自己比作鸡犬，而反用原典之义，真诚地吐露了改朝换代之
际未能殉国而沦为贰臣的悔咎和痛苦之情。"浮生所欠止一死"一句，
语气决绝而更显得绝望；"我本淮王旧鸡犬"，比喻巧妙而又紧扣八
公山，使悔咎之情表达得深沉而浓烈。

黄宗羲

黄宗羲（1610—1695），字太冲，号南雷，学者称梨洲先生，余姚（今属浙江）人。十八岁上书，请诛阉党余孽许显纯、崔应元等。刑部会审出庭对证时，出袖中锥刺许显纯，痛击崔应元，拔其须，归祭父灵，人称"姚江黄孝子"。受业于刘宗周，传蕺山之学。明亡后变卖家产，集众抗清，曾被鲁王授兵部职方司主事之职，升左副都御史，兵败后屡遭通缉。后隐居乡里，于慈溪、绍兴、宁波、海宁等地设馆讲学，著述不辍。康熙十七年（1678）辞博学鸿词之举，十九年辞纂修《明史》之聘，讲学而终。与顾炎武、王夫之并称"明末清初三大思想家"。诗学宋人，曾参与吴之振《宋诗钞》的编纂。著有《宋元学案》《明儒学案》《明夷待访录》《南雷文定》等，又编有《明文海》《明文授读》。

山居杂咏[1]

锋镝牢囚取次过[2]，依然不废我弦歌[3]。死犹未肯

输心去，贫亦其能奈我何！廿两棉花装破被，三根松木煮空锅。一冬也是堂堂地[4]，岂信人间胜著多。

注 释

〔1〕选自清康熙刻本《南雷诗历》卷一。这首诗作于顺治十六年（1659），作者五十岁，是对其前半生经历的回顾。

〔2〕锋镝（dí）：刀锋箭镝，代指抗清战斗。取次过：一一经历。

〔3〕弦歌：原指伴着琴瑟的音乐咏诗，《史记·孔子世家》称"三百五篇，孔子皆弦歌之，以求合韶、武、雅、颂之音。"《淮南子·俶真》也有"弦歌鼓舞，缘饰诗书，以买名誉于天下"的说法。这里是说自己在武装抗清中也不废诗书。

〔4〕堂堂：气概不凡。《论语·子张》："堂堂乎张也！"宋黄庭坚有诗赞苏轼："堂堂复堂堂，子瞻出峨眉。饱吃惠州饭，细和渊明诗。"这句说虽然生活贫困，一冬天也意气昂扬，过得很舒畅。

鉴 赏

　　黄宗羲论诗推崇宋诗，自己写作也学宋人。这一首七律便有着浓厚的宋调气息，所谓"以文为诗"是也。具体地说，就是全诗明显带有散文化的倾向，语法符合口语习惯，没有跳跃、省略、倒装等典型的属于诗歌独有的异常语序。再就是各句多用副词、连接词等细化语法结构的虚字，如取次、依然、犹、未肯、亦、其能、也是、岂信。全诗由这些虚字转递、承接，一股堂堂正气奔涌在文字间，读起来格外流畅，给人意气亢爽的感觉。开头，"锋镝牢囚"乃是出生入死的惊险经历，偏偏说得很轻漫；再追加一句"不废我弦歌"，就让人联想到这个意象关联的另一出典——《吕氏春秋·察贤》所载"宓子贱治单父，弹鸣琴，身不下堂而单父治"的从容不迫。尽管黄宗羲抗清不敌，这不废弦歌的形象终究不失其英雄的光彩，更为此后的抒写定下了豪迈的基调：不仅死犹未甘，贫无足伤，就是二十两（十六两制）棉花装一床破被、三根松木煮一口空锅的白描，也以极度的夸张尽显其浑不论（读赁 lìn）的诙谐倔强，使末句的"一冬也是堂堂地"更添几分苏东坡式的豁达豪迈！若非怀有如此风骨和气概，黄宗羲一辈遗民、烈士又怎能始终坚守自己的信念，在入清后的漫长岁月，以坚韧的毅力创造出令后人高山仰止的学术和文学成就呢？在这个意义上，也可以说这首诗凝聚了他们伟岸的情怀，浓缩了他们执着的人生。

黄周星

黄周星（1611—1680），字景明、景虞，号九烟、圃庵、汰沃主人、笑苍道人等，江南上元（今江苏南京）人。崇祯十三年（1640）进士，后授南明户部主事。明亡后，于浙西一带授经课徒为生，与林古度、吕留良、吴之振、董说、杜濬等东南遗民交游频繁。晚年为仙乩所迷惑，为求飞升，康熙十九年（1680）自沉于南浔。诗才横逸，七言律诗沧桑沉雄，歌行笔锋离奇诡怪、恣横酣畅。有《夏为堂别集》《圃庵诗集》《九烟先生遗集》《前身散见集》《九烟诗钞》等集传世。

楚州酒人歌 为陈年兄作 [1]

酒人酒人，尔从何处来？我欲与尔一饮三百杯！寰区斗大不堪容我两人醉 [2]，直须上叩阊阖寻蓬莱 [3]。我思酒人昔在青天上，气吐长虹光万丈。手援北斗斟天浆 [4]，天厨络绎供奇酿。两轮化作琥珀光，白榆历历皆杯盘 [5]。吸尽银河乌鹊愁 [6]，黄姑渴死哀清秋 [7]。酒人咄咄浑无赖[8]，乘风且访昆仑丘[9]。绿蛾深坐槐眉下，万树桃花覆樽罍[10]。穆满高歌刘彻吟[11]，一见酒人皆大诧。双成长跪进三觞[12]，大嚼绛雪吞玄霜[13]。桃花如雨八骏叫[14]，春风浩浩心飞扬。瑶池虽乐崦嵫促[15]，阿母绮窗不堪宿[16]。愿假青鸟探瀛洲[17]，列真酣饮多如簇。天下无不读书之神仙，亦无读书不饮酒之神仙。神仙酒人化为一，相逢一笑皆陶然。陶然此醉堪千古，平原河朔安足数[18]。瑶羞琼糜贱如藘[19]，苍龙可鲊鹰可脯[20]。兴酣瞪目叫怪哉，海波清浅不盈杯[21]。排云忽复干帝座，撞钟伐鼓轰如雷[22]。金茎倾倒沆瀣竭[23]，披发大笑还归来。是时酒人独身横行四天下，上天下天如龙马。百灵奔蹶海岳翻，所向无不披靡者。真宰上诉天帝惊[24]，冠剑廷议集公卿。

今者酒人有罪罪不赦，不杀不可，杀之反成酒人名。急敕酒人令断酒，酒人惶恐顿首奏天庭，臣有醉死无醒生。帝顾巫阳笑扶酒人去[25]，风驰雨骤苍黄谪置楚州城。酒人堕地颇狡狯，读书学剑皆雄快。白晳鬖鬖三十时[26]，戏掇青紫如拾芥[27]。生平一饮富春渚[28]，再饮鹦鹉湖[29]。手板腰章束缚苦，半醒半醉聊枝梧[30]。谁知一朝云雨忽翻覆，酒人发狂大叫还痛哭。胸中五岳自峨峨，

眼底九州何蹙蹙。头颅顿改瓮生尘，酒非酒兮人非人。椎垆破舻吾事毕[31]，那计金陵十斛春。还顾此时天醉地醉人皆醉，丈夫独醒空憔悴[32]。从来酒国少顽民，颂德称功等游戏[33]。不如大诏天下酒徒牛饮鳖饮兼囚饮，终日酩酊淋漓嬉笑怒骂聊快意。请与酒人构一凌云烁日之高堂。以尧舜为酒帝，羲农为酒皇[34]。淳于为酒霸[35]，仲尼为酒王[36]。陶潜李白坐两庑，糟丘余子蹲其傍[37]。门外醉乡风拂拂，门内酒泉流汤汤[38]。幕天席地不知黄虞与魏晋[39]，裸裎科跣日飞觞[40]。一斗五斗至百斗，延年益寿乐未央。请为尔更召西施歌，虞姬舞[41]。荆卿击剑[42]，祢生挝鼓[43]。玉环飞燕传觥筹[44]，周史秦宫奉罍瓢[45]。与尔痛饮三万六千觞，下视金银玉帛皆粪土。但愿酒人一世二世传无穷，令千秋万岁酒氏之子孙，人人号尔酒盘古。酒人闻此耳热复颜酡，我更仰天呜呜感慨多。即今万事不得意，神仙富贵两蹉跎，酒人酒人当奈何。噫吁嘻！酒人酒人当奈何，尔且楚舞吾楚歌[46]。

注释

〔1〕选自清道光二十九年刻本《九烟先生遗集》卷三。陈年兄：即陈台孙，
　　字阶六，号楚江，江南山阳（今江苏淮安）人。崇祯十三年（1640）

进士，知富阳县，寻改平湖县，迁吏部主事。顺治二年（1645）归里隐居。这条题下注通行刊本皆无，见于民国间据黄周星稿本刊行的《九烟诗钞·薇莼》中。陈台孙嗜酒，自号楚州酒人，曾著《楚州酒人传》，当时远近遗民如杜濬、归庄、蒋臣、王澐、靳应升等都有长歌相赠，本篇也是其中之一。

〔2〕寰区：全天下。

〔3〕阊阖（chāng hé）：传说中的天门。《说文》："阊，天门也。楚人名门曰阊阖。"蓬莱：传说为东海中仙人所居住的山。《列子·汤问》："其中有五山焉，一曰岱舆，二曰员峤，三曰方壶，四曰瀛洲，五曰蓬莱。"

〔4〕斟（jū）：酌。

〔5〕白榆历历：古乐府《陇西行》："天上何所有，历历种白榆。"

〔6〕乌鹊：喜鹊。

〔7〕黄姑：牵牛星的别名。

〔8〕酒人咄咄：刘义庆《世说新语·黜免》："殷中军被废，在信安，终日恒书空作字。扬州吏民寻义逐之，窃视，唯作'咄咄怪事'四字而已。"

〔9〕昆仑丘：中国西北部高山，又称昆仑虚、玉山，为华夏民族自古所尊崇的第一神山、万祖之山，其高极天，为西王母所居。神话所称游仙，皆由昆仑而飞升天庭。

〔10〕樽斝（jiǎ）：两种酒器。

〔11〕穆满：指周穆王。姬姓，名满。周穆王西狩时，曾在昆仑山和西王母高歌唱和，事见《穆天子传》。刘彻：汉武帝曾见西王母于昆仑山，事见《汉武帝内传》。

〔12〕双成：董双成，神话中西王母侍女名，见《汉武帝内传》。

〔13〕绛雪：炼丹家丹药名。玄霜：神话中的一种仙药名。

〔14〕八骏：传说周穆王巡游天下，用八匹骏马驾车，能日行万里。八马以颜色为别，其名为赤骥、盗骊、白义、逾轮、山子、渠黄、华骝、绿耳。见《穆天子传》卷一。

〔15〕崦嵫（yān zī）：山名，传说中为每日太阳落入之山。屈原《离骚》："吾令羲和弭节兮，望崦嵫而勿迫。"

〔16〕阿母：指神话人物西王母。

〔17〕青鸟：神话传说中为西王母取食传信的神鸟。瀛洲：传说为东海中神仙所居之仙岛。《史记·秦始皇本纪》："海中有三神山，名曰蓬莱、方丈、瀛洲。"

〔18〕平原：战国时赵国的平原君赵胜。《史记·范雎蔡泽列传》："寡人闻君之高义，愿与君为布衣之友。君幸过寡人，寡人愿与君为十日饮。"后以"平原十日饮"指朋友的暂住欢宴。河朔：《初学记》卷三引曹丕《典论》："大驾都许，使光禄大夫刘松北镇袁绍军，与绍子弟日共宴饮，常以三伏之际，昼夜酣饮，极醉，至于无知。云以避一时之暑，故河朔有避暑饮。"后以"河朔饮"指夏日避暑之饮或酣饮。

〔19〕瑶羞:指天上的美食。羞,同"馐"。琼糜:玉屑,传说食之可以延年。

䪥(jī):用来调味的辛辣食物或菜末。

〔20〕鲊(zhǎ):一种用盐和红曲腌的鱼,可以贮存。鳞(lín):同"麟"。

〔21〕"海波"句:取意本自李贺《梦天》:"遥望齐州九点烟,一泓海水杯中泻。"

〔22〕撞钟伐鼓:汉武帝柏梁台联句,太常周建德句曰:"撞钟伐鼓声中诗。"

〔23〕金茎:用以擎承露盘的铜柱。沆瀣(hàng xiè):露气。屈原《远游》:

"餐六气而饮沆瀣兮,漱正阳而含朝霞。"

〔24〕真宰:天为万物的主宰,故称天为"真宰"。《庄子·齐物论》:"若

有真宰,而特不得其朕。"

〔25〕巫阳:古代传说中的女巫。《楚辞·招魂》:"帝告巫阳曰:'有人在下,

我欲辅之。魂魄离散,汝筮予之。'"王逸注:"女曰巫。阳,其名也。"

〔26〕白皙鬑(lián)鬑:皮肤白净、须发稀疏的样子。汉乐府《陌上桑》:

"为人洁白皙,鬑鬑颇有须。"

〔27〕"戏掇"句:言取功名易如反掌。《汉书·夏侯胜传》:"士病不明经术。

经术苟明,其取青紫如俯拾地芥耳。"青紫,绑在官印上的青绶、紫绶,

代指高官贵爵。

〔28〕富春渚:富春江畔,在今浙江杭州富阳区境。此指陈台孙知富阳县。

〔29〕鹦鹉湖:即当湖,在今浙江平湖市。光绪《嘉兴府志》卷十三引《吴

地记》:"(当湖)隆安五年改名东武湖,或曰鹦鹉湖。"此指陈台孙

知平湖县。

〔30〕枝梧：敷衍、应付。

〔31〕椎垆破觚（gū）：砸毁酒器，以示戒饮。垆，温酒的灶台；觚、酒器。

〔32〕"丈夫"句：暗用《楚辞·渔父》"举世皆浊我独清，众人皆醉我独醒"
之意。

〔33〕颂德：晋刘伶作有《酒德颂》。

〔34〕羲农：伏羲氏和神农氏的并称。

〔35〕淳于：指淳于髡，战国时齐人，滑稽善辩。尝以隐语讽谏威王，罢
长夜之饮，改革内政。

〔36〕仲尼：孔子名丘、字仲尼。

〔37〕糟丘：酒糟堆积而成山丘。《韩诗外传》卷四："桀为酒池，可以运舟，
糟丘足以道望十里，一鼓而牛饮者三千人。"

〔38〕汤（shāng）汤：水势汹涌貌。

〔39〕黄虞：黄帝、虞舜的合称。

〔40〕裸裎（luǒ chéng）：不穿衣服，光着身体。《孟子·公孙丑上》："虽
袒裼裸裎，于我侧，尔焉能浼我哉？"科跣（xiǎn）：露头光脚。

〔41〕虞姬：楚霸王项羽身边的美人。

〔42〕荆卿：指荆轲。战国时卫人，好读书击剑。曾带着夹有匕首的地图入秦，
欲行刺秦王，事败被杀。

〔43〕祢（mí）生挝（zhuā）鼓：指三国时祢衡击鼓骂曹的故事。

〔44〕玉环飞燕：唐玄宗的妃子杨玉环和汉成帝皇后赵飞燕。觥（gōng）筹：

酒器和酒令筹。

〔45〕周史：古代美男子。晋张翰《周小史诗》："翩翩周生，婉娈幼童。年十有五，如日在东。"秦宫：汉大将军梁冀宠爱的美少年。李贺有《秦宫诗》。罍甒（léi wǔ）：古代的两种酒器。

〔46〕"尔且"句：《史记·留侯世家》：高祖宠戚夫人，欲废太子，立其子赵王如意。张良使商山四皓出山辅佐太子。四皓谒见已毕，高祖目送之，对戚夫人说："我欲易之，彼四人辅之，羽翼已成，难动矣。吕后真而主矣。"戚夫人泣，高祖曰："为我楚舞，吾为若楚歌。"

鉴赏

这首诗被卓尔堪《遗民诗》、邓显鹤《沅湘耆旧集》、徐世昌《晚晴簃诗汇》等选本收入，广为传诵。根据稿本《九烟诗钞·薇萼》编排的位置，应当作于顺治八年（1651）。徐珂《清稗类钞》谓黄周星"入国朝，隐居不出，嗜饮，感愤怨怼，一寓之于诗，尝作《楚州酒人歌》，盖自道也"。但从诗题及题下注来看，乃是为陈台孙而作。黄周星是一个有着多样艺能的奇才，也是一个与世道不相容的畸人。所谓畸人，就是与世俗相看两厌的人，无论是社会还是他们自己，均视其为多余的人。白眼向天，心游万仞，醉醒莫辨，歌哭无端。其诗文也佚荡恣肆，汗漫无涯。本篇正是极为典型的代表作，无论是想象的雄奇超迈、语言的奔放不羁，还是句式的长短错综、

变化莫测，在古代长篇歌行中都少有俦比。诗旨全集中在"谁知一朝云雨忽翻覆，酒人发狂大叫还痛哭。胸中五岳自峨峨，眼底九州何蠠蠠。头颅顿改瓮生尘，酒非酒兮人非人"数句，将亡国的悲哀、薙发的屈辱，全借着酒兴尽情宣泄出来。取意构思多不出李白、李贺的诗篇，甚至连结尾用汉高祖对戚夫人语，也是脱胎于李白《留别于十一兄逖裴十三游塞垣》："劝尔一杯酒，拂尔裘上霜。尔为我楚舞，吾为尔楚歌。"但取意完全越过李白而直接高祖，慷慨悲凉中又满含说不出的落寞绝望！

方 文

方文（1612—1669），字尔止，号嵞山，原名孔文，字尔识，明亡后更名一耒，别号淮西山人、明农、忍冬，江南桐城（今属安徽）人。明末诸生。与复社、几社中人交游，以气节自励。入清不仕，游食四方，以卖卜行医或塾课为生。其诗初学杜，多苍老之作；后专学白居易，颇长于叙事。老友纪映钟称其"坚老纯熟，冲口而道，如父老话桑麻，不离平实，却自精微"。早年与钱澄之齐名，后与方贞观、方世举并称"桐城三诗家"。著有《嵞山集》。

元旦书怀庚寅[1]

普天何处寄吾身，且向芜江暂隐沦[2]。卜肆尚能言孝弟，医方犹可立君臣[3]。春山采药休辞远，晚市垂帘不虑贫。元日感怀惟自咏，难寻屈子问庚寅[4]。

注 释

〔1〕选自黄山书社 2010 年版《方嵞山诗集》卷七，作于庚寅年，即顺治

清诗鉴赏

七年（1650）。

〔2〕芜江：长江下游安徽芜湖一带。

〔3〕"医方"句：中医用药常多味配伍成复方，故对症下药，讲究"君臣佐使"的原则。《黄帝内经·素问·至真要大论》："主病之为君，佐君之为臣，应臣之为使。"明何伯斋《医学管见》："大抵药之治病，各有所主。主病者，君也；辅治者，臣也。与君相反而相助者，佐也；引经及引治病之药至于病所者，使也。"

〔4〕"难寻"句：屈原《离骚》："惟庚寅吾以降。"

鉴赏

　　遗民身份的坚守出自对清王朝的不认同，这种不认同不只是政治意义上的，更多地乃是文化上的。薙发和服饰的改变，对汉族士大夫来说不啻是华夏文明灭绝的前兆，等待他们的将是名教纲常的沦亡。方文这首《元旦书怀》隐隐流露的便是这种殷忧。《诗》云："普天之下，莫非王土。率土之滨，莫非王臣。"方文这里反用其意，说自己无处寄身，就宣告了普天之下已非王土，而自己亦非王臣，表明了自己的遗民立场。颔联述说国变以后，自己只能以医卜为生，这本来是很不堪的经历，但诗偏以一种庆幸的口吻说，"借着占卜还能劝人孝悌，开个医方犹可温习一下君臣纲常"，则感伤人伦纲常毁灭之意不言而喻。颈联分承，上句"采药"承上"医方"，下句"垂帘"承上"卜肆",表达了甘于贫困、以遗民终老的决心。结联紧扣"元日""庚寅",联想到生于本日的屈原,不禁生发出世无同调的孤独和悲凉。屈原不愿苟活于浊世、自沉于汩罗的形象,在此成为不可企及的楷模,映衬出包括作者在内的明遗民意识中的一丝惭愧。

钱澄之

钱澄之（1612—1693），原名秉镫，字幼光，后改名澄之，字饮光，号田间，又号西顽道人，桐城（今属安徽）人。明季诸生。崇祯初年，与方以智、孙临、方文等成立泽社。明亡后参与抗清活动，兵败后游历江浙。南明唐王时，授彰州府推官；桂王时，授礼部仪制司主事；永历三年（1649）授翰林院庶吉士，次年授编修。入清后一度出家，后又还俗，以前朝遗老游于缙绅士大夫间。有《藏山阁集》《田间诗集》《田间文集》等。

留 发 生 [1]

新城有书生，不肯薙发。囚之，令其自择，死与髡孰善 [2]。诘朝请曰 [3]："宁死不愿髡。"遂斩之。

黎城城外痴男子 [4]，誓断此头发不毁。一夜囹圄千载心 [5]，明朝裹帻赴西市 [6]。

注 释

〔1〕选自黄山书社 2004 年版《藏山阁集》卷八。公元 1644 年，清军入
关即颁发"薙发令"。攻占南京、江苏等地后，多尔衮再次颁布"薙
发令"，规定全国官民，自布告十日之内，全要剃发。这便是史称"留
头不留发，留发不留头"的"薙发令"。

〔2〕髡（kūn）：剃去头发。

〔3〕诘朝（jié zhāo）：到了早上。

〔4〕黎城：春秋时为黎国，汉、晋时为潞城，隋改为黎城，今属山西长治市。

〔5〕囹圄（líng yǔ）：牢狱。《礼记·月令》："命有司，省囹圄，去桎梏。"
孔颖达疏："囹，牢也；圄，止也，所以止出入。皆罪人所舍也。"

〔6〕裹帻（zé）：保持着原来裹头巾的发式。帻，古代男子包扎发髻的头巾。

鉴 赏

　　中国古代士人尊奉"身体发肤，受之父母，不敢毁伤，孝之始
也"（《孝经》）的古训，以全发绾结为传统发式。清廷的"薙发令"
对汉族士大夫来说，绝不是一个简单的变易发式的问题，它触及了
伦理的边际、文明的底线。因此当"薙发令"颁布时，士大夫为免
薙发之辱，纷纷逃入佛寺为僧，几为一时风气。本诗所写的黎城士人，
则是一位宁愿"留发不留头"、不惜以身殉节的烈士。这类士人在
当时只是少数，但在他们身上凝聚着民族和文化的气节。《留发生》

的"生"字原指学生，但因字面上与生死之生双关，留发生就恰好意味着留发死，所以诗的首句称他为"痴男子"，用反语更加突出了留发生难得的志节。诗叙写的时点落在第三句，"一夜"和"千载"的巨大反差凸显了主人公从容赴死的决心。结句预想的"裹帻"动作从容而安详，昭示了民族文化不屈的尊严。通篇没有赞叹，没有哀惋，纯为平静的叙事，但留发生从容赴死的姿态分明映照出苟活的耻辱。作者羞愧和崇敬交集的复杂情感也自然地溢于言表，令读者为之动容。

顾炎武

顾炎武（1613—1682），本名绛，字忠清，明亡后因慕文天祥学生王炎午之风义，改名炎武，字宁人，号亭林，又署蒋山佣，江南昆山（今属江苏）人。明季诸生，以"博学于文，行己有耻"八字自励，毕生致力于经世致用之学。曾参加抗清义军，失败后漫游南北。康熙十七年（1678），清廷开博学鸿词科，以死坚拒推荐。曾十谒明陵，晚卒于山西曲沃。后世将他与黄宗羲、王夫之并称为"清初三大儒"。著有《日知录》《天下郡国利病书》《肇域志》《金石文字记》《音学五书》《亭林诗文集》等。

海　上（其一）[1]

日入空山海气侵，秋光千里自登临。十年天地干戈老[2]，四海苍生痛哭深。水涌神山来白鸟[3]，云浮仙阙见黄金[4]。此中何处无人世，只恐难酬烈士心。

清诗鉴赏

注　释

〔1〕选自中华书局 1983 年版《顾亭林诗文集·亭林诗集》卷一。这是顾
　　　炎武集中著名的一组七言律诗，共四首，这里选的是第一首，是组
　　　诗的总纲，写深秋登高眺远的所感所思。海上：沿海之地。

〔2〕干戈：两种长兵器，代指兵事、战乱。

〔3〕"水涌"句：疑指郑成功军自海口入长江之时。白鸟，传说海上仙山
　　　鸟兽俱白色。《史记·封禅书》载："此三神山（方丈、蓬莱、瀛洲）者，
　　　其传在渤海中……诸神山及不死之药在焉。其物禽兽尽白，黄金银
　　　为宫阙。"

〔4〕黄金：见上注，疑指退于海上抗清的鲁王、福王旧部。

鉴　赏

　　公元 1644 年，清军攻陷北京，崇祯帝自缢殉国。弘光帝绍统
于南京，以光复明室自任，但覆水难收，恢复无望，继之而起的鲁
王和福王一败再败，使天下奉明朝正朔、抱光复之望的人们信念日
灰。此诗首联总写登临所在、节候，颔联叙述明亡十年自己虽在战
乱中垂老，但黎民百姓眷怀故国的感情却未淡化。纵目远眺，海上
云飞浪涌，白鸟回翔，传说中的海上仙山恍如浮现眼前，不禁让诗
人想到退守海上的南明余部，即如郑成功据守台湾，也足以开辟一
方疆土，自成一片天地。可是那种偏安苟且的生活，对于胸怀光复

之志的诗人来说，又岂是他们所甘心的选择？诗由苍凉、旷远的景象开始，经中间低沉、凝重的情感浑涵，最后在惘惘不甘的悲慨情调中结束，通篇回旋着激荡人心的力量。

白 下 [1]

白下西风落叶侵，重来此地一登临。清笳皓月秋依垒，野烧寒星夜出林 [2]。万古河山应有主，频年戈甲苦相寻 [3]。从教一掬新亭泪 [4]，江水平添十丈深。

注 释

〔1〕选自中华书局 1983 年版《顾亭林诗文集·亭林诗集》卷三。顺治十七年（1660），顾炎武登临古白石垒，有感而作。白下：即南京。

〔2〕野烧：即野火。

〔3〕"频年"句：清朝入北京定鼎之后，与南明之间仍战事不绝。或谓暗指张名振、张煌言、郑成功等频年入江，却未见成功。

〔4〕"从教"句：任凭双眼泪流不止。新亭泪，《晋书·王导传》："过江人士，每至暇日，相要出新亭饮宴。周顗中坐而叹曰：'风景不殊，举目有江河之异。'皆相顾流涕。"新亭，即劳劳亭。

鉴赏

明亡后，顾炎武南北奔走，秘密联络抗清义士图谋复兴，来往南北两京，曾四谒明太祖孝陵，六谒崇祯帝思陵，以寄托坚持明朝正朔的决心。但随着清朝统治的渐趋稳定，复明的希望愈益渺茫，他的内心也愈益黯淡，并且对连绵不息的战争感到了一种厌倦。这首诗题作《白下》，并不是吟咏金陵，而只是像杜甫诗中取首二字为标题的作品一样，是无题可标的感兴之作。首联交代时令、地点，一个"重"字包含了物是人非的无比感慨。颔联写眼前景物，寓今昔兴亡之感，苍凉凄清的色调同时也是作者心境的象征。颈联上句即杜甫《北征》"煌煌太宗业，树立甚宏达"之意，表达明祚不绝、王都必复的信念；下句哀叹连年战争不绝带来的社会动荡，一个"苦"字传达了抗清复明的决心和消弭战争的和平愿望之间的微妙的犹豫。结联的"新亭泪"向来用于表达亡国之悲，是个被诗家用滥的熟典，但这里接续"江水平添十丈深"一句，就注满振作有为的力量，平添一股昂然的气势。

归 庄

归庄（1613—1673），又名祚明，字尔礼，又字玄恭，号恒轩，又号归藏、归来乎、悬弓等，江南昆山（今属江苏）人。归有光曾孙。明末秀才。明亡后从事抗清斗争，失败后一度改换僧装逃亡，终隐居乡里。性狂放好奇，入清后益悲怆愤激，作品充满磊落不平之气。与顾炎武齐名，世称"归奇顾怪"。有《恒轩诗集》《悬弓集》等。

己丑元日四首（其二）[1]

四年绝域度新正[2]，世事空将两目瞠[3]。天下兴亡凭揣策[4]，一身进退类悬旌[5]。商君法令牛毛细[6]，王莽征徭鱼尾赪[7]。不信江南百万户，锄耰只向陇头耕[8]！

注 释

〔1〕选自中华书局 1962 年版《归庄集·己丑稿》，为顺治六年（1649）正月初一作。

〔2〕四年：由顺治二年（1645）抗清至顺治六年正月，约为四年。绝域：边远之地。新正：旧历正月初一。

〔3〕瞠（chēng）：瞠着眼睛。

〔4〕揲（shé）：数蓍草占卜吉凶。

〔5〕旌：旗帜。

〔6〕"商君"句：本自杜甫《述古》"秦时任商鞅，法令如牛毛"句。商君，姬姓，公孙氏，卫国人。辅佐秦孝公，制定严酷的法律，改革户籍、军功爵位、土地制度、行政区划、税收、度量衡以及民风民俗，使秦国强盛一时。获赐予商、於十五邑，号为商君。

〔7〕王莽：字巨君，西汉新显王王曼第二子、孝元王皇后侄，因哀帝早亡，皇权旁落而篡夺帝位，自称"新朝"开国皇帝。地皇四年（23）九月，更始军攻入长安，死于乱军之中。鱼尾赪（chēng）：见《诗·周南·汝坟》："鲂鱼赪尾，王室如毁。"后用以代指王朝毁灭。鲂鱼，即鳊鱼。赪，浅红色。

〔8〕"不信"二句：相信民众终将奋起抗清。锄耰（yōu）：锄田去草和碎土平地的农具，一说锄柄。此处用《六韬》典："战攻守御之具，尽在于人事……锄耰之具，其矛戟也。"

鉴赏

自从清兵下江南，诗人已在亡国的屈辱中度过四个年头，愤懑不甘却又无可奈何。岁除在即，可新岁并不伴随着新的希望，国运和身世仍处于未卜的迷茫和不安中。起首两联，就以"两目瞠"传达的难以置信的惊讶、"凭揲策"寄托的无能为力的幻灭以及"类悬旌"所刻画的不能自主的动荡命运，共同交织出一种茫然失据的复杂心态。颈联以历史影像与典故象喻的叠合，形容清军对江南财富的掠夺："商君法令"以切多尔衮的苛政，"王莽征徭"以切新朝的敲剥，与史有典据的"牛毛细""鱼尾赪"之喻相发明，构成一组意蕴丰富又形象生动的工对，给人以深刻的印象。而同时，秦祚二世而绝、新莽十五年而亡的历史，又暗寓苛政必不可久的历史逻辑，正好借《六韬》"锄耰之具，其矛戟也"的古训，顺理成章地引申出决意抗清的信念，表现了清初江南遗民不屈的志节。

龚鼎孳

龚鼎孳（1616—1673），字孝升，号芝麓，合肥（今属安徽）人。明崇祯七年（1634）进士，官兵科给事中，先后弹劾周延儒、陈演、王应熊、陈新甲、吕大器等权臣。李自成攻陷北京，仕为直指使。复迎降清军，迁太常寺少卿，累官至礼部尚书。虽反复履新，品格有污点，但因能保全善类，奖掖后进，仍颇受士林礼敬。为人狂放不羁，以千金纳名妓顾横波为妾，倾动一时。诗与钱谦益、吴伟业齐名，世称"江左三大家"。有《定山堂集》传世。

上巳将过金陵三首（其二）[1]

倚槛春愁玉树飘[2]，空江铁锁野烟销[3]。兴怀何限兰亭感[4]，流水青山送六朝。

注 释

〔1〕选自扬州广陵书社 2006 年版《龚鼎孳诗》卷三十九。这是作者在三

月过金陵（今江苏南京）时所作，文字简洁而寄托深重。上巳：古代节日，原为每年三月第一个巳日，人们临水修禊，被除不吉，后逐渐固定为三月三日。

〔2〕玉树：南朝陈后主荒淫亡国，他填词的乐府曲《玉树后庭花》也成为亡国之音的代表。这里以曲名双关植物。

〔3〕铁锁：三国时吴末帝孙晧命人在江中轧铁锥，又用大铁索横于江面，试图拦截晋军战船，但王濬船队从武昌顺流而下，势如破竹，孙晧最终投营门请降。

〔4〕兰亭感：王羲之《兰亭集序》云："向之所欣，俯仰之间，已为陈迹，犹不能不以之兴怀，况修短随化，终期于尽……后之视今，亦犹今之视昔，悲夫！"王羲之表达的更多是人寿有限的推移之悲，而龚鼎孳则将它引向了国祚无常的兴亡之感。

鉴赏

金陵作为六朝古都，从唐代起就成为怀古诗偏爱的题材。到明清之交，它又作为明代盛世繁华的象征出现在诗歌中，成为过来之人凭吊亡明的寄托。龚鼎孳虽然先降李自成，后再仕清，成为贰臣中更为人不齿的一类，平时竭力以诗征酒逐的热闹聚会冲淡独自面对内心耻辱的痛苦，但诗中还是挥不去给他人生带来巨大冲击的鼎革之变及相伴的世事沧桑之感。这首绝句仿佛是局外人以置身事外

的超然态度，面对金陵历史上演出的一幕幕改朝换代的史剧，以"流水青山"的永恒衬托人世的无常，反而更加重了"后之视今，亦犹今之视昔"的传统兴亡之感的分量，因而传诵一时，脍炙人口。

申涵光

申涵光（1618—1677），字孚孟，一字和孟，号凫盟，又号聪山，直隶永年（今属河北）人。明太仆寺丞申佳胤长子。少年即以诗著名河朔间，与殷岳、张盖合称"畿南三才子"。清顺治中取得恩贡生资格，但绝意仕进，累荐不就试。邃于理学，兼工诗文。诗以杜甫为宗，博采众家之长，王士禛称其开河朔诗派之风。著有《聪山集》《荆园小语》等。

无　才 [1]

窗下平田细路分，樵歌几处远犹闻 [2]。涛声夜落漳南树 [3]，山色晴分冀北云。曲岸人家依紫蓼 [4]，衡门客到煮青芹 [5]。无才合就穷途老 [6]，车马休惊白鹭群 [7]。

注　释

〔1〕选自清康熙刻本《聪山集》卷五。这是诗人乡居时自明心迹之作，表明远离朝市、隐居求志的本心。

〔2〕樵歌：砍柴人唱的山歌。

〔3〕漳南：永年在漳河北。漳水有南北两条，北漳水为卫河支流，源出山西，流经河北、河南之间。有清漳河与浊漳河两源，在河北西南合漳村汇合后称漳河。

〔4〕紫蓼（liǎo）：开紫色花的蓼。蓼为一年生或多年生草本植物，花常见为白色或浅红色，生长在水边或水中。

〔5〕衡门：《诗·陈风·衡门》："衡门之下，可以栖迟。"后世遂用为隐居的典故。

〔6〕穷途：《晋书·阮籍传》载阮籍"时率意独驾，不由径路，车迹所穷，辄恸哭而返"。

〔7〕白鹭群：脱胎于《列子·黄帝》："海上之人有好沤鸟者，每旦之海上，从沤鸟游，沤鸟之至者百住而不止。其父曰：'吾闻沤鸟皆从汝游，汝取来，吾玩之。'明日之海上，沤鸟舞而不下也。"沤，同"鸥"。

鉴赏

　　一个普通人是不需要刻意宣称隐居的，也不需要坦白自己无才，需要刻意表明这两点的人，肯定不是无名、无才、无人注意的普通人。申涵光正是如此。他出生于簪缨世家，少年时代即有诗名，这才需要作刻意的表白，说穿了就是要示人以一种高蹈远世的姿态，以自外于名利之场。诗的语言相当明白，句法明显可感觉到盛唐七律格

044

调的影响。末句不仅"白鹭群"暗用《列子》之典,"车马"也本自杜甫《宾至》"岂有文章惊海内,漫劳车马驻江干"一联,可见作者的艺术渊源。颈联"人家"与"客到"并不对仗,但"曲岸"与"衡门"、"紫蓼"与"青芹"词性相对之工,稍有弥补,因而整句并不让人感觉失对。结句婉言谢客之意,貌似平和,可是"穷途"用阮籍的典故画龙点睛,终究为全诗烙上冷峻的色调,表明了作者自远于名利之场的坚决态度。

吴嘉纪

吴嘉纪（1618—1684），字宾贤，更字野人，江南泰州（今江苏泰州东台）人。明末诸生。入清不仕，屏居泰州东淘，艰于生计，自题居所曰"陋轩"，所交多遗民处士。诗多关心民瘼之作，质朴古淡而风骨遒劲，为周亮工、王士禛所重，推为淮海诗人翘楚，身后尊崇者愈众。沈德潜称其诗"以性情胜，不须典实而胸无渣滓，语语真朴而越见空灵"（《国朝诗别裁集》）。有《陋轩诗集》十二卷、《续集》二卷。

一钱行赠林茂之 [1]

先生春秋八十五，芒鞋重踏扬州土 [2]。故交但有丘茔存 [3]，白杨摧尽留枯根 [4]。昔游倏过五十载 [5]，江山宛然人代改 [6]。满地干戈杜老贫 [7]，囊底徒余一钱在 [8]。桃花李花三月天，同君扶杖上渔船 [9]。谁家酒垆可赊饮，一钱先与人传看。酒人睇视皆垂泪 [10]，乃是先朝万历钱 [11]。

注　释

〔1〕选自乾隆二十五年教忠堂重订本《国朝诗别裁集》卷六。汪楫《一
钱行赠林茂之》小序云："甲辰春，林茂之先生来广陵，余赠以诗，
有'沽酒都非万历钱'之句。先生瞠目大呼曰：'异哉！子知我有
一万历钱在乎？'舒左臂相视，肉好温润，含光懔人。盖先生之感
深矣！更为赋《一钱行》。"王应奎《柳南续笔》卷三载："侯官林茂
之有一万历钱，系臂五十余载，以己为万历时所生也。泰州吴野人
为赋《一钱行》以赠之。"时为康熙三年(1664)甲辰春。林茂之(1580—
1666)，名古度，号那子，福清（今属福建）人。身历万历、天启、
崇祯三朝，入清历顺治、康熙两朝，流寓金陵，以遗民终老。遗诗
数千首，王士禛为选定《林茂之诗选》二卷。

〔2〕芒鞋：用芒草编织成的鞋，泛指草鞋。扬州：今江苏扬州市。

〔3〕丘茔：坟墓。

〔4〕白杨：树名，又名大叶杨，古代墓地所植。陶渊明《拟挽歌辞》："荒
草何茫茫，白杨亦萧萧。"

〔5〕倏：倏忽，迅疾貌。

〔6〕人代：即人世，唐人以避太宗李世民讳。杜甫《三川观水涨二十韵》：
"声吹鬼神下，势阅人代速。"

〔7〕满地干戈：本自杜甫《夔州歌十绝句》之十："干戈满地客愁破。"

〔8〕"囊底"句：杜甫《空囊》："囊空恐羞涩，留得一钱看。"

〔9〕扶杖：拄杖。

〔10〕睇视：细看。

〔11〕先朝：前朝，此指明朝。万历：明神宗朱翊钧的年号（1573—1619）。

鉴赏

由于钱谦益自惭失德，晚年隐居不出，入清后流寓金陵的林古度就成了江南一带年辈最尊的文坛老宿，连正任扬州推官的新进才隽王士禛都亲为结袜撰杖。他以身历万历、天启、崇祯三朝的老名士，游走于新旧士绅间，一钱系臂成了他特别的标识，赋予他一种仿佛是前代遗留物的象征意义。正因为如此，他和这一枚万历钱就成了人们想象前朝繁盛的一个媒介、寄托故国之思的特定主题。诗分为两节，前六句写林氏重临扬州，后八句写一枚万历钱所寓托的今昔盛衰之感。而以杜诗"囊空恐羞涩，留得一钱看"（《空囊》）之意连注其间，在咏歌林古度固穷之志的同时，兼寄对故国的哀思之情。

施闰章

　　施闰章（1619—1683），字尚白，一字屺云，号愚山，又号蠖斋，江南宣城（今属安徽）人。顺治六年（1649）进士，授刑部主事。康熙十八年（1679）举博学鸿词科，授翰林院侍讲，参与纂修《明史》。生性好学，受业于沈寿民，博览经史，工诗词古文。诗与宋琬齐名，时有"南施北宋"之誉。其诗取法中唐，尤工五言，风格娴雅纯熟，时称"宣城体"。有《学余堂文集》《愚山诗集》《蠖斋诗话》等。

泊 樵 舍 [1]

涨减水逾急，秋阴未夕昏。乱山成野戍，黄叶自江村。带雨疏星见，回风绝岸喧。经过多战舰 [2]，茅屋几家存？

注 释

〔1〕选自扬州广陵书社 2006 年版《施闰章诗》卷二十八。樵舍：樵夫在野外留宿搭建的简易房舍。

〔2〕战舰：运兵的船。

鉴赏

　　清朝自定鼎后，直到康熙十八年（1679）三藩平定，三十多年间一直战争不绝，给社会经济和民生带来极大的摧残。诗中"乱山成野戍""经过多战舰"两句写出战乱中山村凋敝的情景。诗的结构非常清楚，首联写"泊"，颔联写"樵舍"，颈联承首联写登岸所见，尾联承颔联抒发感慨。通篇虽明白如话，但遣词造句却颇为用意，不同于作者的一贯风格。

顾大申

顾大申（1620—？），本名镛，字振雄，号见山、鹤巢，江南华亭（今上海松江区）人。少入几社，与王广心、宋徵舆、周茂源等唱和，后又与施闰章酬酢。顺治九年（1652）中进士，官至工部郎中。工诗善画，沈德潜评其诗曰："云间自陈卧子后，诗格渐衰，鹤巢古今体气足神完，可以接武。"（《国朝诗别裁集》）有《堪斋诗存》《鹤巢集》《燕京唱和集》等。《清史列传》卷七十有传。

饮太白酒楼醉后走笔成篇 [1]

呜呼太白尔何游？应在飘飖碧落之倒景 [2]、芙蓉白玉之仙楼 [3]。乘云抱气蹑箕斗 [4]，骖螭浥汉骑长虹 [5]。世人即之杳难求，但见朱轩绣栱环城头 [6]。

岱宗历历青扑面 [7]，黄河西来净如练 [8]，七十二君等飞电 [9]。地老天荒出酒人 [10]，狂歌直与天为邻，上殿捉笔力士嗔 [11]。背负盐鼎谁相存 [12]，就中赏音贺季

真〔13〕。独抱曲蘖看浮云〔14〕，登楼日醉忘其身。

西风野火衰草死，由来豪贵尽如此。我今把盏揖君起，相与酌酒问济水〔15〕，古今醉醒那终始？何不高步穷紫烟，摘取列星当酒钱，斟酌海水常不干。开襟痛饮楼之巅，醉呼黄鹤回青天。

注释

〔1〕 选自乾隆二十五年教忠堂重订本《国朝诗别裁集》卷三。诗云"相与酌酒问济水"，疑作于山东济南府济阳县。济阳县有太白酒楼，见明祝允明《济阳登太白酒楼，却寄施湖州》。诗云："昔闻董糟丘，尝为李白天津桥南造酒楼。人见二子不可见，唯有杰句挂余心肺烂烂珊瑚钩。长安风沙住不得，南归再卧苏台秋。泊舟济阳城，买酒销客愁。登楼拜先生，进爵浇黄流。知章不语先生笑，飞花乱扑过楼头。"

〔2〕 碧落：道教称东方第一层天，后泛指天上和天空。倒景：即倒影。

〔3〕 仙楼：李商隐《李长吉小传》："长吉将死时，忽昼见一绯衣人，驾赤虬，持一版，书若太古篆或霹雳石文者，云当召长吉。长吉了不能读，歘下榻叩头，言：'阿嬭老且病，贺不愿去。'绯衣人笑曰：'帝成白玉楼，立召君为记。'"

〔4〕 蹑：踩。箕斗：星名，即箕宿与斗宿。《诗·小雅·大东》："维南有箕，

不可以簸扬。维北有斗，不可以挹酒浆。"

〔5〕驷：三匹马的车驾。螭（chī）：一种没有角的龙，传说龙生的九子之
一。浥：沾湿。虬：传说中有角的小龙。

〔6〕朱轩：朱红色的屋宇。绣栱：绘有纹饰的斗拱。斗拱是传统木建筑
横梁和立柱间承重的结构，将屋檐的重压传递到立柱上。

〔7〕岱宗：泰山，居五岳之首。《尚书·舜典》："岁二月，东巡守，至于
岱宗 。"历历：清晰貌。

〔8〕"黄河"句：谢朓《晚登三山还望京邑》："余霞散成绮，澄江静如练。"

〔9〕七十二君：相传上古到泰山封禅的七十二位君主，见《史记·封禅书》。
飞电：闪电。潘岳《萤火赋》："颍若飞电之宵逝，彗似移星之云流。"

〔10〕地老天荒：李贺《致酒行》："吾闻马周昔作新丰客，天荒地老无人识。"

〔11〕"上殿"句：唐李肇《唐国史补》卷上载："李白在翰林多沉饮，玄
宗令撰乐词，醉不可待，以水沃之，白稍能动，索笔一挥十数章，
文不加点。后对御引足，令高力士脱靴，上命小阉排出之。"

〔12〕盐鼎：用盐梅在鼎内调羹。《尚书·说命》："若作和羹，尔惟盐梅。"
本为殷高宗命傅说为相之辞，后以"盐梅和鼎"为称颂宰相的典故。
这里指李白负宰辅之才。

〔13〕贺季真：贺知章，字季真，晚自号四明狂客，越州永兴（今浙江萧山）
人。证圣元年（695）状元，历任礼部侍郎、秘书监、太子宾客等职。
李白被荐入长安，贺知章读其《蜀道难》，谓太白星精转世，称为"谪

仙人”。

〔14〕曲蘖（niè）：指酒。

〔15〕济水：发源于河南省济源市王屋山，时为地下河，时浮现于地面，流经温县、荥阳、原阳，至山东定陶入海。

鉴 赏

　　大诗人李白，唐玄宗宣召他时“自称臣是酒中仙”，后世因而将他供奉为酒仙，以他名字命名的“太白酒楼”也在在多有。顾大申过济阳，饮于太白酒楼，醉后借着酒兴写下这首七言长歌，抒发一时的豪兴。诗分为三层：起首七句一韵，以李白的传说开篇，归结于太白酒楼，寄慨于物是人非之感；“地老天荒”以下十句两次转韵，从酒楼远眺所见陵谷沧桑之变过渡到李白传说，勾勒出诗仙和天才最终沦为酒仙的潦倒一生；“西风野火”以下十句再两度转韵，发挥酒仙“古来圣贤皆寂寞，唯有饮者留其名”（《将进酒》）之意，一吐欲起酒仙一同开怀畅饮的豪情。通过转韵，诗自然地分成三个段落：从遐想追慕诗仙兼酒仙的遗踪到感伤其怀才不遇的一生，由此激发起尚友前贤的幻想。末段“摘取列星当酒钱，斟酌海水常不干”两句，尽情地宣泄了酒后豪气干云的襟怀，堪与太白千古同调。

魏际瑞

魏际瑞（1620—1677），初名祥，字善伯，一字伯子，宁都（今属江西）人。明诸生。入清后，父魏兆凤削发为僧，隐居翠微峰，题所居为"易堂"。际瑞与弟魏禧、魏礼及彭士望、李腾蛟、林时益、曾灿等深相结纳，号"易堂九子"，又与弟魏禧、魏礼并称"宁都三魏"。顺治十七年（1660）岁贡生，后游食四方，屡入幕府。康熙十六年（1677），奉清帅之命说降吴三桂将领韩大任，为韩所杀。工古文，名甚著。有《魏伯子文集》十卷、《杂俎》五卷。事迹见弟禧撰《墓志铭》。

秋风豪士歌 [1]

秋风一夜秋空发，星斗无声山欲拔。何人对此独欣然，一啸风前动眉发。古来豪士心不平，声名为重身家轻。十年磨剑光铓动 [2]，万里从军意气生。斗酒青天夜击铁 [3]，天涯大地同明月。丈夫得意死单于 [4]，安能荣辱分胡越 [5]。君不见赵有平原魏信陵 [6]，东西南北皆闻名。蛾眉骏骨尽

乐事〔7〕，岂论成城与倾城〔8〕。

注释

〔1〕 选自清道光刻本《魏伯子文集》卷七。豪士：通常指豪放任侠之士。韩愈《送浮屠令纵西游序》："藩维大臣，文武豪士。"李白有《扶风豪士歌》。

〔2〕 十年磨剑：喻多年刻苦磨炼。贾岛《剑客》："十年磨一剑，霜刃未曾试。今日把示君，谁有不平事？"光铓：闪光的剑刃。

〔3〕 击铁：以剑击铁。

〔4〕 死单于：同单于死战。语本《史记·李将军列传》："且臣结发而与匈奴战，今乃一得当单于，臣愿居前，先死单于。"单于，汉代匈奴首领的称号。

〔5〕 胡越：胡地与越地，比喻距离远近、关系亲疏。《淮南子·俶真训》："是故自其异者视之，肝胆胡越；自其同者视之，万物一圈也。"此句言豪士行事有志节，不因为个人遭际而改变。即李白《扶风豪士歌》"作人不倚将军势，饮酒岂顾尚书期"之意。

〔6〕 平原：战国时赵公子平原君。信陵：战国时魏公子信陵君。在当时都以礼贤下士著名。

〔7〕 蛾眉：女子眉形如蛾，代指美女。骏骨：代指贤才。《战国策·燕策一》载燕昭王"卑身厚币，以招贤者"，郭隗说："臣闻古之君人，有以

千金求千里马者，三年不能得。涓人言于君曰：'请求之。'君遣之。三月得千里马，马已死，买其首五百金，反以报君。君大怒，曰：'所求者生马，安事死马而捐五百金？'涓人对曰：'死马且买之五百金，况生马乎？天下必以王为能市马，马今至矣！'于是不能期年，千里之马至者三。"乐事：乐于效力。

〔8〕成城：犹言兴邦。倾城：犹言亡国。《诗·大雅·瞻卬》："哲夫成城，哲妇倾城。"郑玄笺："城，犹国也。"孔颖达疏："若为智多谋虑之妇人，则倾败人之城国。"谓豪放任侠之士但求人生痛快得意，不在乎行为的方式与后果，言外似含无奈与自嘲之意，表达了作者在明清易代、清朝入主的时代背景下复杂而独特的心态。

鉴 赏

时势造英雄，世人心目中的英雄都是胸怀大志、乘时而起、建功立业、名垂青史的成功者。而豪士却更近于崇尚名节、快意恩仇、轻生死重然诺的侠客，往往是死非其所的悲剧角色。清鼎既定，时势已去，世间再无叱咤风云的英雄。悃悃不甘的魏际瑞，空有雄心壮志，一腔热血，用诗绘一幅自画像，模样勉强像个豪士。慷慨志节，意气干云，全化作虚幻的历史遐想。诗意分为四层，随着四句一转韵娓娓展开。前三层分别写秋风、从军、抗清："秋风"动豪士之心，"从军"壮豪士之志；"青天""明月"采取当时的惯用方式剖白抗

清诗鉴赏

清复明的决心。第四层突然转入讽刺模式："君不见赵有平原魏信陵，东西南北皆闻名。"苟延残喘的南明小朝廷和吴三桂等拥兵自重的藩镇，正急于广招人才，这对于豪士来说原是好事，可结果却是"蛾眉骏骨尽乐事，岂论成城与倾城"——即使国祚将绝，一息苟存，南明小朝廷和那些藩镇也不思振作，依旧沉湎于声色之乐，醉生梦死，这怎能不叫魏际瑞感到绝望而愤怒呢？结联以有着丰富蕴含的"成城"与"倾城"对举，语调虽似轻漫，意思却格外沉重。

毛先舒

毛先舒（1620—1688），原名骙，字驰黄，后改名先舒，字稚黄，仁和（今浙江杭州）人。明诸生，入清不仕。六岁能辨四声，八岁能诗，十岁能属文。十八岁刊《白榆堂诗》，流传至山阴，深得陈子龙赏识，遂师之，又从业于张右民、刘宗周。明末入登楼社，明亡后尝与张丹、沈谦夙夜聚于南楼，抒啸赋诗，称"南楼三子"。顺治间，与陆圻、柴绍炳、张丹、沈谦、孙治、丁澎、陈廷会、吴百朋、虞黄昊朝夕吟咏，号"西泠十子"。文名甚著，与毛奇龄、毛际可齐名，时称"浙中三毛，文中三豪"。深谙音韵学，亦擅诗文。其诗音调浏亮，音律规整，有建安七子余风，以古学振兴西泠。著有《东苑诗钞》《东苑文钞》《思古堂集》等。

吴 宫 词 [1]

苏台月冷夜乌栖 [2]，饮罢吴王醉似泥。别有深恩酬不得，向君歌舞背君啼。

清诗鉴赏

注 释

〔1〕 选自清嘉庆刻本《两浙輶轩录》卷七。宫词是专门吟咏宫闱杂事的一个诗歌类型，当朝宫词常写一些宫廷秘事，前代宫词则往往与咏史题材相出入。这里的吴宫词是写春秋时吴王夫差的宫廷故事。

〔2〕 苏台：即姑苏台，也称胥台，故址在今苏州市西南的胥山上。相传台上有春宵宫，吴王夫差在此饮酒作乐。

鉴 赏

史称越为吴所灭，越王勾践以美女西施献吴，使迷惑吴王。西施果得吴王夫差宠爱，耽于声色，终致亡国。历来咏西施故事，主题或责夫差沉湎酒色，或斥西施为女祸，毛先舒此诗别出新意，从揣度西施的心理入手，写出西施内心充满矛盾的两难心态。越国为吴所灭，西施深负亡国之恨，被勾践献给吴王，本负有魅惑夫差、颠覆吴国的使命，但既入吴国，深受吴王宠幸，不由得又对吴王产生感恩之情。每当夜深人静，吴王烂醉如泥时，她便感到吴王一天天在对她的宠爱中堕落下去，于是复仇的使命和感恩的负咎交战于胸中，最终感恩的愧疚甚至压过了复仇的使命，以至于面对吴王的强颜欢笑，就伴随着背面的暗泣。前人讲此诗也有将末句解释为难酬越王的深恩因而暗自哭泣的，似乎不太符合作者原意。

蒋 超

蒋超（1625—1673），字虎臣，号绥庵，江南金坛（今江苏常州金坛区）人。顺治四年（1647）第三名进士及第，官翰林院修撰。少耽佛典，喜游山水，尽历黄山、九华山、天台山、武当山等名山。后买舟直入峨眉山，卒于伏虎寺。工诗，施闰章称其诗"匠心独运""不肯一语近人"。有《绥庵集》。

金陵旧院 [1]

锦袖歌残翠黛尘 [2]，楼台塌尽曲池湮 [3]。荒园一种瓢儿菜 [4]，独占秦淮旧日春 [5]。

注 释

〔1〕选自清乾隆十七年刻本《感旧集》卷五。旧院：原是南京歌妓聚
　　居之所。曹大章《秦淮士女表》："当时二十四楼，分列秦淮之市，
　　其后遂毁，所存独六院而已，所艳独旧院而已。"余怀《板桥杂录》：
　　"旧院，人称曲中，前门对武定桥，后门在钞库街。妓家鳞次比屋而居，

屋宇清洁，花木萧疏。"

〔2〕翠黛：女子用黛色描眉，这里代指歌妓。

〔3〕湮：淤塞。

〔4〕瓢儿菜：日常食用的一种梗白宽扁的青菜。袁枚《随园食单》："炒瓢菜心，以干鲜无汤为贵。雪压后更软，王孟亭太守家制之最精。不加别物，宜用荤油。"

〔5〕秦淮：秦淮河，流经金陵城南贡院、文庙一带，两岸多妓楼酒馆。

鉴赏

金陵旧院是江南歌舞声色的集中代表，也是晚明都会繁华的象征，明亡后更凝聚了孤臣孽子对故国梦华的追怀和想象。蒋超这首七绝，前两句以歌妓流落、楼台荒圮正面描写旧院的残破衰败，后两句以瓢儿菜独占春色，反衬秦淮两岸的萧条冷落，今昔盛衰的强烈对比折射出不胜唏嘘的哀思。曾经是锦袖舞雪、翠黛生春，楼台曲池、游人如织的旧院，如今只见一种极家常的瓢儿菜长满荒园，替换了旧日秦淮风情万种的春色！诗人无声的叹息，有多少"无可奈何花落去"的伤悼，抑或风雅沦为粗鄙的哀惋，真个是说不出的低徊惆怅。

陈维崧

陈维崧（1625—1682），字其年，号迦陵，江南阳羡（今江苏宜兴）人。明末四公子之一陈贞慧之子。少负才名，吴伟业曾誉为"江左凤凰"。康熙十八年（1679）以诸生召试博学鸿词科，官翰林院检讨，参与纂修《明史》。工诗词，擅骈文。其诗文风华富赡；词与朱彝尊齐名，取法苏辛，豪放苍凉，为阳羡词派领军人物。陈廷焯《白雨斋词话》称："迦陵词气魄绝大，骨力绝遒。填词之富，古今无两。"著有《湖海楼诗集》《湖海楼文集》《迦陵词》。

虞美人·无聊 [1]

无聊笑捻花枝说 [2]。处处鹃啼血 [3]。好花须映好楼台。休傍秦关蜀栈 [4]、战场开。　　倚楼极目添愁绪。更对东风语。好风休簸战旗红 [5]。早送鲥鱼如雪 [6]、过江东。

注 释

〔1〕选自上海古籍出版社 2010 年版《陈维崧集·迦陵词全集》卷五。这

首词应作于顺康年间，当时各地皆有战事。

〔2〕捻（niǎn）：以指拈物。

〔3〕鹃啼血：指杜鹃鸟哀鸣出血。杜鹃鸟红嘴，春时杜鹃花开即鸣，其声哀切。相传杜宇自天而降，称望帝，好稼穑，治郫城，死后魂化为鸟，名杜鹃，见《华阳国志》。

〔4〕秦关：秦地关塞。蜀栈：蜀中的栈道，三国蜀汉时所建。这里代指战乱不靖之地。

〔5〕簸（bǒ）：鼓荡。

〔6〕鲥（shí）鱼：一种海鱼，形秀而扁，微似鲂而长，白色如银。春季回游长江产卵，为长江下游一带名鱼。

鉴赏

无聊本是人生最无可奈何的一种情绪，没什么能提得起兴趣，没什么事可以做，真正是无趣到极点。当此际还要作诗填词，那就如俗话说的"拿无聊当有趣"，只会更无聊了。但陈维崧不信这个邪，偏要拿无聊作题目，写出有趣来。其实他也没什么有趣可写，只是就着眼前光景，对花枝说一句话，对东风说一句话，就有了词的上下片。上片是希望好花不傍战场开，寄托了和平的祈愿；下片是敦促东风早送鲥鱼来，满怀对生活的美好期待。江南之地，美不过三春好景，而花繁鱼美更是一年好景之最。一念及此，生活顿觉多有可眷可恋之时、可期可盼之事，无聊之思也就转而为有趣之想。词并没什么出奇之处，但"捻花枝说""对东风语"两句让忧患之沉重与无聊之轻漫形成诗意的张力，真正是才人手笔。

满江红·秋日经信陵君祠 [1]

席帽聊萧 [2]，偶经过、信陵祠下。正满目、荒台败叶，东京客舍 [3]。九月惊风将落帽 [4]，半廊细雨时飘瓦 [5]。柏初红、偏向坏墙边，离披打 [6]。　　今古事，堪悲诧。身世恨，从牵惹 [7]。倘君而尚在，定怜余也。我讵不如毛薛辈 [8]，君宁甘与原尝亚 [9]。叹侯嬴、老泪苦无多，如铅泻 [10]。

注 释

〔1〕选自上海古籍出版社 2010 年版《陈维崧集·迦陵词全集》卷十二。这首词是经信陵君祠凭吊信陵君之作。信陵君：名无忌，战国时魏安厘王异母弟，封信陵君。礼贤下士，有食客三千人。见《史记·魏公子列传》。信陵祠在今河南省开封市。

〔2〕席帽：以藤席为骨架，形似毡笠，四缘下垂的一种帽子，见《古今注·席

帽》。聊萧：寥落、萧疏。

〔3〕东京：指汴州，五代后晋建都汴州，改汴州为开封府，号东京。后汉、
后周以迄北宋均都于此，今为河南省开封市。

〔4〕落帽：九月九日，桓温宴龙山，僚佐毕集。有风至，吹孟嘉帽落，
嘉不觉。温使左右勿言，欲观其举止。嘉良久如厕，温令取还之，
命孙盛作文嘲嘉，著嘉坐处。嘉还见，即答之，其文甚美、四座嗟叹。
见《晋书·孟嘉传》。

〔5〕"半廊"句：暗袭李商隐《重过圣女祠》"一春梦雨常飘瓦"句。

〔6〕桕：乌桕树，叶至秋由黄变红。实如胡麻子，多脂肪，可制肥皂及蜡烛。
离披：飘拂下垂貌，这里形容乌桕树叶纷纷坠落。

〔7〕牵惹：引发，牵引。

〔8〕讵（jù）：岂、难道。毛薛：战国时赵处士毛公与薛公。毛公藏于博徒，
薛公藏于卖浆家。信陵君客于赵，闻二人名，折节从之游。后秦兵攻魏，
二人力劝信陵君归救魏国，最终大破秦军。见《史记·魏公子列传》。

〔9〕原尝：指战国时期赵国平原君与齐国孟尝君，当时并以礼贤下士著闻。

〔10〕侯嬴：大梁夷门监者，老而贤明，信陵君降礼迎至家，奉为上客。
魏安厘王二十年，秦围赵国都城邯郸，赵求救于魏，信陵君用侯嬴计，
使如姬窃得兵符，救赵却秦。留赵十年，后归魏，率五国之兵大破秦军，
直至函谷关。见《史记·魏公子列传》。

鉴赏

以礼贤下士著称的战国四公子，历来是士人仰慕追怀的对象。清秋冷落中，怀才不遇的陈维崧偶经汴州信陵君祠，自然也少不了一番感慨唏嘘。上片叙事，述秋日过信陵君祠所见，一片萧条冷落中，唯一焕发生机的是初红的乌桕，却也在坏墙边经雨打零落。这荒寒的信陵祠，是世道的象征，也是词人身世的隐喻，奠定了词作悲凉的基调。下片感怀古今，抚叹身世，一种生不逢时的憾恨油然而生，不能自已，最后只能以信陵君门客侯嬴自比，怆然泣下。从类型上说，这首词属于即事而非怀古，因此篇幅主要放在触目所见引发的感怀，而不是追忆信陵君事迹。"我讵"两句在称颂信陵君的同时肯定了自己的才能，在祠宇荒败的背景下，愈益突显出世无贤君、士多不遇的可悲现实。末句泪如铅泻的表现，本自李贺《金铜仙人辞汉歌》"思君清泪如铅水"，而更奇崛有力。

叶燮

叶燮（1627—1703），原名世倌，字星期，后改名燮，号已畦，江南吴江（今江苏苏州吴江区）人。寓居横山，学者称横山先生。康熙九年（1670）中进士，官宝应知县，以不附上官罢归。工诗古文，雅为时流所赏。著有《已畦诗文集》《琐语》《原诗》，编有《国朝四家诗集》四卷，又修吴江、宝应、陈留、仪封诸县志。《清史稿》卷四八四《文苑传》有传。

登五老峰自一峰二峰登中峰最高处 [1]

长江万里岷蜀来 [2]，彭蠡派汇天南回 [3]。巨川交叉束宇宙，庐山握纽真雄哉。左揽江流蜿蜒如鞶带 [4]，右衔湖影滟潋如螺杯 [5]。揽带衔杯昂钜首，俯视古今王侯将相无异蜉蝣与尘埃 [6]。

昔年我登日观峰 [7]，秦皇汉武如梦中。往者又登天子鄣 [8]，轩辕炼丹无乃妄 [9]。又曾一登太室颠 [10]，北邙漠漠迷林泉 [11]。无如此老蟠踞襟带亘天下 [12]，我今直上睥睨目欲无全天〔13〕。

初登一峰峰犹迤，十步九折举堪趾〔14〕。二峰初登峰削成，老猿却步狙公惊〔15〕。中峰才上见全楚，九点齐烟何处所〔16〕。谢朓惊人不足夸〔17〕，灵均欲问将无语〔18〕。君不见千牙万载蹲舞跪立群少年，拥卫老人支颐兀坐历瞬黄农虞夏忽没焉〔19〕。入海空闻不死药〔20〕，山头一息长绵绵。云衣千族绚异彩〔21〕，流泉百道华池在〔22〕。乌兔长供无尽灯〔23〕，举头把臂苍苍宰〔24〕。

庐山面目是耶非〔25〕，百转千回非所思。纵饶笔底庐山句，不是当前面目诗。

注　释

〔1〕选自清康熙叶氏二弃草堂刻本《已畦诗集》卷四。康熙二十四年
　　（1685）秋，作者游粤归途经江西游庐山所作。五老峰：位于庐山
　　东南部，由五座并立山峰组成，形如五位老人，故名。李白《登庐
　　山五老峰》："庐山东南五老峰，青天削出金芙蓉。"《徐霞客游记》："遍
　　历五老峰，始知是山之阴，一冈连属。"

〔2〕岷蜀：岷山与蜀地，代指四川。

〔3〕彭蠡：即鄱阳湖，在江西省北部。派：支流。

〔4〕鞶（pán）带：古代官员服饰中的大衣带。《周易·讼》："或赐之鞶带，

终朝三褫之。"孔颖达疏："鞶带，谓大带也。"

〔5〕滟潋：波光闪耀貌。螺杯：用螺壳制作的酒杯。

〔6〕蜉蝣：虫名，体型微小，生存期极短，多用于比喻事物的微不足道
　　或生命的短暂。

〔7〕日观峰：位于泰山山顶东岩，乃泰山观日处。秦始皇嬴政与汉武帝
　　刘彻，都曾到泰山封禅祭天。

〔8〕天子鄣（zhāng）：庐山周边另一山峰。《水经注》："庐江水出三
　　天子都，北过彭泽县，西北入于江。《山海经》：'三天子都，一曰天
　　子鄣。'"又，明桑乔《庐山纪事》："庐山者，古南障山也，亦谓之
　　天子都、天子鄣。"

〔9〕轩辕：指黄帝，居于轩辕之丘，号轩辕氏。

〔10〕太室：即嵩山，位于今河南省登封市北。

〔11〕北邙：即邙山，因在洛阳之北，故名北邙。

〔12〕襟带：如襟似带，比喻险要的地理形势。

〔13〕睥睨（pì nì）：傲视。

〔14〕堪趾：能够容得下脚趾。

〔15〕狙公：宋国一个喜养猿猴的人。《列子·黄帝》："宋有狙公者，爱狙，
　　养之成群。"张湛注："狙公，好养猿猴者，因谓之狙公也。"

〔16〕九点齐烟：俯瞰九州大地有如九点烟尘。李贺《梦天》："遥望齐州
　　九点烟，一泓海水杯中泻。"

〔17〕谢朓：字玄晖，南朝齐陈郡阳夏人。文章清丽、长五言诗，为永明体代表作家，世称小谢。以文才为随王萧子隆所赏爱，又与沈约、王融等同为竟陵王萧子良八友。有《谢宣城集》。

〔18〕"灵均"句：屈原有《问天》之作。屈原字灵均。

〔19〕老人：指老人峰，诗末自注："山半有老人峰。"支颐：以手托下巴。兀坐：独自端坐。历瞬：一眨眼之间。黄农虞夏：黄帝、神农、虞舜、夏禹，均为传说中的上古君王。

〔20〕不死药：服食可令人长生不老的仙药。《史记·封禅书》："自威宣、燕昭使人入海求蓬莱、方丈、瀛洲……诸仙人及不死之药皆在焉。"

〔21〕云衣：云气飘拂如衣裳。千族：千丛。

〔22〕华池：景色华美的池潭。

〔23〕乌兔：传说日中有乌，月中有兔，故古人用以代指日月。无尽灯：即长明灯。

〔24〕把臂：握住手臂，表示亲密。苍苍宰：上天、主宰。《庄子·逍遥游》："天之苍苍，其正色耶？"又《齐物论》："若有真宰，而特不得其朕。"

〔25〕庐山面目：苏轼《题西林寺壁》："横看成岭侧成峰，远近高低各不同。不识庐山真面目，只缘身在此山中。"

鉴 赏

叶燮是有名的古文家，其《原诗》中论七古之铺叙多通于文法，

自己作古诗也不免行以文法。这首七古长篇正是以文为诗的典型，具体说来表现在两个方面：一是句子之长突破古诗的限度，二是层层铺叙，肌理绵密。古诗句法一般以十一字为极限，而此诗中"俯视古今王侯将相无异蜉蝣与尘埃"，多至十五字；"君不见千牙万戟蹲舞跪立群少年，拥卫老人支颐兀坐历瞬黄农虞夏忽没焉"，更多至十四、十七字，为古来所罕见。古诗章法讲究腾挪跳脱，变幻无迹，而本篇"左揽……右衔……""昔年……往者……又曾……我今……""初登……二峰……中峰……"，层次清楚，肌理绵密，极尽铺陈之能事。末演绎东坡名句而别出新意——东坡说身在山中难识庐山真面目，而叶燮则说是否见识庐山真面目不好说，但自己费尽笔墨也写不出眼前景色，却是无可怀疑的。以自谦反衬庐山之千奇百态，引人遐思，意味悠长。

朱彝尊

朱彝尊（1629—1709），字锡鬯，号竹垞，又号醧舫，晚号小长芦钓鱼师，又号金风亭长，秀水（今浙江嘉兴）人。明代大学士朱国祚曾孙。康熙十八年（1679）举博学鸿词，与李因笃、严绳孙、潘耒同以布衣身份授翰林院检讨，参与修纂《明史》。康熙二十年（1681）充日讲起居注官。后因编《瀛洲道古录》，私自抄录地方所贡书籍，被学士牛钮弹劾，康熙二十九年（1690）告归。博学多才艺，诗与王士禛并称"南朱北王"；词作风格清丽，开创"浙西词派"，与陈维崧并称"朱陈"；又精于金石文史，购抄古籍图书不遗余力，为清初著名藏书家之一。著有《经义考》《曝书亭集》，编选《明诗综》《词综》。

云中至日 [1]

去岁山川缙云岭 [2]，今年雨雪白登台 [3]。可怜至日长为客 [4]，何意天涯数举杯 [5]。城晚角声通雁塞 [6]，关寒马色上龙堆 [7]。故园望断江村里，愁说梅花细细开。

注 释

〔1〕选自《四部丛刊》本《曝书亭集》卷六。作者康熙三年（1664）入
曹溶幕府，随其至云中，遇冬至节思家而作此诗。云中：今山西大同市。

〔2〕缙云岭：又名仙都山，在今浙江缙云县境。传说为炎帝苗裔缙
云氏封地，见《史记·五帝本纪》。

〔3〕白登台：山名，在今山西大同市东北，为汉高祖刘邦被匈奴冒顿单
于围困处，见《汉书·匈奴传》。

〔4〕至日：夏历冬至、夏至均可称至日，这里是冬至。

〔5〕数（shuò）：屡屡，多次。

〔6〕雁塞：又名雁门山，在今山西代县西北，见《山海经·北山经》。

〔7〕关：雁门关，在山西代县北部，长城要塞之一，为山西南北交通要冲。

龙堆：白龙堆的略称，古西域沙丘名，在今新疆南路的戈壁滩沙漠。

鉴 赏

这是一首即事之作。首联以"去岁"与"今年"对举，"山川"
言地理之辽远，"雨雪"言季候之变换，引出生涯漂泊之悲的主题。
颔联承下句写至日：至日已近岁暮，原该阖家团圆，可诗人却远客
山西，不得还归。古诗云："客行虽云乐，不如早旋归。"为客已是
可悲，至日为客愈加可悲，而诗人长年于客中度过至日，则其悲情

又何以堪？故总以"可怜"二字约之，下句更叠加"天涯"之远，使至日远客之悲层层郁积，同时逗出云中。颈联承"天涯"而写云中："城晚"点明时分，"关寒"点明气温；"角声""马色"近扣军幕，"雁塞""龙堆"远切边关，声色交融，气象森严。这两句本是城头远眺所见，但偏不出望字，而到尾联补出此意。故园江村是远不可望的，只能付之想象。联想所及，杜甫《江畔独步寻花七绝句》(其七)的"繁枝容易纷纷落，嫩蕊商量细细开"一联浮上心来，于是就有了"愁说梅花细细开"的结句。"细细开"也就是慢慢开，三字凝聚了多少祈愿之心、期待之意！朱彝尊诗，向来的评价是富于书卷，以博雅胜，但此诗却洗发一空，全不依傍，只是显示出浓重的学杜痕迹。如首联今昔对举之本自《岳阳楼》、颔联意义叠加之本自《登高》，而结联脱化于《江畔独步寻花七绝句》也是一目了然的。

玉带生歌并序[1]

玉带生，文信国所遗砚也[2]。予见之吴下，既摹其铭而装池之，且为之歌曰：

玉带生，吾语汝：汝产自端州[3]，汝来自横浦[4]。

幸免事降表，金名谢道清[5]，亦不识大都承旨赵孟頫[6]。能令信公喜，辟汝置幕府。当年文墨宾，代汝一一数：参军谁？谢皋羽[7]；寮佐谁？邓中甫[8]；弟子谁？王炎午[9]。独汝形躯短小，风貌朴古；步不能趋，口不能语。既无鸜之鸰之活眼睛[10]，兼少犀纹彪纹好眉妩[11]。赖有忠信存，波涛孰敢侮？是时丞相气尚豪，可怜一舟之外无尺土，共汝草檄飞书意良苦。四十四字铭厥背[12]，爱汝心坚刚不吐。

自从转战屡丧师，天之所坏不可支。惊心柴市日[13]，慷慨且诵临终诗，疾风蓬勃扬沙时。传有十义士，表以石塔藏公尸[14]，生也亡命何所之？或云西台上[15]，晞发一叟涕涟洏[16]。手击竹如意[17]，生时亦相随。冬青成阴陵骨朽[18]，百年踪迹人莫知。会稽张思廉[19]，逢生赋长句。抱遗老人阁笔看[20]，七客寮中敢咻怒[21]？

吾今遇汝沧浪亭[22]，漆匣初开紫衣露。海桑陵谷又经三百秋[23]，以手摩挲尚如故。洗汝池上之寒泉，漂汝林端之霏雾。俾汝畏留天地间，墨花恣洒鹅毛素。

注　释

〔1〕选自《四部丛刊》本《曝书亭集》卷二十一。玉带生：古砚名。宋末文天祥所藏端砚，后归谢翱，入元后又归杨维桢。以砚有白纹如

带，名之曰"玉带生"。清于敏中《西清砚谱》卷九载："砚高五寸许，宽一寸七分，厚如之。形长而圆，旧端溪子石也。下砚面三分许，周界石脉一道，莹白如带。墨池上高寸许，镌'玉带生'三字篆书；侧面石脉下周，镌宋文天祥铭三十八字；末署'庐陵文天祥制'六字。"

〔2〕文信国：指文天祥，祥兴元年（1278），宋廷封文天祥为少保、信国公。

〔3〕端州：今广东肇庆端州区，其端溪自唐初即盛产名砚。唐李肇《唐国史补》："内丘瓷瓯、端州紫石砚，天下无贵贱通用之。"端砚与甘肃洮砚、安徽歙砚、山西澄泥砚并称为"四大名砚"。

〔4〕横浦：古水名，即今广东北江翁源浈水。

〔5〕谢道清：临海（今属浙江）人，右丞相谢深甫孙女，宋理宗皇后。德祐元年（1275），其孙恭帝继位，以年幼由谢道清垂帘听政。德祐二年（1276）二月，元军兵逼临安，谢道清求和不成，派左丞相吴坚等赴元大都（今北京），向元世祖忽必烈递降表。谢道清由太皇太后降为寿春郡夫人，七年后于元至元二十年（1283）去世，享年73岁。

〔6〕赵孟𫖯（1254—1322）：字子昂，号松雪道人，吴兴（今浙江湖州吴兴区）人。宋宗室。宋亡后仕于元。工书画。元世祖忽必烈赏其才貌，颇为礼敬，累官翰林学士承旨、荣禄大夫。

〔7〕谢皋羽：南宋诗人谢翱（1249—1295），字皋羽，一字皋父，号宋累，又号晞发子，建宁浦城（今属福建）人。宋度宗咸淳间应进士试，不第。德祐二年右丞相文天祥改任枢密使同都督诸路兵马，传檄各州、郡，

举兵勤王。谢翱倾其家产募乡兵数百人，投奔文天祥，被委为谘议参军。兵败后避地浙东，与方凤、吴思齐、邓牧等结月泉吟社。著有《天地间集》《晞发集》《浦阳先民传》等。

〔8〕邓中甫（1232—1303）：名剡，字光荐，青原（今江西吉安青原区）人。文天祥幕中文士，曾撰《文信公墓志》。与宋末丞相陆秀夫交好，秀夫曾手书日记授之，曰："足下若后死，以此册传故人。"遂著《填海录》，记宋亡厓山英烈事迹。

〔9〕王炎午（1252—1324）：初名应梅，字鼎翁，别号梅边，安福（今属江西吉安）人。淳祐间太学生，临安陷落，谒文天祥，竭家产助勤王军饷。文天祥留置幕府，以母病归。文天祥被执，作生祭文以励其死。入元改名炎午，杜门不出，名其集曰《吾汶稿》。

〔10〕鸲鹆（qú yù）：即雊鹆，俗称八哥。双眼黑亮有神，喜欢鸣唱，能模仿其他鸟的叫声，经调养能模仿人语。

〔11〕彪纹：虎身上的斑纹。

〔12〕"四十"句：砚底并有小篆铭："紫之衣兮绵绵，玉之带兮卷卷。中之藏兮渊渊，外之泽兮日宣。呜呼！磨尔心之坚兮，寿吾文之传兮。庐陵文天祥造。"赵翼《汪水云砚歌》："昔文丞相有砚玉带生，至今四十四字传其铭。"厥，其。

〔13〕柴市：元大都刑场，文天祥于此就义。元王恽《中堂事记》载"戮于燕南城柴市"，则在今北京宣武门南、广安门内外一带。一说在今

北京市东城区府学胡同西口。

〔14〕"传有"两句：《帝京景物略》云："文信公之死，江南十义士舁公藳葬都城小南门外五里道旁。大德二年，继子升至都，顺城门内见石桥织绫户妇，公旧婢也，为升语刘牢子，乃引到葬处，大小二僧塔，其大塔小石碑刻'信公'二字，遂以归葬庐陵。"《江西富田文氏族谱》云："元世祖屡诱以大用，不屈，至元壬午十二月初九死节，年四十七。夫人欧阳氏与十义士收殡于都城小南门外，后张毅奉柩归里，葬于八十一都鹜湖大坑虎形。"

〔15〕"或云"六句：文天祥就义后八年，即元世祖至元二十七年（1290），谢翱与友人登西台祭拜，并作《登西台恸哭记》以记其事。文中以唐代忠烈之臣颜真卿隐喻文天祥，寄托不胜悲恸之情。这里写传闻谢翱西台哭祭文天祥时携带着玉带生砚。

〔16〕晞发：披着湿漉漉的头发，让太阳晒干。谢翱又号晞发子，撰有《晞发集》。涟洏：泪流不止。

〔17〕"手击"句：谢翱《登西台恸哭记》载："乃以竹如意击石，作楚歌招之曰：'魂朝往兮何极？莫归来兮关塞黑。化为朱鸟兮，有咮焉食？'"

〔18〕"冬青"句：元江南释教都总统杨琏真迦，盗掘钱塘、绍兴宋陵，窃取珍宝，弃尸骨于荒野草莽间。绍兴义士唐珏等以假骨易诸帝后遗骸葬于兰亭，植冬青树为识。谢翱作《冬青树引》云："愿君此心无

所移、此树终有开花时！”这里暗用其事。

〔19〕张思廉：元代诗人，也曾作《玉带生歌》，已佚。

〔20〕抱遗老人：元末明初著名文学家杨维桢（1296—1370），字廉夫，号铁崖、铁笛道人，又号铁心道人、铁冠道人、梅花道人等，晚年自号老铁、抱遗老人、东维子，绍兴路诸暨（今属浙江）人。著有《东维子集》。

〔21〕七客寮：据《玉带生传》载，杨维桢在回诸暨途中，于月泉书院偶得玉带生砚，“载与俱东，以上客居七客寮”。哓（ào）怒：发怒。

〔22〕沧浪亭：苏州著名园林，为北宋诗人苏舜钦的私人花园，占地面积 1.08 公顷，是苏州现存历史最悠久的古典园林，与狮子林、拙政园、留园并称为苏州宋、元、明、清四大园林。

〔23〕海桑陵谷：语出《太平广记》卷六十引葛洪《神仙传·麻姑》：“接待以来，已见东海三为桑田。”《诗·小雅·十月之交》：“高岸为谷，深谷为陵。”后以比喻改朝换代的历史变易。

鉴赏

　　笔砚为古代文人最亲近的日常用品，当南窗吟诗作赋，每以砚北自号。玉带生因系文天祥所用，砚以人重，历来传为宝物。自杨维桢去世，三百年间下落不明，直到清康熙年间，“性嗜古、精鉴赏”的收藏家、苏州巡抚宋荦在沧浪亭宴客，出以示客，这才重现于世，引得许多诗人赋诗作歌，传为盛事。朱彝尊也是当时席上一睹神物的幸运客，面对这方历尽沧桑的名砚，不禁浮想联翩。对文天祥的景仰追怀重新唤起渐已淡忘的自己昔年抗清斗争的记忆，名砚流传中的故事、人物让他感同身受，不觉沉浸于自身经历与当下感慨的复杂交织中。全诗分为三段，起首到"爱汝心坚刚不吐"，写玉带生砚的来历；从"自从转战屡丧师"到"七客寮中敢吠怒"，写文天祥就义后砚失传的经过及相关传说；"吾今遇汝沧浪亭"以下，写观摩名砚引发的沧桑之感。三段笔法各异，写砚的来历叙事详明，写砚的流传用笔隐约，而写观感则出以赋笔，寄情言外。配合全诗长短错落、奇偶兼综的多变句式，于是造就此诗不同寻常的淋漓格调。

屈大均

屈大均（1630—1696），字翁山、介子，号莱圃，番禺（今广东广州番禺区）人。父入赘邵家，儿时随父居南海，崇祯十三年（1640）归原籍，复屈姓。曾参与其师陈邦彦及陈子壮、张家玉等的反清活动，失败后于番禺县雷峰海云寺削发为僧，法名今种，字一灵。中年复改儒服。生平慕屈原、李白之为人，喜漫游。诗与陈恭尹、梁佩兰齐名，有"岭南三大家"之称。著有《广东新语》，诗文后人辑为《翁山诗外》《翁山文外》。

旧京感怀二首（其二）[1]

内桥东去是长干[2]，马上春人拥薄寒。三月风光愁里度，六朝花柳梦中看。江南哀后无词赋[3]，塞北归来有羽翰[4]。形势只余抔土在[5]，钟山何必是龙蟠[6]？

注　释

〔1〕选自上海古籍出版社 2017 年版《屈大均诗词编年校笺》卷四。康熙

七年（1668）冬，屈大均携妻子王华姜南归，渡江至金陵，僦居秦淮河畔，有感而作此诗。旧京：指南京（今属江苏）。明成祖迁都北京，改应天府为南京。

〔2〕内桥：故址在今南京市中山南路。长干：即长干里，古建康里巷名，故址在今南京市南。左思《吴都赋》："长干延属，飞甍舛互。"刘逵注："江东谓山冈间为干。建邺之南有山，其间平地，吏民居之，故号为干。中有大长干、小长干，皆相属。"古乐府有《长干曲》。

〔3〕江南哀：南朝梁庾信出使西魏被留，乃仕周，梁亡后作《哀江南赋》以悼。

〔4〕"塞北"句：暗用汉苏武故事。《汉书·苏武传》载：苏武使匈奴被拘，后汉使至，其属官常惠夜见汉使，教使者谓单于，言天子射上林中，得雁，足有系帛书，言武等在荒泽中。使者语单于，单于视左右而惊，谢汉使曰："武等实在。"武乃得归汉。此言自己在北方从事抗清活动，失败南归，只有友人的书信可以证明自己的志节。

〔5〕抔（póu）土：代指皇陵。语出《汉书·张释之传》："今盗宗庙器而族之，有如万分一；假令愚民取长陵一抔土，陛下且何以加其法虖？"

〔6〕"钟山"句：钟山即紫金山，位于南京市东，明太祖与马皇后所葬孝陵在南麓独龙阜玩珠峰下。龙蟠，形容钟山形势雄伟。晋吴勃《吴录》："刘备曾使诸葛亮至京，因睹秣陵山阜，叹曰：'钟山龙蟠，石头虎踞，此帝王之宅。'"此用其语。

清诗鉴赏

鉴 赏

　　诗从早春踏青写起，"薄寒"既点明气候，又暗喻诗人的心境。颔联更寄托了"国破山河在"（杜甫《春望》）的悲怆：三春烟景适足触发无边愁绪，物是人非的强烈感受更让诗人沉浸于历尽沧桑的幻灭感而不能自拔。在这里，旧京的繁华虽只用"花柳"二字轻轻带过，但"六朝"所背负的改朝换代的历史镜像仍赋予它深厚而复杂的情感内容。四句写尽心头的兴亡之感，并牵引出颈联庾信和苏武的典故，表明自己的志节和无奈。结联套用李商隐《咏史》"三百年间同晓梦，钟山何处有龙蟠"，说自古号为形胜的钟山只剩下个明孝陵，何曾捍卫过明朝的天下。言外流露一丝对明末朝政腐败导致覆亡的憾恨。这种哀恨交加的复杂情绪正是当时士大夫痛定思痛的典型心态。

陈恭尹

陈恭尹（1631—1700），字元孝，初号半峰，晚号独漉子，又号罗浮布衣，顺德（今属广东）龙山乡人。著名抗清志士陈邦彦之子，以布衣终其身。诗文兼工，与屈大均、梁佩兰并称为"岭南三大家"。又善书，时称广东第一隶书高手。有《独漉堂全集》。

读 秦 纪 [1]

谤声易弭怨难除 [2]，秦法虽严亦甚疏 [3]。夜半桥边呼孺子 [4]，人间犹有未烧书 [5]。

注 释

〔1〕选自广东人民出版社 2016 年版《陈恭尹诗校笺》本《增江后集》。这是作者读《史记·秦始皇本纪》而作的咏史诗。

〔2〕弭（mǐ）：消除、平息。

〔3〕"秦法"句：意同于袁宏道《经下邳》："诸儒坑尽一身余，始觉秦家

清诗鉴赏

网目疏。"

〔4〕"夜半"句：张良少时游下邳，遇逸老黄石公，执礼恭敬，黄石公许
其"孺子可教矣"，约平明往见，授以《太公兵法》，且曰："读此则
为王者师矣。后十年兴。"后遇刘邦起兵，张良数以《太公兵法》说
刘邦，刘邦常用其策，终以灭秦。事见《史记·留侯世家》。

〔5〕"人间"句：即袁宏道《经下邳》"枉把六经灰火底，桥边犹有未烧书"
之意。

鉴 赏

关于秦始皇焚书坑儒和秦祚速绝的关系，唐人章碣《焚书坑》
一诗其实已说得再透彻不过——"坑灰未冷山东乱，刘项原来不读
书"，这是说知识垄断和思想禁锢是毫无意义的，摧毁暴政的力量
不是读书人，乃是愤怒的民众。但后来的封建君主似乎仍不明白这
一点，总是以各种手段禁锢思想和封锁言论，从宋代开始就文字狱
不断，成为中国古代政治的一个特色。清康熙二年（1663），湖州
富商庄廷鑨邀集学者编纂《明史》，触犯朝廷忌讳，导致庄氏全族
和参与者七十多人被戮，几百人流放充军，成为清初最大的文字狱
案。这件事让著书和政治的关系再度成为人们关注的问题。陈恭尹
这首《读秦纪》，虽是读史引发的感触，但主旨却是对历史和现实
的反思：统治者可以压抑非议和不满的呼声，却无法消除民众内心

的怨愤。历史的结局证明，即便在那个知识和信息传播都有很大局限的时代，秦始皇的焚书坑儒也是徒劳的，并不能避免覆亡的命运。这乃是显而易见的事，所以诗没有停留在这点上，而是举出圯上黄石公传张良兵书的故事，暗示"秦法虽严亦甚疏"的可笑乃至最终走向灭亡的结局，末句取意虽同于袁宏道《经下邳》诗，但精警胜过袁作，对封建统治者不啻是一记沉重的警钟！

李因笃

李因笃（1632—1692），字子德，一字孔德，号天生，富平（今属陕西）人。顺治十六年（1659）起在陈上年署中坐馆授读。康熙十八年（1679）应博学鸿词试，授翰林院检讨，不久即以赡养老母为由辞归。经学造诣深厚，与李颙、李柏并称"关中三李"。精于音律，长于诗词，"诗品似李北地之宗杜陵"（《国朝诗别裁集》）。著作今存《受祺堂诗集》《受祺堂文集》《汉诗评》《古今韵考》等。

潼关三首（其一）[1]

云薄关河紫气长[2]，帝枢曾此撼严疆[3]。河经百二开天地[4]，华枕西南锁雍梁[5]。戌火忽移函谷月[6]，征车多带灞亭霜[7]。旧京萧索垂千载，飞挽何由接巨航[8]？

注释

〔1〕选自清康熙田少华刻本《受祺堂诗》卷十三，系康熙九年（1670）

作者经潼关所作怀古之作。潼关：古称桃林塞。东汉时设潼关，故址在今陕西省潼关县东南，处陕西、山西、河南三省要冲，素称险要。杜甫《北征》："潼关百万师，往者散何卒。"明崇祯十六年（1643），李自成农民军破潼关，入西安，进而占领关中地区。

〔2〕关河：指函谷诸关与黄河。《史记·苏秦列传》："秦四塞之国，被山带渭，东有关河，西有汉中。"张守节《正义》："东有黄河，有函谷、蒲津、龙门、合河等关。"紫气：祥瑞之气。司马贞《史记索隐》引《列仙传》："老子西游，关令尹喜望见有紫气浮关，而老子果乘青牛而过也。"杜甫《秋兴八首》其五："东来紫气满函关。"

〔3〕帝枢：即帝都。

〔4〕百二：《史记·高祖本纪》："秦，形胜之国，带河山之险，县（悬）千里，持戟百万，秦得百二焉。"裴骃《集解》引苏林曰："秦地险固，二万人足当诸侯百万人也。"后世因以百二称关中形胜之势。元好问《岐阳》诗之二："百二关河草不横，十年戎马暗秦京。"

〔5〕华：西岳华山，在陕西境内。雍梁：雍州和梁州。雍州，古九州之一，得名于今陕西省宝鸡市凤翔区境内的雍山、雍水。隋以长安附近一带设雍州，唐属京兆府。梁州，亦为古九州之一，三国时始设梁州，治所在南郑，唐德宗时改为兴元府，明改为汉中府，在今陕西汉中市。

〔6〕函谷：即函谷关，秦所建者位于今河南省灵宝市北，汉所建者位于今河南新安县，紧邻黄河，为扼守长安、洛阳两京古道的山谷要塞，

历来为兵家重镇。

〔7〕征车：古代朝廷征召贤达派用的车子。灞亭：灞桥边的长亭，古人于此饯别。岑参《送祁乐归河东》："置酒灞亭别，高歌披心胸。"

〔8〕飞挽：迅速运送粮草，同"飞刍挽粟"。《陈书·宣帝纪》："飞刍挽粟，征赋颇烦，暑雨祁寒，宁忘咨怨。"

鉴赏

自秦汉至隋唐，潼关一直是扼守关中，节制长安、洛阳两都的雄关要塞，王朝兴亡常与潼关的安危息息相关。直到五代以后，潼关才渐失其战略地位，成为往来文人登临凭吊，发思古之幽情的历史遗迹。李因笃这首七律，首联追溯潼关的悠久历史和重要地位；颔联指明其地理位置和形胜险要；颈联以烽火在函谷关的月色中传来，征车到来带着灞亭的风霜，表明潼关为往来关中咽喉之地；尾联感叹昔日的关隘早已丧失其战略地位，怎么还有漕运军需的大船到来呢？结句的设问似乎包含着一种期盼，一种遗憾，其具体的寄托大概只有诗人自己才清楚了。

王士禛

王士禛（1634—1711），字子真，又字贻上、阮亭，号渔洋山人，新城（今山东桓台）人。生于簪缨世家，幼从长兄士禄学诗，年十五即有《落笺堂初稿》一卷。与兄士禄、士祜有"三王"之称。顺治十四年（1657）秋，集诸名士于大明湖畔，赋《秋柳》四章，四方赓和者多至数百家。翌年登进士第，授扬州府推官。与邹祗谟同编《倚声初集》，于清初填词之复兴颇有推动。钱谦益序其诗集，期许甚殷。康熙三年（1664）回朝，迁礼部主客司主事，累官至刑部尚书。诗学初宗盛唐王孟清雅一派，中年出入两宋、金元诸家，以"神韵"为旨归，门庭之广一时无出其右。所著诗文别集有《渔洋诗集》《渔洋诗续集》《蚕尾集》等，晚年门人汇编为《带经堂集》。另有《渔洋精华录》及多种小集散行于世。词集有《阮亭诗余》《衍波词》，诗话、词话尚有《五代诗话》《花草蒙拾》及门人所记诗论《师友诗传录》《然灯纪闻》等。

清诗鉴赏

再过露筋祠 [1]

翠羽明珰尚俨然 [2]，湖云祠树碧于烟。行人系缆月初堕，门外野风开白莲。

注 释

〔1〕选自齐鲁书社 2007 年版《渔洋精华录汇评》卷一。顺治十七年
（1660）春，作者赴任扬州推官，途经露筋祠，作有五律一首，夏
间往来淮、扬两地，再作这首七绝，故题作"再过"。露筋祠：俗称
仙女庙，故址在今江苏高邮市南三十里处，旁有贞女墓。其来历传
说不一，清徐昂发《畏垒笔记》曾有辨正。后世主要根据宋王象之
《舆地纪胜》的记载，说有姑嫂夜行至此，天阴蚊盛，近有耕夫农舍。
其嫂前往投宿，姑以男女之嫌，曰："吾宁死不失节。"因被蚊虫啮食，
露筋而死。后人立祠以表彰贞节，往来行人多有题咏。
〔2〕翠羽明珰：祠中供奉贞女塑像的头饰和耳环。

鉴 赏

这首七绝在清代非常有名，"论者推为此题绝唱"，陆以湉认为

它的好处在于"不即不离，天然入妙"（《冷庐杂识》卷一）。质言之就是避免正面描写而多取言外之意。像这样的题材是很难下笔的：歌颂女子的贞节，容易流于陈腐，况且到了清代，以王士禛那么通达的人，也未必赞许女子这种固执的念头；而哀叹年轻生命的凋零，赞美青春芳华，又容易显得轻佻，不够庄重。实在很难措辞啊！王士禛的策略是放弃叙述故事和议论评价，避实就虚，以象征性的景物描写营造神韵之美。仅在首句约略描写贞女塑像的庄重明洁，以见祠庙为人恭敬珍护，马上就将视线投向祠周围的景色。湖上的云，祠外的树，用一个古代既可指绿又可指蓝的"碧"字着色，然后又以既无确定颜色也无确定形体的"烟"来作比较对象，使本来明确的东西转而变得不明确起来，这就给读者设置了玩味的空间。第三句回到写实，将自己登舟与"月初堕"这特定时刻相连接，突出了一种瞬间性，自然地引出仿佛是偶然一瞥所见的白莲。这个显然象征着明艳高洁的意象，为第一句的外貌描写注入了道德内涵。夜色中静开的白莲，正如这荒僻而孤独的贞女庙，在久远的岁月中淡化了故事的血腥色彩，只剩下一个贞静的形象供人凭吊。这个野风中的白莲很可能是虚构场景，现存明清之交的作者如谢肇淛、熊文举等人的作品都没有写到白莲，而自从王士禛诗成为此题绝唱，后人的诗思就常与白莲相连了。

真州绝句五首（其四）[1]

江干多是钓人居[2]，柳陌菱塘一带疏。好是日斜风定后，半江红树卖鲈鱼。

注 释

〔1〕选自齐鲁书社 2007 年版《渔洋精华录汇评》卷二。这组诗是诗人任扬州推官期间所作。真州：即扬州府所属仪征县旧名。唐代名白沙镇，宋大中祥符六年（1013）升建安军为真州，宋、元两代均为真州治所，明、清改为仪征县，真州遂为县治所在的城关镇。今为江苏仪征市。

〔2〕江干（gān）：江岸。

鉴 赏

王士禛任扬州推官期间经常到扬州所辖各县巡察，留下不少描写江淮风物的诗词。像红桥修禊所作词句"绿杨城郭是扬州"（《浣溪沙》），至今仍是当地引以自豪的诗歌名片。真州濒临长江，江边人家多以渔业为生。这首七绝摄取黄昏时分江边鱼市的热闹景象，纯以白描之笔、写生之法，将触目所见娓娓道来，明白如话却情趣盎然，引人遐想。看似自然随意的叙事中，也隐藏着细腻的诗心。比如第三句的"风定"就承首句"钓人"而来，不是么？只有向晚风定才能下钓啊！而末句的"半江红树"又与第二句的"柳陌菱塘"红绿相映，让画面平添一层明艳之感。这红树大概不是枫树就是乌桕吧，明明是生长在江岸上，偏说是半江，无形中让人产生水中倒影的联想。这明艳沉静的景色和卖鲈鱼这市井生活场景拼接在一起，似乎不太谐调，却又让人感觉异常优美。也许是"鲈鱼"的特写与"半江红树"的大背景构成了特殊的视觉张力吧。由此倒可以体会一下神韵诗的魅力。

蛾矶灵泽夫人祠二首（其二）[1]

霸气江东久寂寥，永安宫殿莽萧萧[2]。都将家国无穷恨，分付浔阳上下潮[3]。

注 释

〔1〕选自齐鲁书社 2007 年版《渔洋精华录汇评》卷十一。蛾（xiāo）矶：在安徽马鞍山市采石矶下。灵泽夫人：三国时东吴大帝孙权妹，蜀汉昭烈帝刘备之妻。刘备入蜀，吴迎孙夫人归。在毛宗岗版《三国

演义》中，夷陵之战后讹传刘备已死，孙夫人伤心不已，投江而死。后人为立庙，曰枭姬祠。枭姬又讹为蟂矶。

〔2〕永安宫：蜀汉行宫，位于四川奉节县白帝城。章武三年（223）刘备征吴失利，病殁于此。

〔3〕浔阳：古代长江流经这里的一段称浔阳江，县治在江北即浔水之阳，因而得名。后长江改道，县治变成江南，今为江西九江市。三国时浔阳为吴蜀之分界。

鉴赏

　　作为神韵诗论的倡导者，王士禛的诗常给人以空灵澹远、不可凑泊的联想。其实细绎渔洋诗作，往往可见细针密线的用意。像这首写灵泽夫人祠的七绝，就足见诗心之微。孙夫人既是蜀汉刘备之妻，又是东吴孙权之妹，吴为其家，蜀为其国，作者巧妙地抓住她系家国于一身的特殊身份来展开诗的意脉。首句先写"家"，次句再写"国"，一笔虚一笔实，写尽历史兴亡的感伤。江东之家在长江下游，西蜀之国在长江上游，蟂矶正位于中间，三、四两句紧扣灵泽夫人祠所在的位置，用"上下潮"隐喻孙夫人的家、国之恨，构思取意可以说是巧妙到极点。清代诗论家沈德潜说："浔阳以上为刘，浔阳以下为孙，夫人之恨，真无穷矣。"（《国朝诗别裁集》）道出其取意之妙。

曹贞吉

曹贞吉（1634—1698），字升六，又字升阶、迪清，号实庵，安丘（今属山东）人。与弟申吉并有文名。康熙三年（1664）进士，授中书舍人，历任户部员外郎、礼部郎中、湖广学政，以病辞归。工诗古文词，与嘉善曹尔堪并称"南北二曹"，又与宋荦、田雯、丁炜等并称"金台十子"。词尤有名，《四库全书》于本朝词集仅收其《珂雪词》一种。所著诗文刊有《珂雪集》。

留客住·鹧鸪〔1〕

瘴云苦〔2〕。遍五溪、沙明水碧〔3〕，声声不断，只劝行人休去。行人今古如织，正复何事关卿〔4〕，频寄语。空祠废驿，便征衫湿尽，马蹄难驻。　　风更雨。一发中原〔5〕，杳无望处。万里炎荒，遮莫摧残毛羽〔6〕。记否越王春殿，宫女如花，只今惟剩汝〔7〕。子规声续，想江深月黑，低头臣甫〔8〕。

注 释

〔1〕选自华东师范大学出版社 2018 年版《珂雪词笺注》卷上。这是一首咏物词，用《留客住》一调咏鹧鸪。鹧鸪是一种产于南方、形似雌雉、体大如鸠的鸟。古人传说其叫声极似"行不得也哥哥"。

〔2〕瘴云：指南方易致人疾病的湿气。

〔3〕五溪：有广义、狭义不同说法。狭义指湖南怀化境内的巫水（雄溪）、渠水（满溪）、酉水（酉溪）、潕水（潕溪）、辰水（辰溪），见郦道元《水经注》；广义则泛指流经湖南、贵州一带的河流。沙明水碧：钱起《归雁》："水碧沙明两岸苔。"

〔4〕何事关卿：马令《南唐书·冯延巳传》："延巳有'风乍起，吹皱一池春水'之句，元宗尝戏延巳曰：'吹皱一池春水，干卿何事？'"

〔5〕一发中原：苏轼《澄迈驿通潮阁》其二："杳杳天低鹘没处，青山一发是中原。"

〔6〕遮莫：任凭。

〔7〕"记否"句：化用李白《越王台》："宫女如花满春殿，只今唯有鹧鸪飞。"

〔8〕子规：即杜鹃鸟，古代传说为蜀国望帝杜宇之魂所化，啼声如"不如归去"。杜甫《杜鹃》诗云："杜鹃暮春至，哀哀叫其间。我见常再拜，重是古帝魂。"故南宋汪元量《送琴师毛敏仲北行》："南人堕泪北人笑，臣甫低头拜杜鹃。"

鉴 赏

古人相传鹧鸪的啼声像是"行不得也哥哥",故而诗词中常用作抒写迁客流人之悲的典故。曹贞吉这首《留客住》,将鹧鸪意象中积淀的人文意涵尽数提取出来,赋予了它更多悲剧性的人生体验。上阕写旅人在南方的恶劣气候中闻鹧鸪的不堪之情,下阕提示某些具体历史情境中的鹧鸪角色,串连起苏轼、李白、杜甫诗歌中的相关情境,使鹧鸪成了一个负荷了更多历史记忆的文化意象。作者显然很得意"江深月黑"这个意象,《御街行·和阮亭赠雁》词中也有"江深月黑、霜寒人静,独自衔芦去"之语,但读到"子规声续,想江深月黑,低头臣甫",我们已分不清这到底是在咏鹧鸪还是写人生。

顾贞观

顾贞观（1637—1714），字远平，后改华峰，号梁汾，江南无锡（今属江苏）人。晚明东林党领袖顾宪成曾孙。顺治十一年（1654）与同里词人秦保寅、严绳孙、安璐、姜宸英、汤斌及其兄顾景文结"云门社"。康熙初入京师，以诗受知于大学士魏裔介，旋擢秘书院典籍。康熙十年（1671）魏裔介为李之芳所劾，被株及告归。十五年（1676）复入京，与纳兰性德成知交，晚岁移疾归，构积书岩，著书以终。工诗文，尤擅填词，所作《弹指词》，蜚声海外。

金 缕 曲 [1]

寄吴汉槎宁古塔，以词代书，丙辰冬寓京师千佛寺冰雪中作 [2]。

其 一

季子平安否 [3]？便归来，平生万事，那堪回首？行路悠悠谁慰藉？母老家贫子幼。记不起、从前杯酒。魑魅择人应见惯[4]，总输他、覆雨翻云手[5]。冰与雪，周旋久。

泪痕莫滴牛衣透[6]。数天涯、依然骨肉[7]，几家能够？比似红颜多命薄[8]，更不如今还有[9]。只绝塞、苦寒难受。廿载包胥承一诺[10]，盼乌头马角终相救[11]。置此札，兄怀袖[12]。

注 释

〔1〕选自中华书局 2002 年版《全清词·顺康卷》。金缕曲：词牌名，又名《贺新郎》《贺新凉》《乳燕飞》《貂裘换酒》《风敲竹》等。传世作品以《东坡乐府》所收为最早，但词家以《稼轩长短句》为正调，双调，共一百十六字。顾贞观这两首词作于康熙十五年（1676）丙辰，为慰藉因科场案被诬入狱的好友吴兆骞而作。前有自注："二词容若见之，为泣下数行，曰：'河梁生别之诗，山阳死友之传，得此而三，此事三千六百日中，弟当以身任之，不俟兄再嘱也。'余曰：'人寿几何，请以五载为期。'恳之太傅，亦蒙见许，而汉槎果以辛酉入关矣。附书志感，兼志痛云。"吴兆骞见词，有《寄顾梁汾舍人三十韵》诗，冀诸友援手相救。经纳兰性德、徐乾学、顾贞观、陈维崧、徐元文等人营救，终于在康熙二十年（1681）得释生还。

〔2〕吴汉槎：即吴兆骞（1631—1684），字汉槎，江南吴江（今属江苏）

人。顺治十四年（1657）举人，因科场案被诬，翌年入京复试被除名，流放宁古塔二十余年。工诗文，有《秋笳集》。宁古塔：在今黑龙江省宁安市，清初为牧场及流放囚犯之所，见《盛京通志》。丙辰：康熙十五年（1676）。

〔3〕季子：春秋时吴国公子札，为吴王梦寿四子，贤而有文，世称吴季子。这里指吴兆骞。靳荣藩《吴诗集览》卷七上："汉槎之称为季子，以有两兄兆宽宏人、兆宫闻夏也。"

〔4〕魑（chī）魅：传说山林中的精怪，能暗中害人。杜甫《天末怀李白》："文章憎命达，魑魅喜人过。"兆骞子桭臣《秋笳集跋》谓其父"为仇家所中，遂至遣戍宁古"。

〔5〕覆雨翻云：杜甫《贫交行》："翻手为云覆手雨。"喻小人反复无常。

〔6〕牛衣：乱麻编织的衣物。《汉书·王章传》："章疾病，无被，卧牛衣中。"

〔7〕依然骨肉：妻儿都在身边。

〔8〕红颜：喻科场案遭难之人。

〔9〕今还有：至今还生存。

〔10〕包胥：春秋时楚国大夫申包胥，与伍子胥交好。《史记·伍子胥列传》："员之亡也，谓包胥曰：'我必覆楚。'包胥曰：'我必存之。'及员兵入郢……申包胥走秦告急，求救于秦，秦不许，包胥立于秦廷，昼夜哭，七日七夜，不绝其声。秦哀公怜之……乃遣车五百乘救楚击吴。"

〔11〕乌头马角：《史记·刺客列传》："燕丹求归，秦王曰：'乌头白，马生角，

顾
贞
观

乃许耳。'"喻不可能之事。

〔12〕"置此"二句:《古诗十九首·孟冬寒气至》:"置书怀袖中,三岁字不灭。"

喻誓约。

其 二

我亦飘零久。十年来,深恩负尽,死生师友。宿昔齐
名非忝窃[1],只看杜陵消瘦[2]。曾不减、夜郎僝僽[3]。
薄命长辞知己别[4],问人生、到此凄凉否? 千万恨,为兄
剖。 兄生辛未吾丁丑[5]。共些时、冰霜摧折,早衰蒲柳。
词赋从今须少作,留取心魂相守[6]。但愿得、河清人
寿[7]。归日急翻行戍稿[8],把空名料理传身后[9]。言不
尽,观顿首。

注 释

〔1〕"宿昔"句:王士禛《感旧集》卷十六引顾震沧云:"贞观幼有异才,

能诗、尤工乐府,少与吴江吴兆骞齐名。"杜甫《长沙送李十一衔》:

"李杜齐名非忝窃。"

〔2〕"杜陵消瘦":李白《戏赠杜甫》:"饭颗山头逢杜甫,顶戴笠子日卓午。

借问别来太瘦生,总为从前作诗苦。"杜陵,杜甫自称杜陵野老。

〔3〕夜郎:古国名,在今贵州省西部,李白曾长流夜郎。《旧唐书·文苑

103

传》："禄山之乱，玄宗幸蜀……永王谋乱兵败，（李）白坐长流夜郎，后遇赦还。"孱愁（chán zhòu）：受苦、烦恼之意。

〔4〕薄命：指亡妻。顾贞观《弹指词》有《金缕曲·悼亡》一首，编在寄吴兆骞二首之后。

〔5〕"兄生"句：吴兆骞生于明崇祯四年（1631）辛未，顾贞观生于崇祯十年（1637）丁丑。

〔6〕"词赋"二句：殚精竭虑写作易伤身心，故嘱吴心存念想即可。

〔7〕河清人寿：《左传·襄公八年》引《周诗》："俟河之清，人寿几何？"此反用其意。

〔8〕行戍稿：指吴兆骞流放宁古塔期间所作诗稿。

〔9〕料理：整理诗稿。

鉴 赏

　　顺治十四年（1657）的科场案，清廷本意在威慑江南士子，吴兆骞罣误其中，人多悯其怨。吴兆骞有《与计甫草书》云："塞外苦寒，四时冰雪。陶陶孟夏，犹着敝裘。身是南人，何能堪此。每当穹庐夜起，服匿晨持，鸣镝呼风，哀笳带雪，萧条一望，泣下沾衣。"（《秋笳集》卷八）知者皆怜之。顾贞观为人豪爽敦古谊，康熙十五年（1676）入京，结识纳兰性德，以《金缕曲》二首相示，性德读而悯之，允诺营救。《金缕曲》是词牌中较适合叙事的长调，南宋词家多喜欢用它来写夹叙夹议的作品。顾贞观这两首作品以词代书，悯吴兆骞长流东北苦寒之地，报告自己孤苦不遇的经历，以必谋相救的承诺激励挚友善自保重、等待南归的信念。通篇明白如话，娓娓道来，意挚情真，肝胆相照。清末词论家陈廷焯评"二词纯以性情结撰而成，悲之深，慰之至。丁宁告戒，无一字不从肺腑流出，可以泣鬼神矣"，又称其"只如家常说话，而痛快淋漓，宛转反覆，两人心迹，一一如见"（《白雨斋词话》），最能道出它们质朴无华、真切感人的艺术魅力。古典文学中，"以诗代书"在中唐就出现了，但"以词代书"却出现得很晚。顾贞观这两首《金缕曲》是历来脍炙人口的名作，其朴素无华的语体与代书的文体密切相关，我们品读这两篇作品必须注意这一点。

陆次云

陆次云（生卒年未详），字云士，号北墅，钱塘（今浙江杭州）人。监生，考授州判。康熙十八年（1679）举博学鸿词科不第，次年出任河南郏县知县，以父丧归。复起官江阴知县，有善政。博学工诗文，著述颇富，有《八纮释史》《八纮荒史》《峒溪县志》《湖壖杂记》《北墅绪言》《尚论持平》《澄江集》《玉山词》等。沈德潜《国朝诗别裁集》卷十五选其诗，称"本真性情出之，故语多沉着"。

出门二首（其一）[1]

堂上有慈亲，身外无昆季[2]。承欢赖妻贤[3]，委之以为弟。弱女方四龄，初知离别意。恐其牵袂啼[4]，深伤游子绪。乘彼睡未醒，温存加絮被。拜母不能言，揖妻交重寄[5]。此际心若摧，出门方陨涕。

注 释

〔1〕选自乾隆二十五年教忠堂重订本《国朝诗别裁集》卷十五。这是一

首五言古诗，写离家外出之际辞亲别眷的凄惨情景。

〔2〕昆季：兄弟。

〔3〕承欢：讨老亲欢心。孟浩然《送张参明经举兼向泾州觐省》："十五彩衣年，承欢慈母前。"

〔4〕牵袂：言女儿揪住父亲衣服不让走。袂，衣袖。

〔5〕重寄：郑重托付。

鉴 赏

诗歌以日常家庭生活为题材，只要情感真挚，即使写得朴素平淡，也能动人。此诗叙写离家外出之际辞亲别眷的光景，家常口语，明白如话，却字字含情，催人泪下！其中对老母的愧疚、对妻子的感激、对小女的怜爱，都通过典型细节表现出来，哀婉动人。末句写出男子在人前强忍、背后独自落泪的特有情态，极为传神。

王 慧

王慧（生卒年未详），字兰韫，太仓（今属江苏）人。生活在康熙、雍正时期。学使王长源之女，常熟诸生朱方来妻。有隽才，读书秉礼，中年而寡，至七十余卒。工诗，不轻示人，而声名甚著。唐孙华称"长律或至千言，古体辄成数十韵。吐属风华，气体清拔"，沈德潜称"清朗疏洁，其品最上"。族叔王撼为选《凝翠楼集》四卷，兄吉武梓以行世。

海上观潮日出 [1]

我家沧海滨，十里尽东岸。潮米与日出，耳闻目朱看。秋晴动奇怀，一苇指浩瀚 [2]。檥棹借田家 [3]，甫至日已旰 [4]。栖息菰烟里，敲火且炊爨 [5]。少间明月起，清辉可耽玩。天宇浩无涯，长空悬镜烂。光景固自佳，尚未穷壮观。茅檐暂假寐 [6]，辗转夜过半。

隐隐天鸡鸣，早潮发将旦。亟起肩舆行 [7]，未至势已悍。喧訇震雷鼓 [8]，泙湃落银汉 [9]。喷薄六鳌倾 [10]，奔腾万马散。自然应嘘噏〔11〕，不知谁输灌。混混乾坤浮，望洋默惊叹。空阔风露重，袖薄衣裳换。萧然坐荒野，昏黑那复辨。

俄顷天水际，一线红光绽。烛龙渐吐珠〔12〕，滉漭鲸波灿。幽阴豁然开，万象自昭焕。曈昽火轮捧〔13〕，倒影金柱贯。朝霞相破碎，倏忽生变幻。玲珑玻瓈塔〔14〕，层层云间断。奇观得未有，抚掌口难赞。

可怪罔利者〔15〕，水宿如凫雁〔16〕。性命等鸿毛，冲波略无惮。我生苦跼蹐〔17〕，眼不越里闬〔18〕。海山多梦游，觉后增怅惋。异境怀自昔，贾勇得今段〔19〕。安得踵徐生〔20〕，乘桴游汗漫〔21〕。

注释

〔1〕选自中华书局2015年版《清代闺阁诗集萃编》所收《凝翠楼集》卷四。此诗为女诗人往海边漫游观潮并见日出而作。

〔2〕一苇：指驾船。《诗·卫风·河广》："谁谓河广，一苇航之。"

〔3〕檥（yǐ）棹：泊船。棹，船桨。

〔4〕甫：刚刚。旰（gàn）：天色近晚。

〔5〕敲火：击石取火。炊爨（cuàn）：烧火做饭。《广雅》："爨，炊也。"南唐徐锴《说文系传》："取其进火谓之爨，取其气上谓之炊。"

〔6〕假寐：不脱衣服打盹。

〔7〕肩舆：轿子。

〔8〕喧訇（hōng）：声响轰鸣。

〔9〕泙（pēng）湃：即澎湃。

〔10〕六鳌：典出《列子·汤问》："渤海之东，不知几亿万里，有大壑焉。实惟无底之谷，其下无底，名曰归墟。八纮九野之水，天汉之流，莫不注之，而无增无减焉。其中五山焉，一曰岱舆、二曰员峤，三曰方壶，四曰瀛洲，五曰蓬莱……所居之人皆仙圣之种，一日一夕飞相往来者，不可数焉。而五山之根无所连着，常随波上下往还，不得暂峙焉。仙圣毒之，诉之于帝。帝恐流于西极，失群仙圣之居，乃命禺强使巨鳌十五，举首而戴之，迭为三番，六万岁一交焉。五山始峙而不动。而龙伯之国有大人，举足不盈数步而暨五山之所，一钓而连六鳌。合负而趣，归其国，灼其骨以数焉。于是岱舆、员峤二山流于北极，沉于大海，仙圣之播迁者巨亿计。"鳌，传说海中的巨龟。

〔11〕嘘噏（xī）：呼吸、吐纳。《文选》卷十二木华《海赋》："嘘噏百川，洗涤淮汉。"李善注："嘘噏，犹吐纳也。"

〔12〕烛龙：《山海经·大荒北经》："有神，人面蛇身而赤，直目正乘，其瞑乃晦，其视乃明，不食不寝不息，风雨是谒。是烛九阴，是谓烛龙。"传说其所衔珠能照耀天下。

〔13〕曈昽（tóng lóng）：太阳初出由黯变亮的光景。陆机《文赋》："情曈昽而弥鲜。"

〔14〕玻瓈：即玻璃。

〔15〕罔利：追求商业利润。语出《孟子·公孙丑下》："以左右望而罔市利。"

〔16〕凫雁：两种栖息在浅水边的水鸟。

〔17〕跼蹐（jú jí）：拘束不舒畅。《后汉书·循吏传》："奸吏跼蹐，无所容诈。"谢朓《京路夜发》："敕躬每跼蹐，瞻恩唯震荡。"

〔18〕里闬（hàn）：代指乡里。闬，里巷的门墙。

〔19〕贾（gǔ）勇：乘势鼓起勇气。《左传·成公二年》："齐高固入晋师，桀石以投人，禽之，而乘其车，系桑本焉。以徇齐垒，曰：'欲勇者，贾余余勇。'"杜预注："贾，卖也。言己勇有余，欲卖之。"

〔20〕徐生：秦始皇时方士徐福，字君房，齐琅琊郡人。鬼谷子先生的关门弟子，博学多才，通晓医学、天文、航海知识，曾被秦始皇派遣，携童男女数千人出海寻仙采药。

〔21〕汗漫：浩瀚无际，此指大海。

鉴赏

中国古代女性受礼教束缚，平时不能随便出门，更不要说漫游、观光。是故从事文学写作的女性虽多，作品中却少见旅行、游历的题材，更鲜见描写名山大川的诗歌作品。到清代这种情形有所改变，

女性的生活空间日益扩大，社交、游览、旅行的机会空前增多，文学写作的题材也愈益广泛。王慧这首到海边观潮看日出的长篇五古，正是清代女性文学特有的作品。全诗分为四段，起首十八句叙写乘船抵海边、赏月至夜半不寐的经过；第二段十六句写早出观潮；第三段十四句写日出景象；末段十二句写同时感受到的商旅谋生之艰，及对渡海出游的期待。随着月升、潮来、日出景观的迭变，诗人的情绪从"尚未穷壮观"进而到"望洋默惊叹"，再到"抚掌口难赞"，自然景象的描绘与作者感受的抒发两条线交织并进，结构层次非常清楚。眼前这平生壮观和难得的经历，虽然也让女诗人体会到商旅往来海上的危险，但更多的还是激发了她渡海出游的豪迈情怀。"安得蹑徐生，乘桴游汗漫"是急切的期待，也是自知无望的空想，为我们留下了那个时代女性被压抑的渴望走出家门、向往自由生活的浪漫情怀。

张 蘩

张蘩（1640—1722），字采于，号衡栖老人，江南长洲（今江苏苏州）人。贡生吴士安室。从尤侗学词曲，著有传奇《双叩阁》《醒蒲团》《才星现》及《衡栖集》等，今惟传《双叩阁》一剧及《本朝名媛诗钞》《林下词选》诸选本所收诗词二十余首。其诗词清逸爽利，富有生活情趣。

戏为外子拨闷 [1]

失意休教苦自煎，为君把卷论前贤。儿顽应笑同王霸 [2]，婢钝何须学郑玄 [3]。涤器当垆情更洽 [4]，操舂举案志犹坚 [5]。久藏赖有床头酝，莫负梧桐月正圆。

注释

〔1〕选自清道光红香馆刻本《国朝闺秀正始集》卷二。外子：古代女主内，男主外。男人对人称自己妻子曰内人、内子，女子对人称自己丈夫则曰外子。拨闷：即解闷。

〔2〕王霸：字元伯，颍川颍阳（今河南襄城）人。父为郡决曹掾。霸少为狱吏，常慷慨不乐吏职。父奇之，遣就学于长安。刘秀起兵，过颍阳，霸率宾客请谒，曰："将军兴义兵，窃不自知量，贪慕威德，愿充行伍。"刘秀喜曰："梦想贤士，共成功业，岂有二哉！"遂从伍，累建军功，官至讨虏将军、上谷太守，封淮陵侯，为"云台二十八将"之一。事见《后汉书·王霸传》。

〔3〕郑玄：字康成，北海郡高密（今属山东）人。曾入太学，师从张恭祖、马融治经。后归里讲学，弟子多达数千人。因党锢之祸株及，杜门著述，终成一代经学宗师。世传其家婢女皆能诵经书。刘义庆《世说新语·文学》载："郑玄家奴婢皆读书。尝使一婢不称旨，将挞之，方自陈说，玄怒，使人曳著泥中。须臾，复有一婢来，问曰：'胡为乎泥中？'答曰：'薄言往愬，逢彼之怒。'"

〔4〕"涤器"句：用西汉司马相如、卓文君夫妇典故。司马相如在临邛富户卓王孙宴席上弹琴，卓王孙之女文君新寡，爱慕相如才艺，夜随相如私奔，回到成都老家，生计无着，只得再返临邛，开一爿酒店卖酒，"而令文君当垆，相如自身着犊鼻裈，与保庸杂作，涤器于市中"。事见《史记·司马相如列传》。

〔5〕"操春"句：用东汉贤士梁鸿、孟光夫妇相敬如宾的典故。梁鸿力学而不欲为官，以作《五噫歌》干时忌，逃至吴地，"为人赁春。每归，妻为具食，不敢于鸿前仰视，举案齐眉"。事见《后汉书·梁鸿传》。

张
繁

鉴赏

　　本诗作者张繁仿佛就是个早生几十年的林黛玉，诗里活脱写出那种黛玉式的孤傲、清高但又不失体贴、诙谐的性情，能让宝玉式的男人感到格外的熨帖。诗题既然说是戏为丈夫解闷，当然寓有调侃之意，不能全视为庄语。但诗中流露的情调，却又绝非一"戏"字可尽。一番话理到心到，有情有趣，把满腹书卷都捋成了家常话，搭着男人肩头娓娓数来，最后再斟一壶小酒，做丈夫的更夫复何求？古来女子写给丈夫的诗，不乏温柔敦厚的，不乏情深意长的，却少见如此贴心，如此有趣的。

吴 雯

吴雯（1644—1704），字天章，号莲洋，原籍奉天辽阳，后其父官蒲州（今山西永济），遂占籍。诸生。有诗名，与同省高士傅山有"北傅南吴"或"二征君"之称。康熙十八年（1679）试博学鸿词不第，游食南北，足迹几遍天下。诗风清倪生新，不落常格，为王士禛所赏，收在门下，尝许其能传衣钵。有《莲洋集》。

次青县题壁[1]

去年九月长安来，鲤鱼风起船旗开[2]。今年三月旧山去，马上绿杨掠飞絮。旧山风景复何如，昨日家人有报书。当门万里昆仑水[3]，千点桃花尺半鱼。

注 释

〔1〕选自清乾隆荆圃草堂刻本《莲洋集》卷七。青县：汉高帝时期置，名称多改易，明洪武八年（1375）始称青县，今属河北省沧州市。

〔2〕鲤鱼风：九月之风。《玉台新咏》卷七梁简文帝《艳歌篇十八韵》："灯生阳燧火，尘散鲤鱼风。"吴兆宜注引《提要录》："鲤鱼风，九月风也。"李贺《江楼曲》："楼前流水江陵道，鲤鱼风起芙蓉老。"李商隐《河内诗》其二："后溪暗起鲤鱼风，船旗闪断芙蓉干。"船旗：官船上插的旗帜。

〔3〕昆仑水：即黄河，古人以为黄河源出昆仑山。《淮南子·墜形训》云："河水出昆仑东北陬。"故后人每以昆仑水指黄河。如峻德《望潼关》："西来一曲昆仑水，划断中条太华山。"

鉴赏

这首诗作于康熙十八年(1679)三月，是诗人应博学鸿词试落第，返乡途中经过青县的题壁之作。作者去年九月搭官船上京，"鲤鱼风"正切时令之景；今年三月还归故里，"绿杨""飞絮"又合时节特征。两相对照，"鲤鱼风"非但关涉水路，还隐伏着跳龙门的联想，暗寓入京求仕之行的吉祷；而"绿杨""飞絮"历来便是身不由己、飘泊无定的传统意象，自然成为落第失意而归的象征。两联看似随意的景物描写，实际上寄寓了一层人事的隐喻，最见诗笔之深曲。第五句重复"旧山"二字，承上启下，带出对故乡风物的存想，以见归心急切。下句说收到家书，自然地引出结联，回应第五句的悬念：当门黄河春涨，花繁鱼美，丽景佳肴正等待着游子归去。"当

门万里昆仑水，千点桃花尺半鱼"两句显然是诗人很得意的神来之笔。据王士禛《池北偶谈》说，他另一首《答人》七绝也以这两句作结，足见他对这一联是多么珍视！王士禛曾向诗友叶方蔼、汪琬等称许这两句，让吴雯名噪京师。直到乾隆间钱陈群经过青县，还写下《舟过青县用吴天章山人青县题壁韵》一诗："山人出山曾此来，黄鸡紫蟹颜一开。我今归舟从此去，西风瑟瑟催装絮。故园荒径复何如，昨夜梦接山中书。我本无心学张翰，笑将华组换鲈鱼。"他不光步吴雯原韵，甚至取意和结构也全然因袭，让人间接地感知吴雯这首诗的深远影响。

洪 昇

洪昇（1645—1704），字昉思，号稗畦，又号稗村、南屏樵者，钱塘（今浙江杭州）人。生于仕宦之家。康熙七年（1668）北京国子监肄业，累应试不第。倾十年之力撰成传奇《长生殿》，康熙二十七年（1688）首演后引起轰动。翌年因在孝懿皇后忌日演出，而被劾下狱，革去功名。晚年穷困潦倒。康熙四十三年（1704），江宁织造曹寅在南京排演全本《长生殿》，洪昇应邀前往观摩，传说返杭途中于乌镇酒醉后落水溺死。著有诗集《稗畦集》《稗畦续集》《啸月楼集》，杂剧《四婵娟》，传奇《长生殿》《回文锦》《回龙记》等。与《桃花扇》作者孔尚任并称"南洪北孔"。今人辑有《洪昇集》。

衢州杂感十首（其五）[1]

巉屼岭势矗仙霞[2]，阻遏妖氛建虎牙[3]。障日丛篁劣容骑[4]，连云列戟不通鸦[5]。居人乱后惟荒垒，巢燕归来止数家。一片夕阳横白骨，江枫红作战场花。

清诗鉴赏

注释

〔1〕选自浙江古籍出版社 1992 年版《洪升集》卷二。衢州：东汉置新安县，属会稽郡，晋改为信安。唐置衢州，治信安。明一度改为龙游府。清仍为衢州、治西安县。今为浙江衢州市。

〔2〕巑岏（cuán wán）：山高峻貌。鲍照《登庐山望石门》："崭绝类虎牙，巑岏象熊耳。"仙霞：即仙霞岭，仙霞山脉的主峰。仙霞山脉东起今衢州、金华、丽水三市交界处，西延至浙江与江西、福建两省交界处。

〔3〕虎牙：虎帐和牙旗的合称，代指驻军布阵。

〔4〕丛篁：竹林。骑（jì）：一人骑一马。

〔5〕列戟：官衙及权贵府第门前所竖兵戟，以为仪仗。此指军阵密布。

鉴赏

明清易代之际，浙江和江南两省是抵抗最激烈的地区，战事也最惨烈，直到康熙中洪昇来到衢州时，满目仍是战乱留下的荒残景象，不能不让诗人感慨唏嘘。大约衢州的战事发生在仙霞岭一带，诗即从仙霞岭的险峻形势写起，用了四句的篇幅叙述当年抗清的军事部署，"障日""连云"两句极尽夸张，足见当时也是豪情满满的，但结局就不用说了。颈联略过战斗过程的血腥，直接跳到眼前的现实：劫后余生的人们只能栖身于荒垒，燕子归来，房舍仅存几家。

这一联相比唐李嘉祐的名句"野棠自发空临水，江燕初归不见人"（《自苏台至望亭驿，人家尽空，春物增思，怅然有作，因寄从弟纾》），纯用实笔白描，使战后衢州的凋敝状况尽在眼前。但作者觉得这两句的写实，给人的视觉冲击力还不够，在尾联更推出一个让人过目难忘的画面："一片夕阳横白骨，江枫红作战场花。"夕阳的温柔宁静与白骨的阴森惊悚同框，造成视觉上强烈的反差效果。而"霜叶红于二月花"的江枫因被战场定义，仿佛也染上血腥的色彩。这两句的艺术效果，很大程度上与"横"的模糊性用法（夕阳横还是白骨横？）和"红"的名词动用之精当有关，但从根本上说还是出于不同凡俗的感觉，一种敢于以丑为美，故意将不和谐的事物硬性组合在一起，以制造强烈的视觉刺激的冲动，美学上渗出一丝现代的趣味。

查慎行

查慎行（1650—1727），初名嗣琏，字夏重，号查田，后改名慎行，字悔余，号他山，晚年居于初白庵，又称初白先生，海宁（今属浙江）人。康熙四十二年（1703）进士，授翰林院编修，入直内廷。康熙五十二年（1713）乞归，家居十余年。雍正四年(1726)，因弟查嗣庭讪谤案株及，被逮入京，次年放归，不久去世。诗学苏东坡、陆放翁，尝补注苏诗，为康熙朝宋诗派代表诗人，继朱彝尊之后为东南诗坛领袖。著有《得树楼杂钞》《敬业堂诗集》，后人辑其评诗语为《初白庵十二种诗评》。

中秋夜洞庭对月歌 [1]

长风霾云莽千里[2]，云气蓬蓬天冒水[3]。风收云散波乍平，倒转青天作湖底。初看落日沉波红，素月欲升天敛容[4]。舟人回首尽东望，吞吐故在冯夷宫[5]。须臾忽自波心上，镜面横开十余丈。月光浸水水浸天，一派空明互回荡。此时骊龙潜最深[6]，目眩不得衔珠吟。巨鱼无知

作腾踔 [7]，鳞甲一动千黄金 [8]。人间此境知难必，快意翻从偶然得 [9]。遥闻渔父唱歌来 [10]，始觉中秋是今夕。

注 释

〔1〕选自中华书局 2017 年版《查慎行全集》本《敬业堂诗集》卷四。康熙二十一年（1682）秋，作者由贵州返海宁，道经湖南洞庭湖，正值中秋佳节，游湖上成此诗。

〔2〕霾云：阴云。

〔3〕蓬蓬：茫茫覆盖貌。冒：覆盖。

〔4〕敛容：收敛面部表情，显出严肃的神情。《汉书·霍光传》："光每朝见，上虚己敛容，礼下之已甚。"白居易《琵琶行》："整顿衣裳起敛容。"这里形容天色转阴沉。

〔5〕冯（píng）夷：河伯，传说中的河神，宫殿在湖水深处。《庄子·大宗师》："冯夷得之，以游大川。"唐陆德明《经典释文》："冯夷，华阴潼乡堤首人也。服八石，得水仙，是为河伯。"

〔6〕骊龙：黑色的龙。《尸子》卷下："玉渊之中，骊龙蟠焉，颔下有珠。"

〔7〕腾踔（chuō）：跳跃。韩愈《岳阳楼别窦司直》："巍峨拔嵩华，腾踔较健壮。"

〔8〕"鳞甲"句：言月下巨鱼腾跃，鳞片如黄金闪烁。

〔9〕翻：同"反"，反而。

〔10〕 渔父:《史记·屈原列传》载屈原被放,游于江潭,逢渔父鼓枻而歌曰:"沧浪之水清兮,可以濯吾缨。沧浪之水浊兮,可以濯吾足。"这里暗用其事。

鉴 赏

古来赋咏自然景象的诗歌之多,无过于月亮。相比光芒炽热的太阳,古人显然更偏爱澄莹皎洁的月色。查慎行值中秋之夜,放舟洞庭,满月当空,水天一色,更有难得的无穷快意!起四句写近晚风收云散、波平浪静的湖面,接连三句用"云"字勾连回环,而以"倒转青天作湖底"一句描绘水天相映的景象,异常新颖而生动。"初看"四句写日落,"须臾"四句写月升,本来很普通的景象却写出意外的新奇感觉。"此时"四句揉合神话想象与现实所见,一动一静,更兼比喻、夸张而生动,给人留下深刻印象。末四句以无限流连之笔,写偶然快意之情,借助于"渔父"这一古老的人文意象,历史与现实达成沟通,作者与伟大前辈诗人屈原的精神产生了共鸣。

拂水山庄三首（其三）〔1〕

松圆为友河东妇〔2〕,集里多编唱和诗。生不并时怜我晚，死无他恨惜公迟[3]。峥嵘怪石苔封洞，曲折虚廊水泻池。惆怅柳围今合抱，攀条人去几何时[4]。

注 释

〔1〕选自中华书局 2017 年版《查慎行全集》本《敬业堂诗集》卷十六。此诗为康熙三十二年（1693）春作者北上京师途经常熟时作。拂水山庄：钱谦益庄园，在虞山拂水岩下，在今江苏常熟市。钱谦益有诗《新正二日，偕河东君过拂水山庄，梅花半开，春条乍放，喜而有作》："东风吹水碧于苔，柳靥梅魂取次回。为有香车今日到，尽教玉笛一时催。万条绰约和腰瘦，数朵芳华约鬓来。最是春人爱春节，咏花攀树故徘徊。"

〔2〕松圆：程嘉燧（1565—1643），字孟阳，号松圆、一号偈庵，江南休宁（今属安徽）人。工诗文，与唐时升、娄坚、李流芳并称"嘉定四先生"。有《松圆浪淘集》《耦耕堂存稿》。与钱谦益交甚密，万历四十五年（1617）曾逗留拂水山庄。河东：柳如是（1618—1664），本姓杨，名爱儿，后改姓柳，名隐，字如是，号河东君，又号蘼芜君，江南吴江（今属江苏）人。明末名妓，色艺冠于一时，工词翰，后归钱谦益。谦益死，殉之。有《戊寅草》《河东君尺牍》等。

〔3〕"死无"句：明末钱谦益投降清兵，于大节有亏。故相对苟活而言，早死乃是一种幸运。南宋淮南节帅夏贵降元后四年而卒，有人赠诗云：

"自古谁无死，惜公迟四年。问公今日死，何似四年前。"

〔4〕攀条：拉扯柳枝。

鉴赏

钱谦益的文学成就和晚年失节常使后人对他抱一种矛盾态度，赞赏之余又不免惋惜。查慎行的态度正是如此，即沈德潜《国朝诗别裁集》所谓的"重其积学，惜其失身"。对易代之际士大夫殉节的赞扬、偷生的惋惜，是宋代理学风行、士大夫崇尚名节所带来的一种社会意识。上文注释所引赠夏贵诗，到清末曾被金武祥拿来与查慎行的"死无他恨惜公迟"相比较，认为不如查诗"语简而词婉"（《粟香二笔》卷三）。陈夔龙也感慨："（钱谦益）乙丙之际不恤徇乡人之请，首先列名劝进，晚节不终，识者惜之。然太史亦老态龙钟，不久即归道山。傥早没数载，宁非全福？昔查初白吊钱蒙叟云：'生不同时嫌我晚，死无遗憾惜公迟。'"（《梦蕉亭杂记》卷二）两家所引查诗文字略异，就对仗而论当然以金引为长，但"死无他恨"暗示"独有此恨"之意，尚有体谅其忏悔之心；而"死无遗憾"则见略无羞怍之意，更近于诛心。可能正因为如此，定稿作"死无他恨"，也博得沈德潜"讽刺以和婉出之，得风人之旨"的评价。

纳兰性德

纳兰性德（1655—1685），叶赫那拉氏，原名成德，避太子保成讳改名为性德，字容若，号楞伽山人。满洲正黄旗人。生于豪门，父明珠为当朝宰相，乃以门荫出任侍卫，三十一岁亡于寒疾。生性恬淡，无心名利，乐与汉族士大夫游，曾刊行《通志堂经解》。工于填词，词风明快而真挚，哀感顽艳，王国维许为"以自然之眼观物，以自然之舌言情"。著有《通志堂集》《侧帽集》《饮水词》等。

浣 溪 沙 [1]

谁念西风独自凉，萧萧黄叶闭疏窗 [2]。沉思往事立残阳。　　被酒莫惊春睡重 [3]，赌书消得泼茶香 [4]。当时只道是寻常。

注 释

〔1〕选自中华书局 2011 年版《饮水词笺校》卷一。纳兰性德娶卢氏，琴

瑟和谐，不幸婚后三年，妻子即亡故，性德沉溺于伤悼之情不能自拔，这首词即为悼念亡妻所作。浣溪沙：唐教坊曲名，后用为词牌。双调、分平仄两体，以四十二字为正体，另有四十四字和四十六字两种。

〔2〕萧萧：风吹叶落的声音。《古诗十九首·去者日以疏》："白杨多悲风，萧萧愁杀人。"疏窗：装饰有花纹的窗户。

〔3〕被酒：醉酒，为酒所困。

〔4〕赌书：用李清照夫妇嬉乐的典故。李清照《金石录后序》："余性偶强记，每饭罢，坐归来堂，烹茶，指堆积书史，言某事在某书某卷第几叶第几行，以中否角胜负，为饮茶先后。中即举杯大笑，至茶倾覆怀中，反不得饮而起。甘心老是乡矣！故虽处忧患困穷而志不屈。"

鉴赏

夫妇间平常的家庭生活，一旦失去才体会到那是可遇不可求的幸福。古来士人奉父母之命、媒妁之言成婚，难得称心如意的佳偶。性德幸得卢氏为妇，琴瑟和谐，伉俪情深，颇似赵明诚得李清照为妻。身处幸福之中，只道一切都是寻常，一朝人天永隔，昔日生活的一点一滴都变成无比美好的回忆。但作者没有罗列许多细节，只选取眼前西风、黄叶、疏窗、残阳的寒寂之景，与昔日被酒、春睡、赌书、泼茶的温馨氛围相对照，那永失吾爱的凄惘和绵绵不绝的追忆，就成为无声的伤叹落在读者心头，让人再三品味。这种抒情的力量让人联想到李煜词那直达人心的穿透力。

金缕曲·赠梁汾 [1]

　　德也狂生耳。偶然间，淄尘京国 [2]，乌衣门第 [3]。有酒惟浇赵州土，谁会成生此意 [4]。不信道、遂成知己。青眼高歌俱未老，向尊前、拭尽英雄泪。君不见，月如水。　　共君此夜须沉醉。且由他，蛾眉谣诼 [5]，古今同忌。身世悠悠何足问，冷笑置之而已。寻思起、从头翻悔。一日心期千劫在，后身缘、恐结他生里。然诺重 [6]，君须记。

注释

　〔1〕选自中华书局 2011 年版《饮水词笺校》卷二。纳兰性德见顾贞观赠

　　　吴兆骞《金缕曲》二首，感而和之。梁汾：顾贞观字。

　〔2〕淄尘：谓居京之久。淄，同"缁"，黑色。陆机《拟古诗》："京洛多风尘，

　　　素衣化为缁。"

　〔3〕乌衣：东晋王、谢大族多居金陵乌衣巷，后世多以"乌衣"代指贵

　　　家子弟。

〔4〕"有酒"二句：李贺《浩歌》："买丝绣作平原君，有酒惟浇赵州土。"

赵州，为古赵国地，在今河北省赵县。成生，性德自称。性德原名成德。

这两句说自己最追慕平原君礼贤下士之风，而世无知己之人。

〔5〕蛾眉谣诼：《离骚》："众女嫉余之蛾眉兮，谣诼谓余以善淫。"指造

谣诬陷吴兆骞的小人。

〔6〕然诺：承诺。《史记·游侠列传》："而布衣之徒，设取予然诺，千里诵

义。"

鉴赏

　　纳兰性德贵为宰相之子，曲高和寡，时感孤独，康熙十五年（1676）
与顾贞观订交，遂为终身挚友。一见顾贞观赠吴兆骞的《金缕曲》二
首，感其风义，当即允诺援手救助。本篇就是当时赓和顾词之作。上
片自陈出身高门而孤独无友，虽慕平原之风而世无知己，寂寞之感形
于言表。"不信道"以下，为结识顾贞观，欣逢知己而兴奋。"向尊前、
拭尽英雄泪"一句，将喜极而泣的激动之情表达得淋漓尽致。下片承"向
尊前"句，劝顾贞观放怀共醉。"且由他"两句，愤斥诬陷吴兆骞的小人；
"身世"三句，激励顾贞观勿为遭遇不幸而气馁。"一日心期"以下，
为顾贞观的生死义气所感激，郑重交付自己的承诺。这首和词虽不是
代书之体，但维持了原作的口语风格和第二人称的倾诉之体，声情激
越，辞气慷慨，作者的神情风貌浮于言表，恍在目前。

130

朱柔则

朱柔则（1662—1722），字顺成，号道珠，钱塘（今浙江杭州）人。归名诗人沈用济，婆母柴静仪也是著名的女诗人。工诗善画，有名当时，为"蕉园五子"之一。沈用济出游，柔则作画卷相寄，系以诗，用济阅而即日归，一时传为美谈。有《嗣音轩诗钞》。

寄远曲六首（其二）[1]

猎猎风初劲[2]，沉沉雨未阑[3]。因怜儿被薄，转忆客衣单。栖燕将雏苦[4]，征鸿失侣寒。居家与行路，同是一艰难。

注　释

〔1〕选自道光红香馆刊本《国朝闺秀正始集》卷六。这是寄给远在异乡的丈夫的诗作。

〔2〕猎猎：象声词，形容风声。

〔3〕阑（lán）：将尽。

清诗鉴赏

〔4〕将(jiāng)：携带。杜甫《堂成》："暂止飞乌将数子。"这里引申为抚养。

鉴赏

　　这是女诗人集中常见的寄外之作，题材和主题都很平常，但读来真切感人。首联写风雨之夜，"猎猎"风声带出寒意；颔联因寒而怜儿被薄，由儿被薄而虑及良人衣单，自然成文；颈联取传统意象为比喻，回注颔联，点明自己持家的艰难与良人在外游食的孤单，"苦"由"薄"生，"寒"承"单"出，俱见针线细密；尾联双挽彼此境况而归于"艰难"二字，说不尽的凄恻之感。全篇情景相生，明白如话，构思取意颇具匠心，不见雕镂痕迹，朴实真挚，自然感人。

赵执信

赵执信（1662—1744），字伸符，号秋谷，益都（今山东淄博）人。康熙十八年（1679）进士，授翰林院编修。康熙二十八年（1689），因在佟皇后国丧期间观《长生殿》，以"国恤张乐大不敬"罪名被弹劾罢官，里居以终。工诗文，精声律，曾为洪昇《长生殿》校订乐律。有《礼俗权衡》《饴山诗文集》《谈龙录》《声调谱》等著作传世。

氓入城行 [1]

村氓终岁不入城，入城怕逢县令行。行逢县令犹自可，莫见当衙据案坐 [2]。但闻坐处已惊魂，何事喧轰来向村。银铛杻械从青盖 [3]，狼顾狐嗥怖杀人 [4]。鞭笞榜掠惨不止 [5]，老幼家家血相视。官私计尽生路无，不如却就城中死。一呼万应齐挥拳，胥隶奔散如飞烟 [6]。可怜县令审何处？眼望高城不敢前。城中大官临广堂 [7]，颇知县令出赈荒 [8]。门外氓声忽鼎沸，急传温语无张皇 [9]。城中酒浓馎饦

好^[10]，人人给钱买醉饱。醉饱争趋县令衙，撤扉毁阁如风扫。县令深宵匍匐归^[11]，奴颜囚首销凶威。诘朝甿去城中定^[12]，大官咨嗟顾县令^[13]。

注 释

〔1〕选自光绪十一年重刊本《饴山诗集》卷十三《浮家集》。诗作于康熙
　　六十年（1721），写官逼民反的一次暴动经过。甿（méng）：农夫。

〔2〕当衙：县衙里升堂而坐。

〔3〕锒铛：锁囚犯的铁链。杻械：手铐铁镣。青盖：青色车盖，代指县
　　令乘坐的车。

〔4〕狼顾狐嗥：像狼一样眼神凶恶回头看，像狐狸等野兽一样吼叫，形
　　容凶恶的样子令人恐惧。

〔5〕鞭笞：鞭打。榜掠：拷打人。

〔6〕胥隶：衙役。

〔7〕大官：知县的上级官员，应该指知府。广堂：宽敞的府衙正堂。

〔8〕赈荒：救济灾荒。

〔9〕张皇：惊慌。

〔10〕馎饦（bó tuō）：面片汤。

〔11〕匍匐：贴地爬行。

〔12〕诘朝：清晨。《左传·僖公二十八年》："戒尔车乘，敬尔君事，诘朝将见。"

〔13〕咨嗟：叹息。

鉴赏

　　本诗记述了一次农民入城的抗暴事件，是诗歌史上罕见的题材。从正统的立场看，这应属于所谓恶性群体事件，但作者几乎是用喜剧的笔调叙述了事件的经过。开篇就是一连串的顶针格，杂以"欲趋举场，先问苏张；苏张犹可，三杨杀我"（唐举场语）式的句式，从农民怕入城更怕县官出城的心理写起，经过"锒铛枑械"四句的惨虐描写，迅速将矛盾推到不可调和的激化程度，于是官逼民反的"屯入城"就成了无可避免的事。面对愤怒的民众，毛主席"一切反动派都是纸老虎"的论断立马应验。尽管上官大吏深知众怒不可犯，散财安抚，醉饱的民众还是捣毁了县衙，出一口恶气而去。诗的最后，"大官咨嗟顾县令"一句最耐人寻味——不是革职，也没有训斥，只是咨嗟叹气："唉，你呀……，你呀……。"历来诗家涉及民众抗暴起义，顶多像杜甫诗"盗贼本王臣"（《有感五首》其三）、戴亨诗"盗贼本良民"（《闻警》其二）那样，归结于官逼民反。而赵执信记述屯入城事件的本末，已不仅带有活报剧的新闻性，更鲜明地表现出颂扬抗争、抨击吏制的正义感。通篇洋溢的喜剧色彩，甚至让人忽略作者的叙事技巧。比如县令与大官形象的对比，官吏暴行与民众反抗经过的叙述，虚实详略

皆得要领；而县令"赈荒"的名义在大吏临堂时方点出，渠遭民众驱逐的狼狈形容又在晚归时补叙，更见史家叙事"互见"之妙。真正是难得的好诗！

沈德潜

　　沈德潜（1673—1769），字确士，号归愚，长洲（今江苏苏州）人。师事名诗人叶燮，论诗主格调，提倡温柔敦厚的诗教。乾隆元年（1736）举博学鸿词科，四年（1739）以六十七岁的高龄中进士，成为乾隆帝最尊宠的文臣，数年间官至礼部侍郎。十四年（1749）告老还乡，优游林下二十年，加礼部尚书衔，成为清代名诗人中地位最高、享寿最久的一位。著有《沈归愚诗文全集》《说诗晬语》，编有《古诗源》《唐诗别裁集》《明诗别裁集》《国朝诗别裁集》等。

刈 麦 行 [1]

　　前年麦田三尺水 [2]，去年麦田半枯死 [3]。今年二麦俱有秋 [4]，高下黄云遍千里。磨镰霍霍割上场，妇子打晒田家忙。纷纷落硙白于雪 [5]，瓦甑时闻饼饵香 [6]。老农食罢吞声哭，三年乍见今年熟 [7]。

清诗鉴赏

注 释

〔1〕选自清乾隆十六年刻本《竹啸轩诗钞》卷六。沈德潜曾十六次应乡
试不售，长年坐馆为生，诗歌中对乡村田家生活多有描绘，如《田
家杂兴》《田家》《见水中刈稻者》等。这首《刈麦行》作于康熙
四十九年（1710）夏，写出了累经灾害而初获丰收的农人悲喜交集
的复杂心情。刈（yì）麦：割麦。

〔2〕"前年"句：沈德潜《竹啸轩诗钞》卷四戊子诗有《愁霖叹》，描绘
吴中"连旬霪雨如盆倾，河渠泛溢决堤岸，平畴新秧没强半"的灾情。

〔3〕"去年"句：沈德潜《竹啸轩诗钞》卷五己丑诗有《夏日述感七首》，
记载吴中"旱潦频仍后，三吴风景殊""瘠土农皆散，平田麦已芜""空
村多鬼语，茅屋少炊烟"的惨状。

〔4〕二麦：大麦和小麦。有秋：有收成。《尚书·盘庚上》："若农服田力穑，
乃亦有秋。"

〔5〕硙（wèi）：石磨。

〔6〕瓦甑（zèng）：陶制炊器。

〔7〕"三年"句：沈德潜《竹啸轩诗钞》卷四丁亥诗即有《忧旱》之作，
可见从康熙丁亥到己丑三年间都旱涝无收。

鉴 赏

　　沈德潜虽然晚境腾达，成为皇帝最礼遇的文臣和诗歌导师，也

写过不少歌功颂德的诗文，难免给人留下褒衣大袑的纱帽气印象，但本质上他始终是个传统的文人，有着正当的价值观和古典色彩的美学倾向，诗歌创作也继承了杜诗民胞物与的情怀，对世间的苦难多有体会和书写。这首《刈麦行》便是一个很好的例子。吴中旱涝频仍、累经天灾之后，终于盼到丰年，二麦登场，农忙食足，本应一派喜庆气象，但诗的结尾却独捕捉到一个"老农食罢吞声哭"的镜头。这喜极而泣的复杂情绪，不仅写出了特殊年代农人的特殊心态，也加重了首联灾难记忆的分量，使诗的重心由喜庆而转为悲悯，让读者在为农人庆幸之余又不能不为其毫无保障的命运唏嘘不已。

七夕辞四首（其四）[1]

璇宫莫怨渺难攀[2]，地久天长往复还。只有生离无死别，果然天上胜人间。

注　释

〔1〕选自教忠堂刊本《沈归愚诗文全集》卷二十。

〔2〕璇宫：传说中嫦娥住的广寒宫，这里代指月亮。璇，美玉。

鉴 赏

　　这组七绝共有四首，歌咏七夕牛郎织女星相会的传说。四首都写得不错，第三首"独有姮娥无伴侣，此生不起别离心"也是很有趣的佳句。本篇是第四首，用翻案的手法写出一个别开生面的新意。通常人们对牛郎织女的传说，要么为其一年只得一夕相聚而抱憾，要么为其长久离别而感伤，秦观《鹊桥仙》独作翻案之笔，以"两情若是久长时，又岂在朝朝暮暮"歌颂爱情的永恒，似已曲尽人情，使题无剩义。不料沈德潜此诗又别出心裁，说牛女虽有生离，然无死别，则神仙终究胜过凡人。单看这一首诗，可能会觉得它出语诙谐，令人莞尔，但参照钱锺书《谈艺录》的解读，就会同意后两句和钱载《追忆》其二"来生便复生同室，已是何人不是君"异曲同工，堪为悼亡七绝两奇作。组诗第一首"自吟落叶哀蝉后，并忘仙家会合期"两句，确实是悼亡主题的明确表达。

高景芳

高景芳（1681—？），字远芬，汉军正红旗人。父高琦官居浙闽总督，雅好诗书，母亲亦能诗文。十八岁归世袭一等侯、前内阁中书张宗仁，婚后伉俪情笃，诗词唱和不绝。以夫贵封一品夫人，是古来不多的真正享受过荣华富贵的女诗人。可惜后来终因张宗仁好客疏财，家境中落，景芳力持家政，勉强度日。康熙五十八年（1718），胞弟为刊行《红雪轩稿》六卷，世有"清初八旗第一才女"之誉。今天即以清代女诗人全体来衡量，她也是不多见的才力很大的作家，不仅工诗文，还妙擅辞赋，集中现存赋作四十余篇，为古来闺秀所罕俦。

输 租 行 [1]

驴驮口袋牛挽车[2]，天阴防雨宜重遮。农人惜米如珠宝，官府视米如泥沙。不辞淋尖与加耗[3]，早赐收取容归家。愿存升斗买粗布，聊与妻儿补破裤。尽情倾倒实堪怜，羞涩反遭仓吏怒。驱牛出城口吻干，无钱沽酒当风寒。辛苦回来夜将半，细嚼筐中草头饭[4]。

注 释

〔1〕选自道光红香馆刊本《国朝闺秀正始集》卷八。输租：缴纳赋税。

〔2〕驮：负载。

〔3〕淋尖：征收税粮过斗时，役吏故意将粮米倒得高出斗面而不抹平，谓之淋尖。加耗：在赋税定额之外借口弥补损耗而加收的份额。五代后唐明宗时，规定每纳米一石即外加二升，名"鼠尾耗"。后世又有"省耗""升斗耗""仓场耗"等名目。

〔4〕草头：疑即苜蓿，一种可作家畜饲料的蔬菜，俗名草头。

鉴 赏

这首以输租为题材的七言歌行，悲悯农人之劳苦辛酸，痛斥官吏之贪婪刻剥，深得元白新乐府讽喻之精神。最为难得的是，以作者高门命妇的身份，而能正视民生的苦难，写出农人在输租环节经受的盘剥，表达了难得的人道主义情怀和超越其阶级立场的正义感。或许是家道中落之后，高景芳也经历了一段度日维艰的生活，接触到市井生计的难堪。诗中不仅细致地叙写了"农人惜米如珠宝，官府视米如泥沙"的巨大反差，农人"愿存升斗买粗布"的最低期望，以及最终"尽情倾倒"仍不足数，"羞涩反遭仓吏怒"的难堪结局，甚至连"淋尖""加耗"之类的伎俩她都知道，越发显出其贵族身份与作品情怀之间让人惊异的对立。景芳夫君张宗仁序《红雪轩稿》，极称"其篇什清丽，托兴高远""即间有讽谕，莫不忠厚悱恻，能使阅者憬然自悟，确乎古风人之遗"。后来道光间女诗人沈善宝也说："古诗闺阁擅场者虽不甚少，而畅论时事恍如目睹者甚难多得。""高夫人写官吏之横暴，马（韫雪）、黄（克巽）二夫人写小民之流亡，皆不失忠厚之旨。"(《名媛诗话》卷二)张应昌将它选入《国朝诗铎》，使它广为传播。杨香池《偷闲庐诗话》也专门提到这首诗，说"专制时代官吏之贪刻、劳农之痛苦，已可概见"。

黄 任

黄任（1683—1768），字于莘，又字莘田，自号十砚老人、十砚翁，永福（今福建永泰）人。少从外祖许友学诗，又师从林佶学书。康熙四十一年（1702）中举，官广东四会知县。性喜藏砚，罢官归，船中所载惟砚石。所藏十方佳砚，流传于世，为人所珍。才情富赡，诗书俱有盛名。诗尤长于七绝，风格轻清流丽，为时所艳称。曾受聘纂修《永春州志》《鼓山志》《泉州府志》。著有《秋江集》《香草笺》。

彭城道中 [1]

小沛新丰酒一尊，《大风》歌罢忽苍茫 [2]。君王何不怜弓狗 [3]，留取韩彭守四方 [4]。

注 释

〔1〕选自乾隆刻本《秋江集》卷一。诗人经过徐州，感怀历史兴亡而作此诗。彭城：徐州古名，在今江苏徐州市。

〔2〕"小沛"二句：首句或作"天子依然归故乡"。《史记·高祖本纪》载，十二年十月，高祖击英布归过沛，置酒沛宫，悉召故人父老子弟纵酒。酒酣，高祖击筑，自为歌诗曰："大风起兮云飞扬，威加海内兮归故乡，安得猛士兮守四方！"令人皆和习之。高祖乃起舞，慷慨伤怀，泣数行下。

〔3〕弓狗：效犬马之劳的功臣。《史记·越王勾践世家》："蜚鸟尽，良弓藏；狡兔死，走狗烹。"《淮南子·说林训》："狡兔得而猎犬烹，高鸟尽而强弩藏。"

〔4〕韩彭：汉开国功臣韩信、彭越。韩信，淮阴人，少有大志，先投项羽，不被重用，后被萧何荐于刘邦，累建战功，拜相国，封楚王。彭越，砀郡昌邑人，秦末在魏地举兵起义，后率部归刘邦，拜魏相国，封梁王。与韩信、英布并为助刘邦取天下之功臣，后俱以谋反罪名被诛。

鉴赏

　　一曲《大风歌》，历来读者莫不赏其风云意气、豪迈情怀。黄任道经徐州，追想高祖当年唱《大风歌》的情景，却别有解会，读出"歌罢忽苍茫"的一层意味，即身边无人可用的凄凉。由是诗人冷语反诘：为何不珍惜为你立下汗马功劳的一干功臣呢？否则不就有人替你守土、堪为屏障了吗？据《史记·高祖本纪》载，诛韩信不过是前一年春天的事，夏间复诛彭越，逼得英布不得不反。高祖

亲自引兵剿击，才于本年十月将其击溃。高祖班师过沛，宴父老而唱《大风》，在两句踌躇满志的高咏之后，第三句忽然想到弓狗尽除，左右再无可依赖之人，不由得悲从中来。联想到高祖晚年欲立赵王如意而孤立无援的结局（详黄周星《楚州酒人歌为陈年兄作》诗注〔46〕），黄任的责问不能说没有道理。后来孙原湘《歌风台》就承此意，直接坐实了《大风歌》末句所回旋的悲慨余韵："韩彭戮尽淮南反，泣下龙颜慷慨歌。一代《大风》从此起，四方猛士已无多。"

厉 鹗

厉鹗（1692—1752），字太鸿，又字雄飞，号樊榭、南湖花隐等，钱塘（今浙江杭州）人。家贫，性孤峭。康熙五十九年（1720）举人，屡试进士不第。乾隆元年（1736）举博学鸿词科报罢。馆于扬州马氏多年。性爱山水，擅诗文，尤工词，得南宋诸家之胜，为浙西词派中坚人物。有《辽史拾遗》《宋诗纪事》《樊榭山房集》等。

渡 河 [1]

北来始作泛槎游 [2]，晚色苍苍望里收。一线黄流奔禹甸 [3]，两涯残雪接徐州 [4]。古今沉璧知无限 [5]，天地浮萍各有谋。明日轻装又驴背，风前惭愧白沙鸥 [6]。

注 释

〔1〕选自上海涵芬楼景印振绮堂刊本《樊榭山房集》卷二。这是作者北游渡黄河时所作即事之作。

〔2〕泛槎:张华《博物志》卷十:"旧说云天河与海通。近世有人居海渚者,年年八月有浮槎去来,不失期。人有奇志,立飞阁于槎上,多赍粮,乘槎而去。"

〔3〕禹甸:夏代大禹分天下为九州,统称禹甸。

〔4〕徐州:尧封彭祖于大彭氏国、称彭城,三国时改为徐州,隋唐后相延不改,今为江苏省徐州市。

〔5〕沉璧:古代黄河经常决口改道,帝王以玉璧沉到河里祭奠河神,以祈安流。《史记·河渠书》:"于是天子已用事万里沙,则还自临决河,沉白马玉璧于河,令群臣从官自将军已下皆负薪寘决河。"

〔6〕沙鸥:暗用海上狎鸥客的典故,象征隐士的自由生活。详前申涵光《无才》注〔7〕。

鉴赏

这是旅行途中所作的即事诗,紧扣"渡河"感怀古今,寄托怀才不遇的身世之悲。首联写第一次泛舟黄河的新鲜感,次句点出时分,一个"望"字写出泛舟黄河所体会到的视野开阔。颔联写舟中远眺,"一线""两涯"用字不俗。颈联用上句的黄河历史典故与下句的传统意象相对,暗喻古今士人普遍的怀才不遇命运和自己漂泊无依的身世之感。尾联预想前程未卜的旅况,一种"望云惭高鸟,临水愧游鱼"(陶渊明《始作镇军参军经曲阿作》)式的既惭愧又无奈的矛盾心情，点明了诗的主题。诗的题材和主题都很寻常，无甚新意，但艺术表现却有独特的力度。颈联的"古今沉璧"化历史典故为比喻，与"天地浮萍"相对，既切实地又切实景，巨大的时空反差与人生隐喻形成镜像的重叠，和盘托出人生虚无渺小的真相。结句的"驴背"说是改换陆路，但面对"沙鸥"的惭愧却将心境定格在了黄河岸边。这平淡的笔调，含蕴着无穷的感慨，也凝聚了作者的才力，引人玩味。

郑燮

郑燮（1693—1765），字克柔，号理庵，又号板桥，兴化（今属江苏）人。家贫力学，多才艺，性洒脱不羁。乾隆元年（1736）中进士，先后任山东范县、潍县知县，有政声。乾隆十八年（1753），因请赈忤上司而被罢官。客居扬州，卖画度日，为"扬州八怪"之一。工诗文词曲，惟取道性情，而不拘体格。书法楷隶杂糅，创为"六分半书"。又擅画兰、竹、石，自称"四时不谢之兰，百节长青之竹，万古不败之石，千秋不变之人"，当时有"郑虔三绝"之誉。刊有《板桥诗钞》《词钞》《家书》《题画诗》等，后人辑为《郑板桥集》。

竹 石 [1]

咬定青山不放松，立根原在破岩中。千磨万击还坚劲，任尔东西南北风。

注 释

〔1〕选自上海古籍出版社 1979 年版《郑板桥集·题画》。这是一首题于
自画竹石上的题画诗，在对竹石顽强精神的赞美中，寄托了苏世独立、
不从流俗的品格志向。

鉴 赏

题画诗自宋代开始流行，作者不必善丹青，名画家也未必工诗
文。元代以后，文人多兼擅绘事，工书画者鲜不能诗文，诗书画"三绝"
代有其人。郑板桥是清代中叶诗书画印俱臻极高造诣的全才，平生
作有大量的题画文字，或寄托志趣，或论说艺道，言近旨远，深为
后人宝重。这首题于自写竹石上的题画诗，一句写石，二句写竹，三、
四两句合写石竹，文字浅白，近乎口语，而作者坚持自我、不趋附
流俗的独立品格跃然纸上。

严遂成

严遂成（1694—?），字崧占，一作崧瞻，号海珊，乌程（今浙江湖州）人。雍正二年（1724）进士，官山西临县知县。乾隆元年（1736）举博学鸿词科，值丁忧归。后补直隶阜城知县，迁云南嵩明州知府，创办凤山书院。后历雄州知州，因事罢官。复以知县就补云南，卒于官。诗有盛名，与厉鹗、钱载、王又曾、袁枚、吴锡麒并称"浙西六家"。有《海珊诗钞》。

曲峪镇远眺 [1]

地近边秋杀气生，朔风猎猎马悲鸣 [2]。雕盘大漠寒无影 [3]，冰裂长河夜有声。白草衰如征发短 [4]，黄沙积与阵云平 [5]。洗兵一雨红灯湿 [6]，羊角鱿鱼堠火明 [7]。

注 释

〔1〕选自民国十四年上海文明书局版《海珊诗钞》卷四。诗作于雍正间作者任临县知县时。曲峪镇：在今山西省临县西，黄河东岸。

〔2〕朔风：北风。

〔3〕雕：一种大型猛禽。盘：盘旋。

〔4〕白草：西北边境的一种草名，到秋天变白。征发：征人的白发。

〔5〕阵云：云层重叠如军阵状。

〔6〕洗兵：古以出兵遇雨为天用雨洗兵器。刘向《说苑·权谋》：武王伐纣，至于有戎之隧，"风霁而乘以大雨，水平地而啬。散宜生又谏曰：'此其妖欤？'武王曰：'非也，天洒兵也。'"洒，同"洗"。《太平御览》所引正作"洗"。红灯：作者自注："前明边堠，挂红灯其上，鱿鱼皮为之，樛以羊角，雨湿不坏。"樛，即胶。

〔7〕鱿（shěn）鱼：古用其脑骨架制灯。宋周密《武林旧事·灯品》即列有鱿灯，"则刻镂金珀玳瑁以饰之"。堠（hòu）：边塞瞭望敌情的土堡。

鉴赏

秋日最宜登高，黄昏最宜远眺。同样是远眺即事之作，只因地点不同，便写出全然异样的气象。位居山西西部的曲峪镇，地近边关，登高望远，一派苍莽肃杀之气。这种肃杀之气决不是诗人为情造文的虚拟，据作者自注："时西陲方用兵。"可见是实实在在的与战争相关的气氛。为此，起句就点出"杀气"二字，次句承"边"字而带出马，风声挟裹着马鸣，更具体地渲染了杀气，定下笼罩全篇的风格基调。颔联一仰视一俯瞰，以大漠、长河为标志，写出眼前的边塞穷秋之景。颈联以"征发""阵云"喻白草、黄沙，明写荒凉之景，暗含战事于其中。结联落在雨余的黄昏，堠亭的红灯透出警戒森严的气氛。这是以景结情的笔法，意在言外，引人遐想。全诗宏阔苍劲的格调，半源于取景，半成于句法。"地近""白草""黄沙"三句都是 3 — 1 — 3 的句式，辞气奥折，节奏亢爽。"雕盘"一联更是唐代以来七律的一个经典句法，写出大漠、黄河特有的严寒景象，若非亲临其地，很难如此虚构想象。

姚 范

姚范（1702—1771），字南菁，一作南青，号薑坞，桐城（今属安徽）人。姚鼐伯父。乾隆七年（1742）进士，选翰林院庶吉士，充顺天乡试同考官。后任武英殿经史馆校刊官兼三礼馆《文献通考》纂修官。有《援鹑堂文集》《援鹑堂笔记》等。

山 行 [1]

百道飞泉喷雨珠，春风窈窕绿蘼芜 [2]。山田水满秧针出 [3]，一路斜阳听鹧鸪 [4]。

注 释

〔1〕选自嘉庆十七年刊本《援鹑堂诗集》卷一。

〔2〕蘼芜（mí wú）：又名薇芜、江蓠，一种香草。苗似芎藭，叶似当归，香气似白芷。

〔3〕秧针：如针尖一样纤细的秧苗。

〔4〕鹧鸪：又名布谷鸟，古人以其啼声为催人春种。

鉴 赏

一首写山行触目所见的小诗，清新自然的景物描写和诗歌语言，随处流露出作者悠然闲适的心境。诗中所及景物虽很寻常，但写法却极用心思。首句形容百道山泉，不用"泻"字而用一个"喷"字，生动传神。次句是个名词句，"窈窕"二字既是形容春风，又像是形容蘼芜；"绿"字既可认作名词定语，也可解作使动用法，都很耐人玩味。三句"山田"意外地接个"水满"，水满又不是使秧针没，反而是使秧针"出"，别趣横生。末句"一路"与"斜阳"相接，自然而洗练；"听鹧鸪"于叙事写实中暗寓思归之意，节奏舒徐，含蓄有味。

袁 枚

袁枚（1716—1798），字子才，号简斋，晚年自号仓山居士、随园老人，钱塘（今浙江杭州）人。乾隆四年（1739）进士，选翰林院庶吉士。以不娴于满文，乾隆七年（1742）外放江苏知县，历知溧水、江宁、江浦、沭阳等县，政治勤勉，颇有能名。以仕途失意，于乾隆十四年（1749）辞官，于江宁（今南京）小仓山修筑随园，交接南北名流，广收诗弟子。女子拜师受业者多至五十余人，为时论所瞩目。论诗主性灵，与赵翼、蒋士铨并称为"乾隆三大家"。诗古文之外，骈文与笔记也负有盛名。著有《小仓山房文集》《随园诗话》《子不语》等，编有《随园女弟子诗选》。

同金十一沛恩游栖霞寺望桂林诸山 [1]

奇山不入中原界，走入穷边才逞怪 [2]。桂林天小青山大，山山都立青天外。

我来六月游栖霞，天风拂面吹霜花。一轮白日忽不见，

清诗鉴赏

高空都被芙蓉遮[3]。山腰有洞五里许，秉火直入冲乌鸦。怪石成形千百种，见人欲动争谽谺[4]。万古不知风雨色，一群仙鼠依为家[5]。

出穴登高望众山，茫茫云海坠眼前。疑是盘古死后不肯化[6]，头目手足骨节相钩连。又疑女娲氏[7]，一日七十有二变，青红隐现随云烟。蚩尤喷妖雾[8]，尸罗袒右肩[9]。猛士植竿发[10]，鬼母戏青莲[11]。我知混沌以前乾坤毁，水沙激荡风轮颠[12]。山川人物镕在一炉内，精灵腾踔有万千，彼此游戏相爱怜。忽然刚风一吹化为石[13]，清气既散浊气坚[14]。至今欲活不得，欲去不能，只得奇形诡状蹲人间。不然造化纵有千手眼，亦难一一施雕镌。而况唐突真宰岂无罪[15]，何以耿耿群飞欲刺天？

金台公子酌我酒，听我狂言呼否否。更指奇峰印证之，出入白云乱招手。几阵南风吹落日，骑马同归醉兀兀[16]。我本天涯万里人，愁心忽挂西斜月。

注 释

〔1〕选自上海古籍出版社 1988 年版《小仓山房诗文集》卷一。乾隆元年（1736），二十一岁的袁枚远走桂林，探望供职于广西巡抚金鉷幕中的叔父，夏间与金沛恩同游桂林城外栖霞山而作此诗。金十一：金

沛恩，行十一，事迹未详。桂林：秦始设桂林郡，唐为桂州，明清为桂林府，今为广西壮族自治区桂林市。栖霞：山名，在桂林城外，山腰有寺，寺后为洞，均以栖霞名。

〔2〕穷边：僻远的边疆地区。穷，极尽。

〔3〕芙蓉：即莲花，这里形容栖霞山的峰峦形状。

〔4〕谽谺（hān xiā）：山谷张口的样子，这里形容怪石狰狞。

〔5〕仙鼠：即蝙蝠。扬雄《方言》："蝙蝠、自关而东或谓之仙鼠。"

〔6〕盘古：古代神话中开天辟地的人物。祖冲之《述异记》："盘古氏之死也，头为四岳，目为日月，脂膏为江海，毛发为草木。"

〔7〕女娲氏：神话中炼石补天的女神。《楚辞·天问》王逸注："女娲人头蛇身，一日七十化。"

〔8〕蚩尤：传说为九黎族首领，曾与黄帝战于涿鹿（今河北境内）之野，蚩尤作大雾，黄帝作指南车破之。

〔9〕尸罗：传说沐胥国有术士名尸罗，"善眩惑之术，喷水为氛雾，暗数里间"，见祖冲之《述异记》。

〔10〕猛士：传说中勇士夏育、乌获"植发如竿"，见张衡《西京赋》。

〔11〕鬼母：祖冲之《述异记》："南海小虞山中有鬼母，能产天地鬼，一产十鬼，朝产之，暮食之。"

〔12〕风轮：佛教观念，众生居住的器世间，其形成之初，先有风轮，后有水轮、金轮，最后出现大地。《大楼炭经》则说，地深九亿万里，

第四是冰轮，第五是水轮，第六是风轮。

〔13〕刚风：即罡（gāng）风，道家指高空中的风。

〔14〕"清气"句：徐整《三五历记》："天地开辟，阳清为天、阴浊为地。"

〔15〕唐突：冒犯。真宰：宇宙的主宰。《庄子·齐物论》："若有真宰，而特不得其眹。"

〔16〕兀兀：神志昏昏沉沉的样子。

鉴赏

桂林山水秀美奇异，夙有"甲天下"之誉，但古来形于诗篇者，自韩愈《送桂州严大夫同用南字》以降，多为狭篇短制，少有排纂铺陈的淋漓之作。青年诗人袁枚来游，以这首四十七句的长歌尽情描绘了桂林地貌的诡异、山形的神奇，成为前摄影时代留下的最生动神奇的桂林群峰图景。诗分为四段：第一段四句以奇警的笔调总写桂林山形之奇；第二段十句转韵，游栖霞洞所见；第三段再转韵二十五句，驰骋想象，铺叙出洞远眺所见山峦之奇，并为这奇异景观的由来给出一个奇妙的解释；第四段八句又两度转韵，写日暮乘兴归去。通篇用长短错落的歌行体，借助于丰富的想象，编织起一连串的古代神话传说与佛典道籍中的神怪灵异，为桂林群山涂抹上一层奇谲神异的色彩；同时，又以灵活多变的转韵自然地划分段落，用奇偶杂出的句式和押韵方式构成变幻莫测的节奏和韵律，充分表现了年轻诗人非凡的才华。

马嵬四首（其四）[1]

　　莫唱当年《长恨歌》[2]，人间亦自有银河[3]。石壕村里夫妻别[4]，泪比长生殿上多[5]。

注 释

〔1〕选自上海古籍出版社1988年版《小仓山房诗文集》卷八。马嵬(wéi)：即马嵬坡，在京兆府金城县，在今陕西兴平市西。《旧唐书·杨贵妃传》："安禄山叛，潼关失守，从幸至马嵬。禁军大将陈玄礼密启太子，诛国忠父子，既而四军不散，曰'贼本尚在'，指贵妃也。帝不获已，与贵妃诀，遂缢死于佛室，时年三十八。"

〔2〕《长恨歌》：白居易咏唐玄宗与杨玉环爱情传奇的叙事诗。

〔3〕银河：代指牛郎、织女那样的离别。

〔4〕石壕村：杜甫《石壕吏》所写的村落，村中老妇应役而与老翁分离。

〔5〕长生殿：华清宫中殿宇，七夕之夜唐玄宗和杨贵妃曾在此发誓永不分离。

清诗鉴赏

鉴 赏

　　袁枚是乾隆时代具有浓厚叛逆色彩的文人，他的思想意识经常表现出逾越时代的超前性。这首七绝便是一个很好的例子。《长恨歌》所咏歌的李、杨爱情传奇历来是文人津津乐道的佳话。玄宗以九五之尊，有三千佳丽而能爱心专一，钟情于一人，古来的确鲜有其例。但袁枚的关注点不在于此，对李、杨故事中人天两隔的结局也不太在意，因为他看到了世间太多的生离死别，只消举出杜甫笔下石壕村老夫妇的遭遇，就显出李、杨的结局并不算什么悲剧。这种认识今天看来很平常，但在那个时代说出来，是多么难得啊！就差直说爱情面前人人平等、生死之间人人平等了。

162

张九钺

张九钺（1721—1803），字度西，号紫岘，湘潭（今属湖南）人。生有异禀，七岁能诗，九岁通《十三经》及诸史、《通鉴》大略。乾隆二十七年（1762）顺天乡试举人，历宰南丰、海阳等县，所至有治声。寻以海阳案牵连落职，毕沅重其名，聘入节署。晚归湘潭，主昭潭书院。其诗学太白，尚才纵气，落想浩然。著《晋南随笔》《陶园诗文集》《诗余》《历代诗话》等，纂修《峡江志》《偃师志》《永宁志》《巩县志》，并行于世。

海 声 行 [1]

砉如雷雨腾空来 [2]，骤如万马沙场回，轰如钟鼓明堂开 [3]，咽如寡女机丝哀 [4]。长鲸不怒鹏不翔 [5]，腥风入户搜人床。孤城摇摇落月黄，南斗堕水天苍茫 [6]。将军闻之杯忽停，柔弦急管愁零丁 [7]。我亦举头惝恍听 [8]，不知所以双涕零。烛昏客散池水波，扶桑花落空庭多 [9]，海声海声奈尔何。

注 释

〔1〕选自岳麓书社 2013 年版《陶园诗文集》卷十三。

〔2〕砉（huā）：象声词，形容海啸迅猛而至的巨大声响。

〔3〕明堂：上古天子之庙，也是天子宣明政教的场所。最早为周公始建
于洛邑，但其形制史无明载。后世所营，以武则天所造为代表。其
结构为三层：底层为四方形，四面各施一色代表四季；中层十二面，
效法十二时辰；顶层为圆形，四周环绕九龙雕塑。中间有周长约
十五米的巨型木柱，上下通贯。

〔4〕机丝：织机上的丝。《乐府诗集·清商曲辞》所收《子夜四时歌》："昼
夜理机丝，知欲早成匹。"

〔5〕鳅（qiū）：海鳅。《水经》："海鳅鱼，长数千里，穴居海底，入穴则
海水为潮，出穴则潮退。"鹏：中国神话传说中形体最大的鸟。《庄子·逍
遥游》："北冥有鱼，其名为鲲。鲲之大，不知其几千里也。化而为鸟，
其名为鹏。鹏之背，不知其几千里也。怒而飞，其翼若垂天之云。"

〔6〕南斗：即南斗六星，在二十八宿中属于斗宿。六星名斗宿一、斗宿二、
斗宿三、斗宿四、斗宿五、斗宿六，排列成斗杓的形状。

〔7〕零丁：零丁洋，在广东省珠江口。文天祥被俘后曾经此处，并作诗。

〔8〕惝（chǎng）恍：虚幻不真切，难以捉摸、辨认。

〔9〕扶桑：又名佛桑。晋嵇含《南方草木状》即已记载，其叶似桑，花

如木槿而颜色深红，称之为朱槿。是喜好阳光的强阳性树种，古人
多于庭院中栽种。

鉴赏

　　张九钺传记里说，他十三岁登采石矶赋长歌，人称是太白后身。
又尝为良乡居民贾户作凯旋榜帖千余纸，一夕而就。毕沅在署中集
名流为东坡祝生日，酒再巡，九钺援笔为长歌，四座叹服。在时人
眼中，九钺是个少见的才子。就诗文而言，擅长比喻和排比素来就
是才子的标志，两者都需要过人的才情和机智。这首《海声行》起
手就用一连串的譬喻描绘台风的呼啸声，证实才子之名真实不虚。
接着转韵四句写台风席卷天地的猛烈声势及天昏地暗的景象，再转
韵四句进一步写海啸引起的现实与历史交叠的各色人等的反应，末
三句转韵写海啸过后客散庭空的狼藉凌乱之状，最后以人类在自然
暴力面前的渺小无奈之感长叹而终。通篇由声入情，跌宕起伏，笔
调凝重，有摄人心魄的力量。古典美学有所谓"崇高"之美，指的
就是这种艺术效果。

纪 昀

纪昀（1724—1805），字晓岚，一字春帆，晚号观弈道人，直隶河间府（今河北献县）人。乾隆十九年（1754）进士，选翰林院庶吉士，由编修升至侍读学士。三十八年（1773）诏修《四库全书》，任总纂官。书成迁礼部尚书，终于协办大学士，卒谥文达。著有《阅微草堂笔记》《纪文达公遗集》，编纂有《唐人试律说》《庚辰集》《我法集》，另有《史通削繁》及《文心雕龙》《李义山诗》《才调集》《瀛奎律髓》诸书评点。

富春至严陵山水甚佳四首（其二）[1]

浓似春云淡似烟，参差绿到大江边。斜阳流水推篷坐[2]，翠色随人欲上船。

注 释

〔1〕选自清嘉庆十七年纪树馨刊本《纪文达公遗集》卷十三。富春：秦设县名，东晋时为避宣太后郑阿春讳，更名富阳。今为浙江杭州富

阳区，富春江流经境内。严陵：即严陵滩，在富阳境内富春山，东汉隐士严光隐居处。严光，字子陵，会稽余姚人。少与刘秀同学。刘秀即光武帝位后，征召严光到京，授谏议大夫，不受，退隐于富春山。

〔2〕推篷：推起船篷。

鉴 赏

富春江山水明媚，古来号为人间仙境。纪晓岚这首游览诗，以"绿"字贯穿全诗，引导视线由山色到江边，由江边到水流，由水流到欲上船，施施然写出沿江乘流而下的快适之感。结句"翠色随人欲上船"脱化自王维《书事》"坐看青苔色，欲上人衣来"，生动有趣。

蒋士铨

蒋士铨（1725—1784），字心余，一字苕生，号藏园，又号清容居士，铅山（今属江西）人。乾隆二十二年（1757）进士，选庶吉士，授翰林院编修。乾隆二十九年（1764）辞官，主蕺山、崇文、安定三书院讲席。工诗擅曲。其诗抒写性情，质朴而有骨力。戏曲学汤显祖，与袁枚、赵翼并称为"乾隆三大家"。著有《忠雅堂诗文集》，又有《藏园九种曲》。曾评点《四六法海》，盛行于清代。

万年桥觞月 [1]

飞梁跨水一千步 [2]，空际行人自来去。乱山中断走虹霓 [3]，下有蛟龙不敢怒。青天片月海底来，琉璃万顷空明开。风露泠泠波浩浩 [4]，此时天地无氛埃。

中流二十三明镜 [5]，秋河上下横天影。江风吹客一登桥，脚踏寒光不知冷。流辉注水射千尺，波面游鳞时一掷 [6]。放眼宁知世上人，飞觞不记今何夕 [7]。

相看冰雪莹聪明，但恨有客无笛声[8]。渔灯不动野鸥睡，寺钟欲出栖乌惊。胜游佳会良可数，胸次先生独千古。名宦谁能乐山水[9]，诗人我或惭龙虎[10]。

深杯入手须尽欢，夜凉歌笑浮波澜。耳目俱从静时净，风月莫惜忙中看。俯瞰前滩落星斗，跳掷双丸亦乌狗[11]。吾徒一夕桥万年，达者风流原不朽。

注 释

〔1〕选自嘉庆三年重刊本《忠雅堂诗集》卷一。此诗当作于作者从督学金德瑛游历途中。万年桥：原名溢洋渡，明建，在今江西省南城县东北，石拱结构，二十三孔。觞月：对月饮酒。觞，酒器。

〔2〕飞梁：凌空飞架的桥，指万年桥。

〔3〕虹霓：雨后或日出没之际天空所现的彩虹，比喻万年桥。

〔4〕泠泠：形容水的清澈。

〔5〕二十三明镜：喻万年桥的二十三孔。

〔6〕游鳞：游鱼。潘岳《闲居赋》："游鳞瀺灂，菡萏敷披。"一掷：一跃。

〔7〕"飞觞"句：《诗·唐风·绸缪》："今夕何夕？见此良人。"宋张孝祥《念奴娇·过洞庭》："扣舷独啸，不知今夕何夕。"

〔8〕"但恨"句：暗用苏轼《前赤壁赋》"客有吹洞箫者，倚歌而和之。其声呜呜然，如怨如慕，如泣如诉，余音袅袅，不绝如缕"之意。

清诗鉴赏

这里或许是想到这一情景，遗憾没有佳客为奏乐。

〔9〕"名宦"句：暗用《论语·雍也》句："智者乐水，仁者乐山。"

〔10〕龙虎：喻才华彪炳之人。苏轼《九日黄楼作》："诗人猛士杂龙虎，楚舞吴歌乱鹅鸭。"自注："坐客三十余人，多知名之士。"王十朋注："崔班《灼灼歌》：'坐中之客皆龙虎。'"

〔11〕双丸：喻日月。宋方夔《春日杂兴》诗："双丸不肯驻颓光，宇宙悠悠万物长。"元朱德润《题陈直卿一碧万顷》："日月双丸吐，江山万古愁。"刍狗：古代祭祀时，以草结为狗形充祭品，礼毕即弃之。《老子》："天地不仁，以万物为刍狗。"

鉴赏

月是古代文人反复吟咏、书写不绝的题材，名作累累，不胜枚举。但蒋士铨这首七言歌行仍独开生面，堪称名作。诗以四句一转韵的齐梁体写成，但以八句为一解，意脉随着换韵层层展开：起首八句写登桥待月，次八句写与客登桥，又八句写夜景之寂静与游兴之豪迈，最后八句写觞月。通篇以桥、月、水、天构成神奇空明的境界，点缀以游鳞、渔灯、野鸥、栖乌，而更以主客的豪迈意兴贯穿其间，动静相映，声色交融，俯仰水天，思接千载，一篇不落窠臼、出人意表的杰作挥洒纸上。"空际行人自来去""琉璃万顷空明开""秋河上下横天影"等句固然足见写景的功力，而"江风吹客一登桥""夜凉歌笑浮波澜""风月莫惜忙中看""俯瞰前滩落星斗"诸句更尽显"胸次先生独千古"的不凡襟抱，令读者千载之下犹为作者"吾徒一夕桥万年，达者风流原不朽"的豪迈自信击节不已！

岁暮到家五首（其二）[1]

爱子心无尽，归家喜及辰。寒衣针线密，家信墨痕新[2]。见面怜清瘦，呼儿问苦辛。低徊愧人子，不敢叹风尘。

注 释

〔1〕选自嘉庆三年重刊本《忠雅堂诗集》卷一。

〔2〕"家信"句：家人刚写好尚未寄出的书信。

鉴 赏

蒋士铨诗风近宋，长于言情，叙写家庭日常生活之作，朴素真挚，最为动人。本篇从一个游子的视角叙写年底失意而归的情景：面对嘘寒问暖、悲喜交集的老母，虽然满怀失意惭疚之情，仍只能强颜欢笑，故作淡然。此情此景，令人动容。这样的作品就是性灵派诗人崇尚的性灵之作吧？

赵 翼

赵翼（1727—1814），字云崧，一字耘崧，号瓯北，又号裘萼，晚号三半老人，阳湖（今江苏常州）人。乾隆二十六年（1761）进士，历官至贵西兵备道。旋辞官，主讲安定书院。平生长于史学，考据精核。论诗主独创，反摹拟，最擅长议论。与袁枚、蒋士铨并称为"乾隆三大家"，又与袁枚、张问陶并称为"性灵派三大家"。著有《瓯北集》《瓯北诗话》。笔记《廿二史札记》与王鸣盛《十七史商榷》、钱大昕《二十二史考异》并称为清代三大史学名著。今有《赵翼全集》。

梦亡内作二首（其二）[1]

七年阔别路茫茫，何事今宵入梦长。似此贫宜无可恋，感君久尚不相忘。孤魂想未归先垄[2]，小胆深怜在鬼乡。一语寄来聊慰藉，后妻前女少参商[3]。

赵翼

注释

〔1〕选自上海古籍出版社 1997 年版《瓯北集》卷十。此诗为乾隆二十九年（1764）甲申梦亡妻之作，时赵翼前妻刘氏卒已七年。

〔2〕先垄：家族墓地。

〔3〕后妻：谓续弦程氏。前女：谓前妻刘氏所生女儿。当时都已亡故。参商：参星与商星。两星不可能同时在天空出现，多用来比喻亲友分隔两地不得相见。

鉴赏

常言道"日有所思，夜有所梦"，明明是诗人思念亡妻而形于梦寐，却说亡妻不忘自己而入梦，这是所谓从对面落笔的写法。第一首中两联"从我正当贫贱日，与君多半别离时。纸钱岂解营环佩，絮酒难偿啖粥糜"，取意多袭元稹《悼亡三首》，第二首则语义皆新创。首联写妻亡七年而时入梦寐，诧今宵何以偏"长"，则平日短梦尚多可知。颔联承上自解其故，感念亡妻深眷不渝之情。颈联深入一层，思孤魂未归于祖茔，而怜其幽独，"小胆"二字更见悯惜之深。结联忽转述亡妻托梦之语，知得与续弦及亡女相伴，不觉稍得慰藉。全诗以第二人称作倾诉之词，缠绵凄怆，最具性灵本色。

题稚存万里荷戈集 [1]

人间第一最奇境，必待第一奇才领。混沌倘无人可鉴，不妨终古懵不醒 [2]。中原一片好景光，发泄已尽周汉唐。所未泄者蛮僚窟 [3]，天遣李白流夜郎 [4]。又教子瞻渡琼海 [5]，总为黧昧开天荒 [6]。

伊犁城在西北极 [7]，比似炎徼更辽僻 [8]。乌孙故地毡裘乡 [9]，睢呿何曾读仓颉 [10]。近年始入坤舆图 [11]，去者无非罪人谪。一闻严谴当出关，如赴鬼门泪流赤 [12]。岂知天固不轻与，若辈纷纷何足数。要等风骚绝代人，来绚鸿濛旧风土 [13]。

稚存先生今李苏 [14]，狂言应受撄鳞诛 [15]。热铁在颈赦不杀，广柳车送充囚徒 [16]。天公见之拍手笑，待子久矣子才到。钟仪故是操南音 [17]，斛律何妨歌北调 [18]。从此天山雪岭间，神马尻舆恣吟眺 [19]。国家开疆万余里，竟似为君拓诗料。即今一卷荷戈诗，已如禹鼎铸魅魑 [20]。狂风卷石落半岭，坚冰凿梯通九遗 [21]。人惊雕攫抱头窜，雷怯龙斗飞轮驰。生羌变驴或剩腿，降夷化鱼皆游尸皆诗中所记。随手拈作锦囊句^[22]，诺皋狭陋宁须支^[23]。

翻嫌赐环太草草^[24]，令威百日归华表^[25]。倘更留君一二年，北荒经定增搜考^[26]。忆君惟恐君归迟，爱君转恨君归早。

注　释

〔1〕选自上海古籍出版社 1997 年版《瓯北集》卷四十二。此诗作于嘉庆六年（1800），友人洪亮吉刚从遣戍地伊犁被赦放还不久，以所作《万里荷戈集》相示，赵翼为题此诗。

〔2〕懵（měng）：神志不清。

〔3〕蛮僚：古代对西南其他民族的蔑称。僚，即獠。

〔4〕夜郎：古南夷国名，唐设县，在今贵州桐梓县东。

〔5〕琼海：琼州海峡，在雷州半岛与琼州大岛之间，广三十里许。

〔6〕儷（lì）昧：蒙昧未开发貌。天荒：唐代荆州多衣冠旧族，每岁解送举人，多不成名，号为天荒。后刘蜕中进士，人称"破天荒"。见孙光宪《北梦琐言》。

〔7〕伊犁城：元曰阿力麻里，置元帅府；明时瓦剌据之；清代为准噶尔部所居，清高宗平准噶尔，置将军府于伊犁，在今新疆伊犁市。

〔8〕炎徼（jiào）：南方边远之地，这里指夜郎、琼州。

〔9〕乌孙：汉西域国名，即今新疆伊犁河流域之地。毡裘：古代北方游

牧民族以皮毛制成的衣服，这里代指游牧民族。

〔10〕睢（huī）：仰目。呿（qū）：张口貌。仓颉：相传始造文字者。《说文》序："黄帝之史仓颉，见鸟兽蹄迒之迹，知分理之可相别异也，初造书契。"言伊犁之人、仰目张口，未曾见识文字。

〔11〕"近年"句：乾隆三十二年（1767），准噶尔平，伊犁大定。坤舆图，南怀仁《坤舆全图》于康熙十三年（1674）木板印制。

〔12〕鬼门：《史记·五帝本纪》裴骃《集解》引《山海经·海外经》："东海中有山焉，名曰度索。上有大桃树，屈蟠三千里。东北有门，名曰鬼门，万鬼所聚也。"

〔13〕鸿濛：宇宙未开辟时的混沌状态。《庄子·在宥》："云将东游，过扶摇之枝，而适遭鸿蒙。"成玄英疏："鸿蒙，元气也。"

〔14〕李苏：洪亮吉长于七言歌行，故以擅长七言李白、苏轼拟之。

〔15〕"狂言"句：嘉庆初，川陕白莲教徒未靖，亮吉欲有所献替，惟时官编修，例不奏事，乃上书成亲王，有"群小荧惑，视朝稍晏"语。成亲王以闻，有旨交刑部治罪。撄（yīng）鳞，冒犯君威。《史记·老子韩非列传》："夫龙之为虫也，可扰狎而骑也。然其喉下有逆鳞径尺，人有婴之，则必杀人。人主亦有逆鳞，说之者能无婴人主之逆鳞，则几矣。"

〔16〕广柳车：大运载量的车。《史记·季布栾布列传》："布匿濮阳周氏，乃髡钳季布，衣褐衣，置广柳车中。"

〔17〕钟仪：《左传·成公九年》："晋侯观于军府，见钟仪，曰：'南冠而

执絷者谁也？'有司曰：'郑人所献楚囚也。'使税之，与之琴，操南音。"

〔18〕斛律：斛律金，朔州敕勒部人，后仕北齐。北齐神武使斛律金唱《敕勒歌》，自和之。歌曰："敕勒川，阴山下。天似穹庐，笼盖四野。天苍苍，野茫茫，风吹草低见牛羊。"

〔19〕尻（kāo）：脊椎骨尽处。

〔20〕禹鼎铸魅魑：许慎《说文解字·鼎》："昔禹收九牧之金，铸鼎荆山之下。入山林川泽，魑魅魍魉，莫能逢之，以协承天休。"

〔21〕九逵：指都城的大道。逵，十字路口。

〔22〕锦囊句：李商隐《李长吉小传》："恒从小奚奴，骑巨驴，背一古破锦囊，遇有所得，即书投囊中。"

〔23〕诺皋：道家语，太阴神名。《抱朴子》："道士入山禹步，三咒诺皋太阴将军。"段成式《酉阳杂俎》："有《支诺皋》一簿，专记怪诞之事。"

〔24〕赐环：古者臣有罪，待放于境，三年不敢去，与之环则还，与之玦则绝。见《仪礼疏》。

〔25〕令威：即丁令威。《搜神后记》："丁令威学道于灵虚山，后化鹤归辽，集华表柱，云：'有鸟有鸟丁令威，去家千年今始归。城郭如故人民非，何不学仙冢累累。'"华表：《古今注》："尧设诽谤之木，今之华表木也，大路交衢悉施焉，或谓之表木。"

〔26〕北荒经：《山海经》中有《大荒北经》。

清诗鉴赏

鉴赏

　　赵翼诗最长于议论，往往见解奇警，新人耳目。本篇亦以议论取胜，像是为洪亮吉《万里荷戈集》作的一篇诗体序文。诗分四层。前十句为第一层，提出天下奇境必待奇才始得领略表彰的论断，以李白流夜郎、苏轼贬海南为例。次十二句为第二层，写伊犁新入王朝版图，文教未及，边徼风光尚不见于诗咏。余二十二句为第三层："稚存先生"以下十二句说洪亮吉贬伊犁仿佛是天作之合，境待诗而发，诗得境而长；"即今一卷荷戈诗"以下十句介绍诗集的内容，其中"狂风卷石"等六句据自注都是洪亮吉在诗中描绘的边疆风光和奇事异闻。最后六句以遗憾的口吻惜其释归太早，以至于未及施展史地考据之学。此诗最不同于一般庆贺友人谪归诗作之处，是通篇毫无哀其不幸的同情之词，反而洋溢着轻松乐观的情调，仿佛这次长流伊犁对于洪亮吉是一次幸运的经历，为他提供了提升诗境的机会，甚至出现"国家开疆万余里，竟似为君拓诗料"的艳羡语气。结尾更出人意料地惋惜他释归太早，耽误了好著作。读者或许会认为都是反话，但我倒觉得有几分实话。从赵翼的人生观来看，仕宦比起著述来根本不值一提，人生不朽的价值在于学术和文学创作。所以"忆君惟恐君归迟，爱君转恨君归早"的矛盾态度，就绝不只是单纯的调侃。就像开篇的"人间第一最奇境，必待第一奇才领。

178

混沌倘无人可鉴，不妨终古懵不醒"的议论，乃是对天才、自然、艺术三者关系的认真而深刻的洞见。因为立足于这种认识，他们对自己的学术人生、诗歌生活，拥有一份可以傲视官宦的自尊和自信。论清诗者都视赵翼为性灵派代表作家，但这首七古却以诗代文，融史事、典故、议论于一炉，辞气卓荦，意随韵转，就说是"学人诗"的佳作也未尝不可。

姚鼐

姚鼐（1732—1815），字姬传，一字梦谷，号惜抱，桐城（今属安徽）人。乾隆二十八年（1763）进士。授礼部主事，擢员外郎，典试山东、湖南。官至刑部郎中，充《四库全书》纂修官。书成乞归，主梅花、钟山、紫阳诸书院讲席。工古文辞，师承刘大櫆，以义理、考据、辞章合一为宗旨，所作文章简洁雅致，气静神闲，为后学所宗法，世号桐城派。其诗兼采唐宋，亦对嘉道间宋诗派有影响。有《惜抱轩集》，编有《五七言今体诗钞》《古文辞类纂》。

岁除日与子颖登日观观日出作歌 [1]

泰山到海五百里 [2]，日观东看直一指。万峰海上碧沉沉，象伏龙蹲呼不起。

夜半云海浮岩空 [3]，雪山灭没空云中。参旗正拂天门西 [4]，云汉却跨沧海东。海隅云光一线动 [5]，山如舞袖招长风。使君长髯真虬龙 [6]，我亦鹤骨撑青穹 [7]。天风飘飘拂东向，拄杖探出扶桑红[8]。

地底金轮几及丈[9]，海右天鸡才一唱[10]。不知万顷冯夷宫[11]，并作红光上天上。使君昔者大峨眉[12]，坚冰磴滑乘如脂[13]。攀空极险才到顶，夜看日出尝如斯。其下濛濛万青岭，中道江水而东之[14]。孤臣羁迹自叹息[15]，中原有路归无时。

此生忽忽俄在此，故人偕君良共喜。天以昌君画与诗，又使分符泰山址[16]。

男儿自负乔岳身[17]，胸有大海光明暾[18]。即今同立岱宗顶，岂复犹如世上人。大地川原纷四下，中天日月环双循[19]。山海微茫一卷石[20]，云烟变灭千朝昏。驭气终超万物表，东岱西峨何复论。

注 释

〔1〕选自宣城张炯校刊本《惜抱轩诗集》卷三。此诗作于乾隆三十九年（1774）十二月，时友人朱孝纯正任泰安知府，同登泰山观日出而作此诗，又留下著名的《登泰山记》。朱孝纯（1729—1784），字子颖、号思堂，一号海愚，奉天汉军正红旗人。乾隆二十七年（1762）举人，任四川叙永县令，累官至两淮盐运使。工诗善画，姚鼐极赏其诗。画得家法之传，工山水松石。官泰安时作泰山全图，不愧家风，为

时所称。有《海愚诗钞》。岁除：一年的最后一天。日观：即日观峰，位于泰山玉皇顶。

〔2〕泰山：五岳之首，号东岳，亦称泰岱、岱宗，位于今山东泰安市。

〔3〕"夜半"句：见作者《登泰山记》："大风扬积雪击面，亭东自足下皆云漫。"

〔4〕参（shēn）旗：参宿，位于西方。拂：摩，指升起。

〔5〕海隅：海边。云光：指大海水天交接处的云雾在拂晓时受太阳光反射所发出的光亮。

〔6〕使君：汉代称刺史为使君，这里指朱孝纯。虬龙：形容须髯蜷曲。

〔7〕鹤骨：形容人瘦削。青穹：天空。

〔8〕扶桑：传说的一种神木、太阳从此处升起，见《山海经》。

〔9〕金轮：太阳。

〔10〕海右：海西边，指大陆。天鸡：任昉《述异记》卷下："东南有桃都山，上有大树，名曰桃都，枝相去三千里。上有天鸡、日初出，照此木，天鸡则鸣，天下鸡皆随之鸣。"

〔11〕冯（píng）夷：传说为黄河之神，即河伯，详前查慎行《中秋夜洞庭对月歌》注〔5〕。

〔12〕峨眉：峨眉山。

〔13〕磴（dèng）：石头台阶。姚鼐《登泰山记》："与知府朱孝纯子颍由南麓登。四十五里，道皆砌石为磴，其级七千有余。"

〔14〕江水：指大渡河。

〔15〕孤臣：孤独不得志的臣子，指朱孝纯。羁迹：羁旅的足迹。

〔16〕分符：古代任命军帅、使节，分与符节的一半作为信物。

〔17〕乔岳：大树与高山。

〔18〕暾（tūn）：初升之日。

〔19〕环双循：日月按各自的轨道运行。

〔20〕一卷石：形容石小如拳。卷，同"拳"。

鉴 赏

　　姚鼐以古文著名，《登泰山记》无人不知，而同时写作的这篇七古却不太为人所知。比较游记所述观日出的经过："戊申晦，五鼓，与子颖坐日观亭，待日出。大风扬积雪击面，亭东自足下皆云漫。稍见云中白若摴（chū）蒱（pú）数十立者，山也。极天云一线异色，须臾成五采。日上，正赤如丹，下有红光，动摇承之。或曰，此东海也。"诗的描绘好像不那么印象清晰，但其中却有人在。状其形容则"使君长髯真虬龙，我亦鹤骨撑青穹"；写其气度则"男儿自负乔岳身，胸有大海光明暾"，通篇洋溢着豪迈超逸的气概。"天以昌君画与诗，又使分符泰山址"，与赵翼题洪亮吉《万里荷戈集》取意一样，称泰安知府之任是上天青睐朱孝纯的恩宠，让他莅此提升诗画的境地。通观全诗，立意虽奔放不羁，结构却异常严整。按4—

10—4—8—4—10 的换韵顺序展开意脉，三个四句段分别领起待日、观日、作诗，随后接续环顾四周景色、追述朱氏峨眉旧游以及慷慨言志的内容，最终以超越世俗的快意豪情收束全诗。章法布局之整饬，尽显文章家本色，而语言之古文化也如影随形，时时可见。

翁方纲

翁方纲（1733—1818），字正三，号覃溪，顺天大兴（今北京）人。乾隆十七年（1752）进士，授翰林院编修。历督广东、江西、山东三省学政，官至内阁学士。精金石、谱录、书画、词章之学，书法冠绝一时。诗宗江西派，论诗拈"肌理"二字。有《粤东金石略》《苏米斋兰亭考》《复初斋诗文集》等，编有《小石帆亭著录》。

青 玉 峡 [1]

青玉峡口双厓开，层青倒卷作怒雷。马尾东来势一掉[2]，蹴起万壑声喧豗[3]。我初观瀑十里外，银潢远泻高崔嵬[4]。到寺亭午霁色出[5]，珠帘正挂莲花台。云根却踏巨鳌背[6]，日影磨荡神龙颏。仰望珠帘不可见，中盘一碧如平杯。高峰转东又转北，不知拗折从何来。到此万马跃一鼓，飞花喷雪成千堆。大石礧硈刲万古[7]，淋漓元气非莓苔。手扪星辰不敢逼，庚庚眼眩

杓衡魁^[8]。隔溪啸答响山籁，长风襟袖凌九垓^[9]。穿云剔篆不能去^[10]，粗沙细砾皆琼瑰。漱玉亭子大如斗，想像坡老真仙才^[11]。安得急雨看龙斗^[12]，狂呼漱滟千金罍^[13]。

注 释

〔1〕选自徐氏得耕堂本《晚晴簃诗汇》卷八十二。此诗为作者游览青玉峡时所作，描绘青玉峡风景。青玉峡：在庐山南麓秀峰景区，峡上诸峰间有两瀑布，汇而流出峡谷，号为山南奇景。宋代书法家米芾刻有"青玉峡""第一山"题词。

〔2〕马尾：即马尾瀑，与黄岩瀑同源异流，合二为一，汇流于青玉峡。

〔3〕蹴（cù）：蹬踏。《说文》："蹴，蹑也。"喧豗（huī）：轰鸣。李白《蜀道难》："飞湍瀑流争喧豗。"

〔4〕银潢：银河，比喻瀑布。崔嵬：高耸貌。《诗·周南·卷耳》："陟彼崔嵬，我马虺隤。"

〔5〕亭午：正午。

〔6〕云根：深山云起之处。鳌背：隐喻山峰。鳌，传说中海里的巨龟或巨鳌。

〔7〕礌硠（léi láng）：形容声响巨大。砉（huò）：形容破裂的声音。

〔8〕庚庚：纹理横布貌。杓衡：指北斗星。

〔9〕九垓（gāi）：九重天，传说天有九层。

〔10〕剔篆：拨开香灰，喻穿行于云雾中。篆，篆香，制成篆文的香，古代常用来计时。

〔11〕坡老：苏轼。苏轼曾多次游览庐山，作有《开先漱玉亭》等诗文。

〔12〕急雨看龙斗：苏轼《行琼、儋间，肩舆坐睡，梦中得句云"千山动鳞甲，万谷酣笙钟"。觉而遇清风急雨，戏作此数句》："急雨岂无意，催诗走群龙。"

〔13〕潋滟：水满溢之貌。木华《海赋》："泱漭潋滟，浮天无岸。"李善《文选》注："潋滟，相连之貌。"苏轼《饮湖上初晴后雨》："水光潋滟晴方好。"金罍：一种贮酒的青铜器。《诗·周南·卷耳》："我姑酌彼金罍。"

鉴赏

　　提到翁方纲，我们往往会联想到"学人诗"以及书卷、学问、考据等概念及关键词，好像他的诗歌总是论学、抄书，与性情、才力无关。但一读这篇《青玉峡》，就会改变上述先入为主的偏见。此诗的类型属于游览，但相比谢灵运式的游览诗来，它更多地倾注笔墨于体物，又有浓厚的题咏色彩。除了"青玉峡口""我初观瀑""到寺亭午""高峰转东""漱玉亭子"五句提示游览所历，其余的诗句都在描绘景物，是典型的"体物"笔法，即用赋笔正面叙写。其中虽无奇思异想，但运笔恣肆，格调高老，遣词造句，稳洽洗练，且一韵到底，辞气畅达，看得出深得韩愈、苏轼七古的格调。结尾四

句由东坡当年游览留诗的漱玉亭联想到苏诗的"急雨""催诗"之句，用期盼语作结，免得流于平弱，足见学古有得，洞悉诗家三昧，不能仅凭耳食之言，以"学人诗"抹杀其才情笔力。

洪亮吉

洪亮吉（1746—1809），初名莲，字华峰，中更名礼吉，字君直，后字稚存，号北江，晚号更生居士，阳湖（今江苏常州）人。清乾隆五十五年（1790）进士，授编修，督贵州学政。嘉庆四年（1799）上书陈时政之弊，被流放伊犁。翌年赦归。主洋川、梅花书院讲席。博通经史，兼工辞章。诗与黄景仁号"洪黄"，与孙星衍号"洪孙"。骈文亦为一时翘楚，与袁枚、胡天游并称"三大家"。有《洪北江诗文集》，词集名《更生斋诗余》。

云溪春词（其一）[1]

敧枕篷窗听雨眠[2]，记来前事当游仙[3]。销魂一曲云溪水，坐阅春光十九年[4]。

注 释

〔1〕选自中华书局 2001 年版《洪亮吉集·附鲒轩诗》卷一。诗作于乾隆
三十年（1765）。云溪：指白云溪，流经今常州市，为荆溪上游。

〔2〕攲（qī）枕：斜倚在枕上。蓬窗：船上的窗户。

〔3〕游仙：传说中漫游仙境的经历，唐人每用作狎妓冶游的隐喻，传有小说《游仙窟》及《游仙诗》。

〔4〕"坐阅"句：徒然看着一年年青春虚度。

鉴赏

《云溪春词》是叙写云溪沿岸世俗风情的组诗，共有四十首，内容多为儿女情事。本篇为第一首，具有纲领性的意义。首句交代事由，雨夜泊舟云溪，"听雨"暗示难眠。次句言记忆中的往事恍若游仙之梦，隐含旖旎的回想。第三句写抚今追昔的惆怅，并扣题与照应首句的泊舟。结句"春光"回应"前事"，抒发青春虚掷的感伤。全诗起于沉思，承以追忆，转而销魂，终以伤感，一句一层，一层一转，欲言不言，言已尽而又余意袅袅无穷，青春的苦闷和年华虚度的伤感交织在一起，构成本篇怀旧的主题，同时也定下了组诗的情绪基调。

松树塘万松歌〔1〕

千峰万峰同一峰，峰尽削立无蒙茸〔2〕。千松万松同一松，干悉直上无回容〔3〕。一峰云青一峰白，青尚笼烟白凝雪。一松梢红一松墨，墨欲成霖迎赤日。无峰无松松必奇，无松无云云必飞。峰势南北松东西，松影向背云高低。有时一峰承一屋，屋下一松仍覆谷。天光云光四时绿，风声泉声一隅足〔4〕。我疑瀚海黄河地脉通〔5〕，何以戈壁千里非青葱？不尔地脉贡润合作天山松，松干怪底一一直透星辰宫〔6〕。好奇狂客忽至此，大笑一呼忘九死〔7〕。看峰前行马蹄驶，欲到青松尽头止。

注 释

〔1〕选自中华书局 2001 年版《洪亮吉集·更生斋诗》卷一、系嘉庆四年（1799）遣戍伊犁途中作。松树塘：是新疆沙漠中一处长有水草，可供放牧的地方。

〔2〕蒙茸：即蒙茏，草木茂盛貌。

〔3〕无回容：没有曲折。

〔4〕一隅：一个角落。

〔5〕瀚海：指新疆的湖泊。

〔6〕星辰宫：指天庭。

〔7〕九死：指自己身处贬谪危境。《离骚》："虽九死其犹未悔。"

清诗鉴赏

鉴赏

　　这是一首咏物体的歌行，以松为题材。松树哪儿都有，但新疆茫茫戈壁，沙漠中有松，就很不寻常。因此诗也采取了一个奇特的体裁，准确地说是一个奇特的押韵方式——四句一转韵，平仄交替，同时四句中又每句押韵。这是很少见的一种韵式，它所造成的效果是各韵相对独立，而不是互相勾连。在每一韵四句中，作者紧扣峰、松、云、日四字，有意识地运用反复（如第一韵的"千峰万峰""千松万松"）和重复（第二韵的"一峰""一峰"），以及词与词之间（"无峰无松松必奇"）、句与句之间（"一松梢红一松墨，墨欲成霖迎赤日"）的顶针格修辞，再加"正名对"（如"南北"对"东西"、"向背"对"高低"）构成的当句对，共同营造出浓厚的文字游戏趣味，顺理成章地引出"我疑"以下四句质问。而这四个九字句、十一字句的质问，又像是音乐的变调，在改变节奏的同时扭转了作品的情绪基调，使它由好奇转向了诙谐、戏谑的方向。这样，当自称"好奇狂客"的作者写出"大笑一呼忘九死"的句子时，就显得十分自然了。到结尾两句，虽纯然是叙事，但言外洋溢的豪气表明诗人心理上的阴翳已暂时消散。这就是诗歌的宣泄和净化作用。

吴锡麒

吴锡麒（1746—1818），字圣征，号穀人，钱塘（今浙江杭州）人。乾隆四十年（1775）进士。选翰林院庶吉士，散馆授编修。两度充会试同考官，擢右赞善，入直上书房，转侍讲侍读，升国子监祭酒。以亲老乞养归里，主讲扬州、云间等地书院以终。才华富赡，博学多能。工诗词曲赋，诗笔清淡秀丽，继厉鹗之后为浙江一大家。骈体尤为著名。有《有正味斋正续集》与《渔家傲》传奇。

狮子林歌 [1]

雄雷震空六甲驱，空青塞户阴模糊。卷毛醵舌形状殊 [2]，逃尽虎豹豺狼貙。谛视细细苍苔铺，伏而不动非石乎。陡回惊悸生欢娱，洞天咫尺开仙都。

中不百亩蛇线纡 [3]，五里十里盘崎岖。前之升者猱附涂，以踵摩顶仰可呼。忽然索之又亡逋，白日在空午欲晡。翻身跳入壶公壶 [4]，四壁翠洒松雨粗。松生石隙

老更腴，不阶尺土元气扶。松耶石耶德不孤[5]，石以松古青逼肤，松以石怪垂龙胡。天风来往调笙竽，满身云气留斯须。

出门舆马喧九衢，胸中了了丘壑俱。吁嗟乎！胸中了了丘壑俱，千秋画本思倪迂[6]。

注释

〔1〕选自徐氏得耕堂本《晚晴簃诗汇》卷九十六。诗记狮子林之游、描绘了园中千姿百态的假山群。狮子林：苏州名园。元至正二年（1342），天如禅师为纪念中峰禅师建寺，狮子林为寺的后花园，园内怪石林立。

〔2〕舕（tàn）：吐。此处指假山奇怪的形状宛若吞吐的舌头。

〔3〕蛇线纡：指假山内道路盘纡屈折，犹如蛇行。

〔4〕壶公：东汉费长房在集市见一老翁，悬壶卖药，市罢，则跳入壶中。费长房因向其问道。见《后汉书·方术列传下》。

〔5〕德不孤：《论语·里仁》："德不孤，必有邻。"

〔6〕倪迂：元代画家、诗人倪瓒（1301—1374），初名珽，字泰宇，后字元镇，号云林子，江南无锡（今属江苏）人。与黄公望、王蒙、吴镇并称为"元四家"。性迂僻而好洁净，人称"迂倪"。有《清閟阁集》。相传狮子林为倪瓒的杰作。

吴锡麒

鉴赏

　　诗题中虽无游字，但这首诗确实是一首纪游诗，在类型上属于游览而非题咏，所以构思以入园、出园为起结，中间写园中所见，自然地分为三段。开头八句写入园猛见怪石如狮的惊栗，"中不百亩"到"满身云气"十五句写游园所见，末五句写出园时的眷恋之情。中间十五句又分为两部分，前六句写园林的纡回深远、千奇百怪，后九句写院中松与石的互相映发，整体给人想象奇巧、构思精妙的感觉。结尾在车马喧阗中回味园林山石，再由追忆园林设计者点出风景如画之意，抒发了游狮子林让人体验到的出尘绝世的情怀。值得注意的是，这首诗的押韵方式是句句入韵的柏梁体。每句押韵很容易导致节奏平淡单调，好在作者在"松耶石耶"三句用松、石回环对举，又在结尾重复"胸中了了丘壑俱"一句，就平起波澜，转添灵动，避免了节奏的单调呆板。

黎 简

黎简（1747—1799），字简民，一字未裁，号二樵，顺德（今属广东）人。乾隆五十四年（1789）拔贡，将赴廷试，值父丧守制。服阕，自此淡于仕进，以课徒为生。工诗善书画，有南州"三绝"之称。诗学李贺、黄庭坚，字句洗练，刻意求新。书法得晋人意，又喜画山水，与张如芝、谢兰生、罗天池并称为"粤东四大家"。著有《五百四峰草堂诗文钞》《药烟阁词钞》等。

夜 酌 [1]

余花袅幽风 [2]，病香 [3] 暗无影。寒空破纤月 [4]，怨禽齐作警。离心对愁杯，安得不独醒 [5]。绿苔入户湿，凉露在眸冷。春去如云飞，一夜人间静。

注 释

〔1〕选自嘉庆元年众香亭刊本《五百四峰草堂诗文钞》。作者于离家前夕，

夜深独酌，作此诗以抒愁怀。

〔2〕余花：残花。谢朓《游东田》："鱼戏新荷动，鸟散余花落。"袅：随风摇曳。

〔3〕病香：欲残之花。崔橹《暮春对花》："病香无力被风欺，多在青苔少在枝。"

〔4〕纤月：未弦之月，月牙。杜甫《夜宴左氏庄》："林风纤月落，衣露净琴张。"

〔5〕独醒：《楚辞·渔父》："举世皆浊我独清，众人皆醉我独醒。"

鉴赏

　　黎简是清代中叶一位风格非常独特的诗人，其诗题材并不奇特，下字也很平常，但用意极隽永奇警，尤其善于渲染一种幽冷、孤寂的意趣。这首古调诗正是很能体现他创作特色的作品。通篇没什么奇文异字，但每个名词都有修饰，或多层次的形容，毫无虚浮松懈之处，由是意思绵密，耐人玩味。"余花""幽风""病香""寒空""纤月""怨禽""离心""愁杯""绿苔""凉露"，这些带有特定修饰的名词共同营造出全诗衰飒凄冷的基调；"袅""破"两个形容词用作动词，再给寻常景致点染一抹新异的感觉；而"齐作警""入户湿""在眸冷"这取意颇为奇特的描写，则更加重了全诗语言的生新趣味，使"春去如云飞，一夜人间静"这化静为动、上下衔接本有点生硬

的结联，变得水到渠成，十分自然。通篇绵密的修辞和句法的锤炼真可以说到了前人所谓"几令读者为之窒"（屈向邦《粤东诗话》）的地步，而深夜独酌的诗人因寂静而体验的不同寻常的孤独感也由此得到深刻的表现。

小　园[1]

　　水景动深树，山光窥短墙。秋村黄叶满，一半入斜阳。幽竹如人静，寒花为我芳。小园宜小立，新月似新霜。

注　释

　　〔1〕选自上海古籍出版社 2013 年版王昶编《湖海诗传》卷三十八。

鉴　赏

　　姜夔《白石道人诗说》："诗有四种高妙：一曰理高妙，二曰意高妙，三曰想高妙，四曰自然高妙。"理、意、想之高妙都容易理解，唯独"自然高妙"有点玄，姜夔是这么解释的："非奇非怪，剥落文采，知其妙而不知其所以妙，曰自然高妙。"黎简这首《小园》就是"自然高妙"的一个例子。这首甚至不用注释的五律，妙在哪里呢？一

黎简

言以蔽之，就是用字寻常而用意特别。明明是深树动水影，偏说"水景动深树"；明明是短墙映山光，偏说"山光窥短墙"，改变了施动关系，又赋予拟人化的生动。上句才说秋村黄叶"满"，下句却说"一半"入斜阳，另一半怎么样？"幽竹如人静"，如果不是"幽"字、"静"字，竹比人哪有什么味道？"寒花为我芳"又是拟人，只因是冒寒而开，遂使"为我"有了特别的厚意。结联的"小园"对"小立"，"新月"对"新霜"，不止有重复修辞特有的文字趣味，而且传达出诗人对景致、物候敏锐的新鲜感。像这样的句子就属于"自然高妙"。

黄景仁

黄景仁（1749—1783），字汉镛，一字仲则，号鹿菲子，武进（今属江苏）人。四岁而孤，母屠氏课之读，刻苦倍于常童。十六岁补府学附生，从邵齐焘学，与洪亮吉、杨伦、杨梦符并为高弟。乾隆三十六年（1771）入太平知府沈业富幕为掌书记，复入安徽学使朱筠幕。四十一年（1776）召试列二等，为四库誊录生。在京从翁方纲、王昶、朱筠、蒋士铨游。期满以议叙例得主簿，入赀为县丞，未官而卒。所著《两当轩集》，乾隆间论诗者推为第一。又工书能画，兼擅篆刻，间仿翻砂法治铜印，直逼汉人气韵。

杂　感 [1]

仙佛茫茫两未成，只知独夜不平鸣。风蓬飘尽悲歌气，泥絮沾来薄倖名 [2]。十有九人堪白眼，百无一用是书生。莫因诗卷愁成谶 [3]，春鸟秋虫自作声。

注 释

〔1〕选自阳湖宏文堂刊本《两当轩集》卷一。黄景仁自幼体弱多病，其师邵齐焘虽劝以学，却"又不欲其汲汲发愤以罢敝其精神，而第劝以博观泛览，优游而自得焉"（邵齐焘《跋所和黄生汉镛〈对镜行〉后》）。在当时，不治经就等于自绝于仕途，诗人最终八应乡试不售，落魄而殁。这首诗作于弱冠之年，作者初入名利之场，却仿佛已洞见自己与世俗不可调和的对立，更对日后的仕途感到绝望。

〔2〕薄倖：旧指男子薄情，易负心。

〔3〕谶（chèn）：一种无意中说出而后来应验不幸结局的预言。

鉴 赏

中国古代文人，自幼读经书，通儒学，莫不以修身、齐家、治国、平天下为人生理想。及长无所遇，濩落失意，则或逃于习禅，或遁于修道，从中寻求安身立命之所，以为人生无奈的归栖。而黄景仁起句即言"仙佛茫茫两未成"，等于从终局宣告了人生的失败和绝望，实在很像是饱经人生忧患和失意的中年人所发，而其时诗人只不过二十岁，还根本未经历世事的坎坷，却仿佛已洞见自己与世俗不可调和的对立，更预感到日后路途的艰辛。于是"十有九人堪白眼，百无一用是书生"两句，就成了对自身与群体命运的终极体认，像是一个谶言，不仅预示了他的未来，也引发日后无数不遇才人的

深深共鸣，成为《两当轩集》中最早为人传诵的名句。到乾隆时代，清廷凭借经学和科举，已完全捏住汉族士大夫的文化命脉，不再需要文人来装点政治。这时，像黄景仁一辈不治经学的文人，便面临一个前所未有的生存困境，不仅政治上毫无出路，在文坛上也难以为主流社会所认可，于是其人生意义就无处可找寻，人生价值也无处可寄托。"百无一用是书生"，绝不只是个人的慨叹，它道出了当时整个文人群体对政治前途和社会声望的双重绝望。"风蓬飘尽悲歌气，泥絮沾来薄倖名"一联所传达的过早地消磨功名志向、过早地咀嚼爱情失意的惫倦心态，定下了他日后生活和诗歌创作的基调，正像他最亲密的朋友洪亮吉所形容的，"如咽露秋虫，舞风病鹤"（《北江诗话》）。而这首弱冠之年写下的《杂感》，似乎已画好了诗人成年的自画像。

笥河先生偕宴太白楼醉中作歌 [1]

红霞一片海上来，照我楼上华筵开。倾觞绿酒忽复尽，楼中谪仙安在哉 [2]！谪仙之楼楼百尺，笥河夫子文章伯。风流仿佛楼中人，千一百年来此客。

是日江上同云开 [3]，天门淡扫双蛾眉 [4]。江从慈母矶边转[5]，潮到然犀亭下回[6]。青山对面客起舞，彼此青莲一抔土。若论七尺归蓬蒿，此楼作客山是主[7]。若论醉月来江滨，此楼作主山作宾。长星动摇若无色，未必常作人间魂。

身后苍凉尽如此，俯仰悲歌亦徒尔。杯底空余今古愁，眼前忽尽东南美[8]。高会题诗最上头[9]，姓名未死重山丘。请将诗卷掷江水，定不与江东向流[10]。

注　释

〔1〕选自阳湖宏文堂刊本《两当轩集》卷四。乾隆三十七年（1772），安徽提学使朱筠在采石矶召集四方文人雅士同集太白楼，饮酒赋诗，二十四岁的黄景仁即兴挥洒，最早成篇。据洪亮吉《黄君行状》："赋诗者十数人，君年最少，着白袷立日影中，顷刻数百言，遍示坐客，坐客咸辍笔。"筠河：朱筠（1729—1781），字竹君，号筠河，直隶大兴（今属北京）人。少与兄珪并有名于时。中乾隆十九年（1754）进士，由翰林院编修累官至安徽、福建学政。曾倡议编纂《四库全书》，有《筠河集》。

〔2〕谪仙：传说李白初到京师，贺知章闻名来访，请所为诗文，李白出《蜀道难》。贺知章诵未尽，连连称叹，称为"谪仙人"。见唐孟棨《本事诗·高逸》。

〔3〕同云：《诗·小雅·信南山》："上天同云，雨雪雰雰。"朱熹《诗集传》：

"同云，云一色也。将雪之候如此。"

〔4〕"天门"句：言天门山隔江相对如女子的两弯蛾眉。天门山，又名东梁山或博望山，在安徽芜湖市北大桥镇的长江东岸，与西梁山夹江而立，宛如天设之门，远望如两道细眉，故又名蛾眉山。李白二十六岁时乘舟顺江而下，有七绝《望天门山》："天门中断楚江开，碧水东流至此回。两岸青山相对出，孤帆一片日边来。"

〔5〕慈母矶：长江中礁石，见欧阳修《于役志》，古代诗人多有题咏，在今芜湖市繁昌县境内。

〔6〕然犀亭：《晋书·温峤传》："至牛渚矶，水深不可测。世云其下多怪物，峤遂毁犀角而照之。须臾，见水族覆火，奇形异状，或乘马车着赤衣者。峤其夜梦人谓己曰：'与君幽明道别，何意相照也？'意甚恶之。峤先有齿疾，至是拔之，因中风，至镇未旬而卒，时年四十二。"清初邑人于其地建亭，在今安徽省马鞍山市翠螺山采石矶东南麓。

〔7〕"若论"二句：指人终有一死，楼台终会坍塌，而青山永存。以此论之，则人与楼为一时之客，山为永世之主。蓬蒿、野草、草莽，代指坟墓。

〔8〕"眼前"句：从王勃《滕王阁序》"宾主尽东南之美"句化出。

〔9〕上头：暗用李白故事。传说李白登黄鹤楼，见崔颢题诗，书"眼前有景道不得，崔颢题诗在上头"二句而去。

〔10〕"请将"二句：赞美李白诗歌永世长存，不会随川流而逝。李煜《相见欢》："自是人生长恨水长东。"

鉴赏

这是一首即席所赋的纪事之作。即席赋诗，首先比快捷，就像唐代大历十才子在驸马郭暧府上拈题竞作，谁先成诗即号擅场，至于隔日再看诗是不是真好，那又另说。黄景仁在太白楼诗会中最先成章，当时固然占得鳌头，现在细绎其诗，仍觉神完气足，就不能不说难能可贵了。仲则一生最倾慕李白，曾有言死后要葬于太白墓所在的青山之下，长伴诗魂。今日登临赋诗，长江、天门山、采石矶、太白楼、青山、美酒、诗歌，所有的因缘都和他心爱的诗仙酒魂联系在一起，激发他无限的遐想和感慨，满怀逸兴壮思喷薄而出，就挥洒为这首令一座搁笔的长歌。首八句写题中"笥河先生偕宴"，"是日江上"以下十二句写"太白楼"，末八句写"醉中作歌"，从朱筠写到李白再写到自己，虽是临场一挥而就，却也不失章法矩度！虽然"身后苍凉"三句，流露出李白式的历史虚无感，但随即以"眼前忽尽东南美"一句振起，并用"请将诗卷掷江水，定不与江东向流"的奇想再度肯定了太白诗名的不朽。随着"高会题诗最上头"句将诗会的盛况推向高潮，那"着白祫立日影中"的青年诗人的形象也永远留在人们的记忆中。

清诗鉴赏

癸巳除夕偶成二首（其一）〔1〕

千家笑语漏迟迟，忧患潜从物外知〔2〕。悄立市桥人不识，一星如月看多时。

注 释

〔1〕选自阳湖宏文堂刊本《两当轩集》卷八。癸巳：乾隆三十八年（1773）。

〔2〕忧患：《易·系辞上》："作《易》者，其有忧患乎！"苏轼《石苍舒醉墨堂》："人生识字忧患始。"

鉴 赏

文人本是最敏感的，天注定他们要比常人经受更多的心灵痛苦。当有限的官职和有限的成功出路，使怀才不遇成为社会普遍的现实时，只有文人能将悲哀和绝望书写下来，为后人留下无数歌哭无端的诗篇。除夕之夜，家家都沉浸在年节的喜庆气氛中，二十五岁的黄仲则独自伫立在街市的小桥上，一种旷世的孤独感填满了胸臆。孤独，不是因为没有亲人在身边，而是内心的感受无人可诉说，像钱锺书《围城》里方鸿渐感觉到的那种"拥挤里的寂寞，热闹里的凄凉"，或西洋哲人所谓的"众里身单"。他的感受过于独特，即使有人可诉说也无人能理解。在所有的人期期守候岁除时刻到来之际，他对未来的岁月毫无期待，只有一股莫名的忧患，像来自第六感觉的不祥预感，隐然渗透到意识中。但这种忧患感，无论是像杜甫《同诸公登慈恩寺塔》式的盛世危言，吐露了某种对盛极衰来之危机的天才预感，还是为自己前途、命运的迷惑不测而焦虑，在这富庶的时世、祥和的佳节，终究是无人可与诉说的。"万物有同命，先见为之悲"（黄景仁《杂诗》）。先见者毕竟是少而又少的，于是独立市桥的诗人就只是个不合时宜的忧患者，一个人海中的孤独者。叔本华曾说过，"伟大人物命中注定要成为孤独者"。黄仲则心仪的前辈诗人李白，就是个伟大的孤独者，其举杯邀月的豪放不过是寂寞之极的自遣。当太白"挥杯劝孤影"之际，尚可以明月为友，一番澡雪胸臆的郁积。值此除夕之夜，空际无月，仲则又向谁诉说呢？无已，只好将一颗星星当作月亮来眺望，竟痴看了许久。虽然人不识，月不见，这一颗星星似乎也慰藉了诗人孤独的心灵。古往今来，表现孤独感的名句知多少，但我不知道有哪一句能如此让人黯然魂销，让人铭心刻骨。我说清诗有前人未到的境界，此诗便是一例。

绮怀十六首（选二）[1]

其 十 五

几回花下坐吹箫，银汉红墙入望遥[2]。似此星辰非昨夜，为谁风露立中宵[3]。缠绵思尽抽残茧，宛转心伤剥后蕉。三五年时三五月，可怜杯酒不曾消。

注 释

〔1〕选自阳湖宏文堂本《两当轩集》卷十一。据林昌彝《射鹰楼诗话》卷五载，这组诗为诗人追怀初恋而作，故事的女主人公可能是作者姑母的婢女。《绮怀》作于乾隆三十九年（1774），当年的恋人已嫁为人妇且有子嗣，二十六岁的诗人只有缠绵而无望地追忆少年时代那段不可明言的初恋。

〔2〕银汉红墙：本自李商隐《代应》"本来银汉是红墙"句。银汉，银河。

〔3〕"似此"二句：上句是从李商隐《无题》的"昨夜星辰昨夜风"化出而反用其意，下句则系暗用李商隐《凉思》"永怀当此节，倚立自移时"之意，同时脱化姜夔所造又经高启袭用而出名的"满身风露立多时"之句。姜夔《武康丞宅同朴翁咏牵牛》诗云："青花绿叶上疏篱，别

有长条竹尾垂。老觉淡妆差有味，满身秋露立多时。"赵吉士《寄园寄所寄》卷四"捻须寄"引《尧山堂外纪》载："高季迪年十八未娶，妇翁周仲建有疾，季迪往唁之。周出《芦雁图》命题，季迪走笔赋曰：'西风吹折荻花枝，好鸟飞来羽翮垂。沙阔水寒鱼不见，满身风露立多时。'仲建笑曰：'是子求室也。'即择吉，以女妻焉。"高季迪，即高启。

鉴 赏

　　黄景仁诗中名篇不少，但就传诵之广而言，无过于《绮怀》十六首，其中又以本篇最为人传诵，其动人之处全在于对李商隐诗的引用、脱胎和改造。首联两句可能是脱胎于李商隐《银河吹笙》"怅望银河吹玉笙，楼寒院冷接平明"一联。次句的"银汉红墙"明显是因袭李商隐《代应》"本来银汉是红墙，隔得卢家白玉堂"一联，黄仲则这里转换为记忆中的景象，在花下吹箫的衬托下，平添一层幽艳绝俗的浪漫色彩，同时引出下联的"星辰"。颔联化用姜夔"满身秋露立多时"句，一句明知故问的"为谁"，使一个怀着绝望的痴情追忆刻骨铭心的初恋的诗人形象呼之欲出，有着说不出的悱恻动人的风韵。颈联两句继续从李商隐另一首《无题》"春蚕到死丝方尽，蜡炬成灰泪始干"一联汲取灵感，而愈加锤炼其修辞的表现力。李商隐原句譬喻虽奇警，但重心落在展示结局，

清诗鉴赏

有点像是说理；而黄景仁在强化结果的直观性呈现的同时，更着力刻画了内心情感的缠绵和一次次经受创伤的过程，从而更强烈更深刻地传达出内心的创痛感。无论从哪个角度来分析，都以黄景仁这两句更具有刻骨铭心的感觉和视觉的冲击力。尾联"三五年时三五月"一句，用了一个反复的句法来呼应开头的追忆，措语虽很轻漫，意思却极为沉重。他很清楚这段痛是永远也无法销蚀了。

其 十 六

露槛星房各悄然，江湖秋枕当游仙。有情皓月怜孤影，无赖闲花照独眠。结束铅华归少作，屏除丝竹入中年。茫茫来日愁如海，寄语羲和快着鞭〔1〕。

注 释

〔1〕 羲和：神话中驾驶太阳之车的御者。屈原《离骚》："吾令羲和弭节兮，望崦嵫而勿迫。"《楚辞·天问》："羲和之未扬，若华何光？"王逸注："羲和，日御也。言日未出之时，若木何能有明赤之光华乎？"

鉴 赏

这是《绮怀》组诗的最后一首，多少带有一点总结的意味。不仅是对整个组诗的总结，也是对一个生命阶段的总结。诗人年方二十六岁，离通常所谓中年还有相当一段距离，但因为过早地体会到生存的艰难，穷困不遇的潦倒感在往日恋情的追怀中忽然弥漫开来，最后就给绮丽的回忆蒙上灰暗的色调。首联"露槛星房"是黄仲则惯用的李贺式修辞，将作为环境的天象直接与人间场景相密合，使人间幻若仙境，平添一层浪漫气息。颔联坐实"当"的意味，用前人所谓"借物指点"的笔法，说有月相怜、花相映，其实意味着无人相怜、无人相伴。他似乎已想清楚，决计不再缠绵于那段感情，于是一个貌似理性的宣言，顺理成章地成为颈联的内容。不过，艳诗可以束手，风情可以断绝，穷困不遇的濩落之感却挥之不去，而且他已有一种预感，此生许多人生目标都无法企望，无法实现了。一念及此，刚拟定的中年计划顷刻间瓦解，无边的焦虑瞬间溶化了冷静的宣言，将诗推向焦灼的顶点。我们仿佛看到诗人独立在人生的绝壁上，对着茫茫苦海放声悲嚎：让时光更快地流去吧，让生命早点结束吧，我已不再贪生，我已不再留恋！从来人情莫不喜少恶老，莫不希求长生，于是格外留恋光阴，恨不得时间永驻。可是黄仲则因少年失恋，更因仕途失意，半生的体验只归结为一个"愁"字，竟陡然生发奇想，只希望时光尽快流逝。这是何等绝望的念头啊！难怪后人要说："真古之伤心人语也！"（郭麐《灵芬馆诗话》）黄仲则诗最动人之处，就在于深刻地揭示了生命的悲剧性，他自己

短暂的生涯更让实了除去悲剧性之外的人生意义之轻、之不可承受。后人读其诗，随着意脉的流动，忽孤寂，忽洒然，忽悲酸……在感受诗人内心痛苦的同时，也无时不在间接体验人生的悲剧感。这是我们读唐宋诗时很少有的经验。

宋 湘

宋湘（1757—1826），字焕襄，号芷湾，嘉应（今广东梅州梅县区）人。嘉庆四年（1799）进士，选翰林院庶吉士，授编修。嘉庆十八年（1813）知云南曲靖府。道光五年（1825）调任湖北粮道，卒于任。与顺德黎简同为清中叶广东诗坛巨擘，诗作多为山川纪行及题赠之类，风格清隽自然，描绘自然景物常有独到手眼。有《红杏山房诗钞》《不易居斋集》等。

黄鹤楼题壁 [1]

笛声吹裂大江流，天上星辰历历秋 [2]。黄鹤白云今夜别 [3]，美人香草古来愁 [4]。我行何止半天下，此去休论八督州 [5]。多少烟云都过眼，酒杯多置五湖头 [6]。

注 释

〔1〕选自中山大学出版社 1988 年版《红杏山房集》。诗作于晚年出任湖北粮道时，在吟咏历史遗迹中流露出厌倦仕途奔波之意。黄鹤楼：

位于今湖北武汉长江南岸的蛇山之上,始建于三国吴黄武二年(223),原为戍楼,经盛唐诗人崔颢题咏而名扬后世。旧毁,今为移地重建。

〔2〕历历:崔颢《黄鹤楼》:"秦川历历汉阳树。"原指清晰可辨,这里兼以形容时间的流逝。

〔3〕"黄鹤"句:化用崔颢《黄鹤楼》"黄鹤一去不复返,白云千载空悠悠"二句。

〔4〕香草:暗用崔颢《黄鹤楼》"芳草萋萋鹦鹉洲"句。

〔5〕八督州:晋陶侃,字士行,鄱阳郡枭阳县(今江西都昌)人。初任县吏,后出任郡守。曾平定苏峻之乱,战功赫赫,官至太尉、荆江二州刺史、都督八州诸军事,封长沙郡公。

〔6〕五湖:越国大夫范蠡,辅佐越王勾践灭吴后,泛轻舟隐于五湖。后以"五湖"指隐遁之所。

鉴 赏

黄鹤楼自李白留下"眼前有景道不得,崔颢题诗在上头"的传说,就成为后代诗人与前贤角胜的竞技场,往来作者题咏之作日积月累。宋湘这首题壁之作,虽用崔颢原韵,也因袭了原诗的个别字词,但立意完全不落窠臼,别写一种超迈的胸襟。首句用"笛声"暗溯名楼故事,而取意至为奇特。次句拓展"历历"的用法,兼以写时间的流逝。颔联"黄鹤白云"绾合古今情境,"美人香草"点出异代同怀,让人感觉前人"后之视今，亦犹今之视昔"的感慨竟如为我而发。颈联视线投向个人身世，奔波行役的倦怠和无可作为的失望感溢于言外，自然地将诗意导向传统的借酒浇愁的结尾模式。但"多少烟云都过眼"的写法毕竟显得轻松和超然，再配上"酒杯多置五湖头"的取境样式，就使诗作结束在相对洒脱的情调中，不至过于黯淡。

王昙

王昙（1760—1817），又名良士，字仲瞿，号鱘舟，秀水（今浙江嘉兴）人。屡试不第，至乾隆五十九年（1794）方中举人，会试复不第，为和珅幕僚。及和珅被诛，不齿于士林，乃益纵情放诞，有狂怪之名。工诗擅词曲，又以骈文名。诗风骏利豪放，与孙原湘、舒位并称"嘉庆三家"或"江左三君"。著有《烟霞万古楼诗文集》，传奇剧本《回心院》《万花缘》等。

项王庙 [1]

立马一呼千人号，咸阳大火不足烧 [2]。十八诸侯作臣子 [3]，如何不舞鸿门刀 [4]？陈平美奴张良女 [5]，淮阴之少小儿乳 [6]。功臣反面见君王，吾亦伤心老亚父 [7]。君王如玉妾如花，君马一走天下瓜 [8]。赤蛇不死白蛇死 [9]，妾骨空阗垓下沙 [10]。儿女英雄两不足，水庙山烟吾来宿。八千子弟《大风》来 [11]，父老江东到今哭。

注 释

〔1〕选自人民文学出版社 2014 年版《王昙诗文集·诗集》卷六。项羽兵败自刎于垓下，后人建有祠庙，在今安徽和县东北乌江边。王昙经过而题此诗。

〔2〕咸阳大火:《史记·项羽本纪》:"项羽引兵西屠咸阳，杀秦降王子婴，烧秦宫室，火三月不灭。"

〔3〕十八诸侯:项羽灭秦后自立为西楚霸王，分封天下，共封十八位诸侯王。

〔4〕"如何"句:项羽于鸿门宴刘邦，席间范增数次暗示项羽除刘邦，项羽不应。

〔5〕"陈平"句:《史记》载陈平身长有美色，张良"状如妇人好女"。

〔6〕小儿乳:乳臭未干的小儿，指韩信。《史记·淮阴侯列传》:"(萧)何曰:'王素慢无礼，今拜大将如呼小儿耳，此乃(韩)信所以去也。'"

〔7〕亚父:范增为项羽谋臣，倍受礼敬，拜为亚父。后因陈平离间之计，渐失信任，恚愤而终。

〔8〕瓜:瓜分，分裂。

〔9〕"赤蛇"句:刘邦有醉斩白蛇的传说，这里用赤蛇指刘邦，白蛇指项羽。

〔10〕"妾骨"句:项羽兵败，被围垓下，虞姬自刎以殉。阗(tián):填塞。

〔11〕八千子弟:《史记·项羽本纪》:"项王笑曰:'且籍与江东子弟八千人渡江而西，今无一人还，纵江东父兄怜而王我，我何面目见之？'"《大风》:即《大风歌》。刘邦击破英布军后，途经故乡，会饮父老，

217

歌曰："大风起兮云飞扬，威加海内兮归故乡。安得猛士兮守四方？"

鉴 赏

在刘、项之争中，失败者更像是一个英雄。刘邦的无情无义和阴险狡诈，衬托了项羽的意气和光明磊落，甚至他的缺点也与英雄的品质相连。因此在后人的咏史诗中，项羽通常赢得更多的同情。项羽自刎后，首级传到鲁地，后以鲁公礼葬于谷城。王昙道经谷城，曾以牛酒琵琶祭项羽墓，作七律三首，传诵于世。然而在项羽兵败途穷的垓下，宿于供奉英雄项羽的祠庙中，王昙的现地感触融入了更多的历史反思。回顾项羽生平，其实他性格中的诸多缺陷，如优柔、刚愎、多疑、褊狭，都与英雄的品质相去甚远。不能坦然面对失败，归江东图谋再起，以至于连心爱的宝马、爱姬也不能保有，最终落得个"儿女英雄两不足"的结局！当年送走八千子弟，迎来的却是高唱《大风歌》的汉高祖，王昙恍然听到江东父老千年不绝的哭声。最后这个虚拟的表现再清楚不过地表明了作者对项羽的态度和评价。

孙原湘

孙原湘（1760—1829），字子潇，号心青，昭文（今江苏常州）人。少有神童之誉，四岁能诵汉魏、唐李杜诗。嘉庆十年（1805）榜眼，选翰林院庶吉士，充武英殿协修官。后告假归，以疾遂不复出。历主昆山玉峰、旌德毓文、通州紫琅、本邑游文等书院讲席。擅诗词、古文、骈文，与王昙、舒位齐名，《清史稿》称"位艳、昙狂，惟原湘以才气写性灵，能以韵胜"。兼擅书法，精画梅兰、水仙。有《天真阁集》。

西 陵 峡 [1]

一滩声过一滩催，一日舟行几百回。郢树碧从帆底尽 [2]，楚台青向橹前来 [3]。奔雷峡断风常怒，障日峰多雾不开。险绝正当奇绝处，壮游毋使客心哀。

注 释

〔1〕选自嘉庆刊本《天真阁集》卷四。这是作者乘舟过三峡时所作。西

陵峡：长江三峡之一，西起巴东县官渡口，东止宜昌县南津关，全长二百四十里，是三峡中最长的峡谷。

〔2〕郢树：郢地的树。郢，楚国国都，故址在湖北省江陵县西北。这里泛指西陵峡两岸的古楚地面。

〔3〕楚台：即阳台，在重庆市巫山县，相传为楚襄王梦遇神女处。唐杜甫《奉寄李十五秘书文嶷》其一："暂留鱼复浦，同过楚王台。"仇兆鳌《杜诗详注》引《太平寰宇记》："楚宫，在巫山县西二百步阳台古城内，即襄王所游之地。"此句言舟行将由西陵峡进入巫峡。

鉴赏

此诗看题目像是题咏，但内容其实是记游，重点不是描绘西陵峡的地理形胜，而是叙写沿途所历景致。全诗给人的感觉，就是扑面而来的滩声、云树、奔雷、江雾，被"催""尽""来""奔"等动词赋予轻快的速度感，让人目不暇接。第七句以翻案之笔，一反前人三峡诗文惯写的惊骇或凄苦的感觉，不以险绝为骇，反以为绝胜，顺理引出结句壮游的豪情，饶有新意。孙原湘是性灵派的后劲，性灵派的艺术渊源多主于宋诗。这首《西陵峡》的句法也明显可见学宋的痕迹。首联和结句的句法很口语化，颔联是3—1—2—1的节奏，颈联的倒装句格调有点特殊，第七句又用了富有理趣的反复句法，整体读起来不是唐诗的格调，而带有浓厚的宋诗风味。

张问陶

张问陶（1764—1814），字仲冶，一字柳门，号船山、蜀山老，遂宁（今四川蓬溪）人。乾隆五十五年（1790）中进士，在同科进士中诗才卓异，被洪亮吉称"为长安第一"。乾隆五十九年（1794）任翰林院检讨，转都察院监察御史、吏部郎中。嘉庆十五年（1810）出任山东莱州知府，因忤上官，辞官寓居苏州，后病卒于寓所。其诗抒写性灵，才调隽朗，继袁枚、赵翼、蒋士铨之后为性灵派诗人后劲，又被誉为"蜀中诗人之冠"。撰有《船山诗草》。

芦　沟 [1]

芦沟南望尽尘埃，木脱霜寒大漠开。天海诗情驴背得 [2]，关山秋色雨中来。茫茫阅世无成局 [3]，碌碌因人是废才 [4]。往日英雄呼不起，放歌空吊古金台 [5]。

注 释

〔1〕选自中华书局 1986 年版《船山诗草》卷二。乾隆四十九年（1784），

清诗鉴赏

作者赴北京应进士试，经卢沟桥而作此诗。芦沟：即桑乾河，为永定河上游、有芦沟桥、今名卢沟桥，在今北京丰台区，是北京现存最古老的石造联拱桥。

〔2〕"天海"句：暗用晚唐郑綮语。郑綮尝称自己"诗思在灞桥风雪中驴子上"，见孙光宪《北梦琐言》卷七。

〔3〕"茫茫"句：指看不清世事和国运而感到迷茫。

〔4〕碌碌：形容平庸无成就。

〔5〕金台：即燕台，故址在今河北易县易水南。相传战国时燕昭王尝置千金于台上，延请天下士，故又名黄金台。

鉴赏

卢沟桥为进京应试必经之地，"卢沟晓月"系燕京八景之一，来往士人多赋诗题咏。张问陶过桥上，凭栏南望，苍茫秋色尽收眼底，抚今吊古别具怀抱。诗的起联写桥上远眺，勾勒出荒凉广漠的华北平原给他的最初印象。颔联点明季候，突出雨中的秋色和诗意。颈联引出身世之感，交织着对世道的迷茫和不甘碌碌无为的英挺之气。尾联即地怀古，以"空吊"二字暗示了英雄已矣、贤君不出的失望之意。时值乾隆末年，繁盛的大清帝国已显露衰变的迹象，年轻的张问陶虽怀不甘平庸、渴望用世之志，但有限的阅历已让他对现实倍感失望。这种希望与失望交织的复杂心情构成了本诗慷慨悲

222

凉的情感基调。

雪中过正定 [1]

十年慷慨向关河，风雪萧萧客路多。士慕原陵犹侠气 [2]，人来燕赵易悲歌 [3]。无奇久被青山笑，欲隐其如绿鬓何 [4]。百丈红尘吹不去 [5]，垂鞭倚马度滹沱 [6]。

注 释

〔1〕选自中华书局 1986 年版《船山诗草》卷四。诗作于乾隆五十五年
　　（1790）春赴京应试途中。正定：汉初设真定县，属恒山郡。隋唐为
　　恒州，治真定县。清为真定府，一度为直隶巡抚治所。雍正初避帝
　　讳改为正定府。今为河北省正定县。

〔2〕原陵：战国时赵国平原君和魏国信陵君，以好客养士、善用人才著闻，
　　天下之士多乐为其用。

〔3〕燕赵：山西、河北为古代燕、赵、魏三国之地。悲歌：韩愈《送董
　　邵南序》："燕赵古称多慷慨悲歌之士。"

〔4〕绿鬓：乌黑而有光泽的鬓发，代指青春年华。

〔5〕红尘：热闹繁华之地，多指都会名利之场。

〔6〕滹沱（hū tuó）：河名，从山西流入河北南部，正定即在滹沱河北岸。

鉴赏

　　河北为入京应试求官往来必经之地，经临这片曾诞生过平原君、信陵君和燕太子丹这样礼贤下士之君的燕赵大地，无论是出于渴求进取的豪迈情怀，还是怀才不遇的落魄失意，都会触发各自的情思。燕赵士人自古追慕平原、信陵，多游侠之风，但游客往来吊古却常为世无贤君而悲慨高歌！韩愈《送董邵南序》云："燕赵古称多慷慨悲歌之士。"张问陶这里暗将慷慨悲歌的主体作了调换，以切正经行正定的自己。张问陶十五岁作《壮志》诗就说："咄嗟少年子，如彼玉在璞。光气未腾天，魑魅抱之哭。"十年后挟希世之才，负乡里之誉，再度踏上进京之路，博取功名，不是洋溢着俯拾青紫的豪情，而是显出相当的无奈，说"无奇久被青山笑，欲隐其如绿鬓何"，正所谓处不甘又隐不得，只好迢递上京。君门尚远，而红尘百丈已拂面而来，这里的"红尘"要么是黄沙的文饰说法，要么是形容近畿的浮艳气息，无论如何，诗以一个"垂鞭倚马度滹沱"的安详姿态收束，摆出一种风云不惊的沉着气度。这也是张问陶的基本性格，他的诗处处都见出这种洒脱而坚定的品质。

舒 位

舒位（1765—1816），字立人，号铁云山人，小字犀禅，直隶大兴（今北京）人，生长于吴县（今江苏苏州）。乾隆五十三年（1788）举人，九试进士不第，寄身馆幕，游食四方。在京尝客礼亲王府，以戏曲受知。后入王朝梧河间知府幕，王任黔西道，从至贵州。博学工书画，诗尤有盛名，擅长乐府歌行，与王昙、孙原湘并称于嘉庆间，法式善为作《三君咏》。著有《瓶水斋诗集》《瓶水斋诗话》《乾嘉诗坛点将录》等。又撰有戏曲《桃花人面》《琵琶赚》及《卓女当垆》《樊姬拥髻》《酉阳修月》《博望访星》等，后四种合刻为《瓶笙馆修箫谱》。

杭州关纪事 [1]

杭州关吏如乞儿，昔闻斯语今见之。果然我船来泊时，开箱倒箧靡不为。与吏言，呼吏坐。所欲吾肯从，幸勿太琐琐。吏言君果然，青铜白银无不可。又言君不然，青山白水应笑我。

我转向吏白，百货我无一。即有八斗才[2]，量之不能盈一石。但有万斛愁，卖之未尝逢一客。其余零星诸服物，例所不征君其勿。却有一串飞青蚨[3]，赠君小饮黄公垆[4]。

吏睨视钱摇手呼，手招楼上之豪奴。奴年约有三十余，庸恶陋劣鬖有须[5]。不作南语作北语，所语与吏无差殊。

我且语奴休怒嗔：我非胡椒八百元宰相[6]，亦非牛皮十二郑商人[7]；且非贩茶去浮梁[8]，更非大贾来瞿唐[9]。况不比西域之胡，珊瑚木难璀璨生辉光[10]。问我来何国？但作宾客，不作盗贼。身行万里半天下，不记东西与南北。问我何所有？笛一枝，剑一口；帖十三行诗万首[11]，尔之仇敌我之友。我闻榷酒税[12]，不闻搜诗囊；又闻报船料[13]，不闻开客箱。请将班超所投笔[14]，写具陆贾归时装[15]。看尔意气颇自豪，九牛何惜亡一毛？尔家主人官不小，岂肯悉索容汝曹！况今尺一除矿税[16]，捐弃黄标复紫标。监察御史开口椒[17]，尔何青天白日鹿覆蕉[18]！

奴闻我言惨不骄，吏取我钱缠在腰。斯时吏去奴欲去，槟榔满口声哜嘈[19]。彼哜嘈，我欸乃[20]，见奴见吏如见鬼。作歌当经自忏悔，轺轩使者采不采[21]？

舒
位

注 释

〔１〕选自光绪十二年刊本《瓶水斋诗集》卷七。嘉庆四年（1799）春，
诗人自黔归，过杭州榷关，被关吏敲诈，以辛辣诙谐的笔调写下这
首纪事诗，成为古代讽刺诗中的杰作。

〔２〕八斗才：指绝世天才。南朝诗人谢灵运曾说："天下才共一石，曹子
建独占八斗，我得一斗，天下共分一斗。"

〔３〕青蚨（fú）：形似蝉而稍大的一种虫，取其子，母必飞来。晋干宝《搜
神记》言以母青蚨或子青蚨血涂钱上，钱花出去又会回来。后用为
钱的代称。唐寒山《诗三百三首》其一二〇："囊里无青蚨，箧中有
黄绢。"

〔４〕黄公垆：垆为酒肆放酒坛的土台，代指酒家。刘义庆《世说新语·伤逝》
载：晋王戎与阮籍、嵇康等号"竹林七贤"，嵇、阮亡故后，已官尚
书令的王戎乘车经过以前诸人经常畅饮的黄公酒垆，顾谓后车客曰：
"今日视此虽近，邈若山河。"这里借指酒店。

〔５〕鬏（lián）：须发稀疏的样子。

〔６〕元宰相：唐代宗时宰相元载，以贪婪著闻，后败落被贬，抄家时光
胡椒就抄出八百石。

〔７〕郑商人：公元前 627 年，郑国商人弦高往成周经商，途经滑国，遇
到偷袭郑国的秦师。他冒充郑国的使者，以四张皮革和十二头牛犒军，
同时火速派人报郑。秦帅孟明以为郑已知秦军来袭，有所防备，于

227

是灭滑国而返。郑穆公要奖赏弦高，辞而不受。事见《左传·僖公三十三年》。

〔8〕浮梁：唐县名，在今江西景德镇，历来为陶瓷之都，也是茶叶贩卖的集散地。敦煌遗书《茶酒论》有"浮梁歙州，万国来求"之说。白居易《琵琶行》也提到"商人重利轻别离，前月浮梁买茶去"。

〔9〕瞿唐：长江三峡之一，唐时经商多往来三峡，故诗文中每称"瞿唐贾"。李益《江南曲》："嫁得瞿塘贾，朝朝误妾期。早知潮有信，嫁与弄潮儿。"

〔10〕珊瑚木难：代指珠宝。曹植《美女篇》："明珠交玉体，珊瑚间木难。"《文选》李善注引《南越志》："木难，金翅鸟沫所成碧色珠也。"珊瑚是珊瑚虫群体或骨骼形成的化石，或云其名源于古波斯语 sanga。

〔11〕帖十三行：王献之传世小楷《洛神赋》，墨迹久佚，仅存十三行刻石。

〔12〕榷（què）酒税：古代盐、酒、茶等通常由国家专卖，课以专门的税率。榷，专卖之义。

〔13〕报船料：货船过税关时按船的长度缴纳税金。

〔14〕班超：东汉史学家班彪幼子，班固弟，字仲升，扶风平陵（今陕西咸阳东北）人。少有大志，博览群书。不甘于为官府抄写文书，一日投笔叹道："大丈夫当效傅介子、张骞立功异域，以取封侯，安能久事笔砚乎！"（《东观汉记》）于是投笔从戎，随窦固出击北匈奴，又奉命出使西域，三十一年间平定西域五十余国。

〔15〕陆贾：汉初楚国人。早年追随刘邦，以能言善辩常出使诸侯，为安

舒位

定汉初局势做出极大的贡献。吕后掌权时曾辞官归隐。著有《新语》。

〔16〕尺一：代指诏书。古代皇帝的诏版长一尺一寸。《后汉书·陈蕃传》："尺一选举，委尚书三公，使褒责诛赏，各有所归，岂不幸甚！"

〔17〕开口椒：唐朝监察御史的俗称。唐封演《封氏闻见记·风宪》："其里行员外试者，俗名为合口椒，言最有毒；监察为开口椒，言稍毒。"

〔18〕鹿覆蕉：《列子·周穆王》："郑人有薪于野者，遇骇鹿，御而击之，毙之。恐人见之也，遽而藏诸隍中，覆之以蕉，不胜其喜。俄而遗其所藏之所，遂以为梦焉。"苏轼《次韵刘贡父所和韩康公忆持国二首》："梦觉真同鹿覆蕉。"这里比喻将朝廷法令视同儿戏。

〔19〕槟榔：原产马来西亚，中国云南、海南及台湾等热带地区多有种植。果实为中药材，南方不少民族有咀嚼槟榔的嗜好。唭嘈（jì cáo）：口中有物，声音呜噜不清。

〔20〕欸（ǎi）乃：摇橹声。柳宗元《渔翁》："烟销日出不见人，欸乃一声山水绿。"

〔21〕輶（yóu）轩使者：輶轩、轻车，多由使臣乘坐。汉代扬雄著有《輶轩使者绝代语释别国方言》。史称周朝有采诗之官，乘车往四方采集歌诗，供君主考察四方民情。此指采诗之官。

鉴赏

　　中国古代诗人多为上流社会人士，到明清时代，即便是生员也

食国家廪饩，所以诗中一向颂世之作多，非议之作少，描写社会黑暗面的作品更是少而又少。舒位却引人注目地作有讽刺关吏敛财的《卢沟桥行》，讽刺奸僧王树勋蓄发谋官的《和尚太守谣》等刺世诗。这首《杭州关纪事》的妙处是活生生地再现关吏的贪婪嘴脸。诗一上来先不写关吏如何凶恶，反说"杭州关吏如乞儿"，不过他敛财时绝非可怜兮兮地讨要，而是"开箱倒箧靡不为"！他敲竹杠的逻辑是：你乖乖给钱，"青铜白银无不可"；若不给，"青山白水应笑我"。惟妙惟肖的一句话，无赖嘴脸毕现纸上。而当关吏见诗人只拿得出一吊钱时，又顿现穷凶极恶的本色。遭到诗人一番斥责，这才"奴闻我言惨不骄，吏取我钱缠在腰"，悻悻而去。这么看来，读书人在当时尚有一定的身份优势，关吏也不敢逼迫强索。诗的内容本来没什么特别之处，妙就妙在诗中的一长段诘难，既义正词严，又诙谐嘲谑，给作品平添几分喜剧色彩，如此富有幽默感的作品在古来诗歌中还真不多见。

张维屏

张维屏（1780—1859），字子树，号南山，又号松心子，晚年自署珠海老渔，番禺（今属广东）人。道光二年（1822）中进士，任湖北黄梅、长阳知县，又署松滋、广济等县。道光十六年（1836）辞官归里，著述以终。诗与黄培芳、谭敬昭并称为"粤东三子"。有《松心诗略》《松心文钞》《松心骈体文钞》《听松庐诗话》《艺谈录》等，编有《国朝诗人征略》。后人辑其著述编为《张南山全集》。

三 元 里 [1]

三元里前声若雷，千众万众同时来。因义生愤愤生勇，乡民合力强徒摧。家室田庐须保卫，不待鼓声群作气[2]。妇女齐心亦健儿，犁锄在手皆兵器[3]。乡分远近旗斑斓[4]，什队百队沿溪山。

众夷相视忽变色，黑旗死仗难生还[5]。夷兵所恃惟枪炮，人心合处天心到。晴空骤雨忽倾盆，凶夷无所施其暴。

岂特火器无所施，夷足不惯行滑泥。下者田塍苦踯躅^[6]，高者冈阜愁颠挤^[7]。

中有夷酋貌尤丑^[8]，象皮作甲裹身厚。一戈已揞长狄喉^[9]，十日犹悬郅支首^[10]。纷然欲遁无双翅，歼厥渠魁真易事^[11]。不解何由巨网开，枯鱼竟得悠然逝^[12]！

魏绛和戎且解忧，风人慷慨赋同仇^[13]。如何全盛金瓯日^[14]，却类金缯岁币谋^[15]？

注 释

〔1〕选自广东高等教育出版社 1994 年版《张南山全集·松心杂诗》。三元里：村名，在广州城北白云山下，距广州约五里。

〔2〕"不待"句：《左传·庄公十年》："夫战，勇气也，一鼓作气。"作气，振奋士气。

〔3〕"妇女"二句：李福祥《三元里打仗日记》："逆夷由三元里过牛栏冈抢劫，予闻锣声不绝……不转眼间，来会者众数万。刀斧犁锄，在手即成军器；儿童妇女，喊声亦助军威。"

〔4〕斑斓：形容旗帜颜色纷杂鲜艳。

〔5〕"黑旗"句：作者自注："夷打死仗则用黑旗，适有执神庙七星旗者，夷惊曰：'打死仗者至矣！'"

〔6〕塍（chéng）：田间分隔界块的土埂。踯躅（zhí zhú）：这里指行进

艰难貌。

〔7〕冈阜：山脊，山坡。颠挤：应作"颠隮"。《尚书·微子》："今尔无指告予，颠隮，若之何其？"颠，头顶，此指最高处；隮，坠落。

〔8〕夷酋：英军领队。梁廷柟《夷氛闻记》卷三："伯麦身肥体健，首大如斗。"

〔9〕"一戈"句：用《左传·文公十一年》"获长狄侨如，富父终甥舂其喉以戈"之文。舂（chōng），捣。长狄，又名鄋瞒，据孔子说是虞夏时防风氏、商代汪芒氏的后裔。因其人特别长大，号为长狄，活动于齐、鲁、宋、卫之间。此代指身材高大的英军士兵。

〔10〕郅支：即郅支单于，名呼屠吾斯。匈奴分裂为南北两部之后，为北匈奴第一代单于，也是南匈奴呼韩邪单于之兄。曾击败大宛、乌孙等国，令四方各族进贡，威震西域。此代指敌军首领。汉元帝时，西域都护甘延寿及副校尉陈汤等人，杀匈奴郅支骨都侯单于，悬其首于蛮夷邸门。见《汉书·陈汤传》。

〔11〕歼厥渠魁：语出《尚书·胤征》。渠魁，首领。

〔12〕"不解"二句：英军龟缩于四方炮台，被数万群众围困，因派汉奸混出重围，带信恐吓靖逆将军奕山。奕山乃遣广州知府余保纯以欺骗手段将村民驱散，使英军得以解围。枯鱼，困于涸辙中的鱼，语出《庄子·外物》，此指英军。

〔13〕"魏绛"二句：意谓就连魏绛能解国忧的和戎策略，诗人尚且赋"修我戈矛，与子同仇"（《诗·秦风·无衣》）之句，以示不甘。魏绛，

233

即魏庄子，春秋时晋国大夫，力主与戎族和好，认为和戎有五利，晋悼公采纳其议，与诸戎族订盟，从而维持晋国国势之强盛。事见《左传·襄公四年》。这里代指清廷主议和者。风人，古代太史陈诗以观民风，故称诗人为"风人"。

〔14〕金瓯：喻国家疆土完固。《南史·朱异传》："我国家犹若金瓯，无一伤缺。"

〔15〕金缯岁币：金缯，金银丝绢；岁币，朝廷每年向敌方输纳的银两。

鉴赏

张维屏《三将军歌》小序云："三将军者，陈公联升、陈公化成、葛公云飞也。道光庚子、辛丑、壬寅，三公皆以御夷寇，力战殁于阵。余闻人述三公事，作《三将军歌》。"张维屏是一个非常关注现实的诗人，作品中有意识地记录了鸦片战争中的一些重要事件。道光二十一年（1841）五月二十七日签订的《广州和约》，激起了广东人民的无比义愤。英军经过三元里时，又抢劫行凶，调戏妇女，村民忍无可忍，联合附近一百零三乡的民众奋起抗击英军。张维屏用诗歌记载了这一可歌可泣的抗英斗争事迹。诗分四层，开头十句描写三元里民众的反抗声势，次十句叙述敌军的溃败之状，次八句写刺杀敌酋、胜利在望而敌军意外逃脱，末四句由双方形势优劣的对比，对朝廷的屈膝投降表示不可理解。根据《广州和约》议定：

七日之内，向英国侵略军缴"广州赎城费"六百万元，赔偿英国商馆损失三十万元，清军退出广州城六十里之外。在张维屏看来，历史上的和戎通常都出于迫不得已，军事实力不如人，只好进贡金钱、绢帛以求和平。就像宋代，历史上曾先后向辽、西夏、金贡金缯岁币，以求和平。但在国势强盛的本朝，正值战胜而占据有利的形势，又怎能像北宋屈事辽、金一样，每年输纳大量钱物来求和平呢？诗在讴歌三元里民众的英勇反抗之余，也对软弱可耻的投降派给予了强烈的抨击，被近代文学史家阿英称赞为鸦片战争中"最具有灿烂不朽光辉"的"英雄史诗"。

龚自珍

龚自珍(1792—1841),字璱人,号定庵,仁和(今浙江杭州)人。母为著名学者段玉裁之女,十二岁即从外祖父学,打下经学基础,又能作诗填词。嘉庆二十三年(1818)中浙江乡试举人,大挑授内阁中书,历官宗人府主事和礼部主事等职,参与编纂《大清一统志》。道光九年(1829)中进士,殿试对策从施政、用人、治水、治边多个方面提出改革主张,主试者以"楷法不中程"抑之,不得入翰林,仍为内阁中书。此后因揭露时弊,触动时忌,不断遭受权贵排挤和打击,终于在十年后辞官归里。他是清代中叶很重要的思想家、文学家,极力主张"更法""改图",被柳亚子誉为"三百年来第一流"。著有《定庵文集》,今人辑存其诗文,编为《龚自珍全集》。

咏 史 [1]

金粉东南十五州 [2],万重恩怨属名流。牢盆狎客操全算 [3],团扇才人踞上游。避席畏闻文字狱 [4],著书都为稻粱谋^[5]。田横五百人安在^[6]，难道归来尽列侯？

注 释

〔1〕选自浙江古籍出版社 1995 年版《龚自珍编年诗注》。此诗作于道光
五年（1825），虽题作"咏史"，其实是针砭现实。

〔2〕金粉：妇女化妆用品，代指繁华绮丽之意。

〔3〕牢盆：煮盐器，代指盐商，这里指主管盐务的官僚。

〔4〕文字狱：以文字触犯忌讳的理由罗织罪名。

〔5〕稻粱谋：谋算生计。语出杜甫《同诸公登慈恩寺塔》："君看随阳雁，
各有稻粱谋。"

〔6〕田横：原为齐国贵族，陈胜、吴广起义后，也与兄弟田儋、田荣反
秦自立，占据齐地为王。汉朝建立后，田横不肯称臣于刘邦，率门
客逃往海岛。刘邦派人招抚，田横被迫赴洛，在途中自杀。

鉴 赏

东南一带自宋、元之际起，社会发展水平就整体上超越北方，
成为王朝经济、文化中心，一时名流也都麇集于此。这里本应产生
推动社会进步、发展的巨大动力，可现实却是经济命脉被以盐商为
中心的商贾们所主宰，文化主流被青楼和才人所占据。生存于这样
的世道，文人们不是"避席畏闻文字狱"，便是"著书都为稻粱谋"，

清诗鉴赏

完全放弃了士人应有的文化担当。更让龚自珍悲哀的是，士人群体对这种曳尾泥涂的苟且境遇，非但不感觉耻辱，还窃幸苟全其身，甚至同流合污，安享荣华。这怎能不教他愤慨莫名，在《明良论》里写下那句沉痛无比的箴言："士不知耻，为国之大耻！"可是士人的风骨和血气都没有了，还有什么希望呢？诗的最后，他只能悲愤地诘问世人：于今还有田横那样不甘降身辱志、苟且偷生的烈士么？末句更浮出激人警省的冷笑：即使屈服、苟且以求全，便能求得平安和富贵吗？殁于近代前夜的龚自珍，在回顾历史的同时，也预言了未来。

己亥杂诗（其一二五）[1]

九州生气恃风雷[2]，万马齐喑究可哀[3]。我劝天公重抖擞，不拘一格降人才。

注　释

〔1〕选自浙江古籍出版社 1995 年版《龚自珍编年诗注·己亥杂诗》。道光十九年（1839），四十八岁的龚自珍因厌恶官场的腐朽黑暗，辞官返回杭州。途中回顾年来行迹，更推及平生出处、交游、著述，所

思所感，尽纪于诗章，前后写作七绝三百一十五首，编为《己亥杂诗》。其中涉及的内容非常广泛，是继承古代咏怀、感遇传统而又具有浓厚自叙色彩的大型组诗。

〔2〕九州：古代最早地志《尚书·禹贡》将天下分为九州，后人遂以九州代称中国全境。

〔3〕喑（yīn）：哑，不能发声。

鉴赏

龚自珍是中国十九世纪诗人中具有近代民主思想的第一人，1839年去世的他很自然地被视为旧时代终结的哀挽者，同时又是呼唤新时代的预言家。这组写作于鸦片战争爆发（1840）——这场战争被史家视为中国近代史的起点——前夕的七绝更成了新时代的号角。尽管时光过去一百多年，我们仍能感受到诗人对古老帝国沉闷现实的无比厌倦和对社会变革的强烈渴望。近代以来，它一直是清代诗歌中最激动人心的篇章，激励着一代又一代仁人志士挺身而起，走上推翻封建专制的革命道路。

汪 端

汪端（1793—1838），字允庄，号小韫，钱塘（今浙江杭州）人。出生于书香门第，祖汪宪振绮堂藏书之富，甲于杭州；父汪瑜博学工诗，隐居不仕。姨母梁德绳，则为当时女诗人领袖。汪端母早逝，幼年由梁德绳抚养，七岁对客赋《咏春雪》诗，被许为不减"柳絮因风"之作。后归著名文学家陈文述之子裴之，时有"金童玉女"之目。著有《自然好学斋诗钞》十卷，编有《明三十家诗选》。还曾撰著八十万字历史小说，最终自焚其稿。她是中国历史上少见的女诗人、小说家和诗评家，成就可媲美宋代女诗人李清照、朱淑真。

家大人命同诸兄伯姊咏春雪 [1]

寒意迟初燕，春声静早鸦。未应吟柳絮，渐欲点桃花。微湿融鸳瓦，新泥辨钿车 [2]。何如谢道韫 [3]，群从咏芳华。

注 释

〔1〕选自清同治十三年刊本《自然好学斋诗钞》卷一。这是汪端七岁时父亲让她与兄、姊一同写作的命题诗，咏春雪。

〔2〕殢（tì）：滞留。钿（diàn）车：镶嵌着螺钿的车子。钿，用贝壳内面做成的镶嵌材料。

〔3〕谢道韫：字令姜，陈郡阳夏（今河南太康）人。东晋宰相谢安侄女、安西将军谢奕女，归书法家王羲之次男凝之。《世说新语·言语》："谢太傅寒雪日内集，与儿女讲论文义。俄而雪骤，公欣然曰：'白雪纷纷何所似？'兄子胡儿曰：'撒盐空中差可拟。'兄女（道韫）曰：'未若柳絮因风起。'公大笑乐。"

鉴 赏

古来流传的才女传奇很多，但像汪端这么早慧的仍很少见。她的传记称她聪颖天授，看书过目不忘。读木华《海赋》、庾信《哀江南赋》两遍，就能背诵，不遗一字。七岁就开始写诗，至今《自然好学斋诗钞》卷一还录存十六首十岁前的诗作。这首《咏春雪》继《乌夜啼》《咏陈琳》之后，列为第三首，当时以为不减谢道韫"柳絮因风"之句，因此都叫她小韫。这是和哥哥、姐姐们一起写作的命题作文，相信不会出自虚构。一个七岁女童能写出这么一首五律，确不寻常。首先，它的格律很严谨，除了谢

道辊是专名无法调整，通篇平仄无误。尤其难得的是，她居然知道"群从"的"从"可读仄声 zòng——这有白居易《喜敏中及第》的"自知群从为儒少，岂料词场中第频"可以为证。其次，对仗相当工整，首联对起，颔联用流水对，也是唐人常格；"迟"对"静"是形容词的使动用法，"融"对"殢"则词义相对极工。复次，四联句法各异，富有变化。结联用十字贯穿的句法，造语颇为老到。最后，全诗始终紧扣春雪主题，取意切乎时令，体物不离雪景。"微湿""新泥"状春雪之难积易融，细致入微；七岁女童能用"殢"字，更属难能可贵，就是以成人标准来衡量也是可圈可点的。汪端自己说"七岁试笔，为小诗，多经先府君点定"。这首五律或许也有尊人修改之处，但相信基本上是她自己所作。尤其是"殢"这样的字，做父亲的大概不会给幼女的诗里面添改这么生僻的字吧？

夜 坐 [1]

明河清浅浴疏星 [2]，风定珠栊度冷萤 [3]。一剪秋花凉影瘦，月波扶上画罗屏 [4]。

汪
端

注 释

〔1〕选自清同治十三年刊本《自然好学斋诗钞》卷二。这是一首秋夜即
景之作,写出闺中寂静而冷清的氛围和感受。

〔2〕明河:天河、银河。

〔3〕珠栊:珠饰的窗棂。

〔4〕画罗屏:用绘有图案的丝织品装饰的屏风。

鉴 赏

汪端虽然婚姻美满,但家庭生活颇多不幸:长子孝如早夭;丈
夫仕途不顺,客死汉皋;次子身体孱弱,因丧父惊悸失常,久治不
愈。这些人生的悲辛,不能不在她文雅悠闲的书香生活中投下一道
阴影,在闺阁情境的描写中渗透一抹清冷失意的况味。这首七绝,
首句描写星河虽极清丽明净,但次句"冷萤"二字立即打上幽冷的
底色。三句取李清照"人比黄花瘦"之意而更加雕镂,用"影"代"花"
而冠以"凉"字,再将动词"一剪"作名词用,就赋予这花枝图案
一个剪影式的效果,很自然地引出第四句的"罗屏",仿佛是为花
枝配了个框,使它纤柔而寂寞的姿态在月光的映照下显现出来。"扶"
字既点明月光的作用,又状出花枝的柔弱,异常生动而又极为自然。
通篇给人的感觉是用字造语十分精致,有着玲珑剔透的美感,让人
不能不佩服女诗人细腻的艺术感觉和精致的艺术表现力。

243

魏　源

魏源（1794—1857），名远达，字默深、墨生、汉士，号良图，邵阳（今属湖南）人。幼慧，九岁即应童子试。道光二年（1822）中举人，应江苏布政使贺长龄之聘，辑《皇朝经世文编》，又助江苏巡抚陶澍办漕运、水利。道光二十五年（1845）进士及第，任东台、兴化知县，高邮知州。晚年弃官归隐，潜心佛学，法名承贯。平生绩学博识，著述繁富，所著《海国图志》为近代中国最初"睁眼看世界"的重要著作。与龚自珍齐名，并称"龚魏"。著作后人编为《魏源全集》。

天台石梁雨后观瀑歌 [1]

雁荡之瀑烟苍苍 [2]，中条之瀑雷硍硍 [3]，匡庐之瀑浩浩如河江。惟有天台之瀑不奇在瀑奇石梁，如人侧卧一肱张 [4]。力能撑开八万四千丈，放出青霄九道银河霜。

我来正值连朝雨，两崖逼束风逾怒。松涛一涌千万重，奔泉冲夺游人路。重冈四合如重城，震电万车争殷辚 [5]。

山头草木思他徙，但有虎啸苍龙吟。须臾雨尽月华湿，月瀑更较雨瀑谧。千山万山惟一音，耳畔众响皆休息。静中疑是曲江涛[6]，此则云垂彼海立。

我曾观潮更观瀑，浩气胸中两仪塞[7]。不以目视以耳听，斋心三日钧天瑟[8]。造物贶我良不悭[9]，所至江山纵奇特。山僧掉头笑休道，雨瀑月瀑那如冰瀑妙。破玉裂琼凝不流，黑光中线空明窈。层冰积压忽一摧，天崩地坼空晴昊。前冰已裂后冰乘，一日玉山百颓倒[10]。

是时樵牧无声游屐绝，老僧扶杖穷幽讨。山中胜不传山外，武陵难向渔郎道[11]。语罢月落山茫茫，但觉石梁之下烟苍苍、雷硍硍，挟以风雨，浩浩如河江。

注　释

〔1〕选自岳麓书社 2004 年版《魏源全集》。石梁飞瀑：位于浙江省天台县城北二十二公里的天台山中。崇山翠谷之间，一石横跨两峰，流瀑从下喷涌而出，为天台山著名景观之一。

〔2〕雁荡：史称中国"东南第一山"，主体位于浙江温州东北，延伸到台州市温岭南境，以风光秀美闻名，素有海上名山、天开图画之誉。

〔3〕中条：即中条山，位于山西省南部，横跨临汾、运城、晋城三市，居太行山和华山之间，山势狭长，故名中条。郦道元《水经注》称"奇

峰霞举、孤峰标出、罩络群泉之表、翠柏荫峰、清泉灌顶"，山中多

瀑布景观。

〔4〕肱（gōng）：大臂。

〔5〕殷辚：车辆众多貌。扬雄《甘泉赋》："八神奔而警跸兮，振殷辚

而军装。"

〔6〕曲江：古代扬州的河流，因水流曲折得名，在今江苏扬州市东沙口

村一带。曾为长江入海古道、每当海潮涌入长江，会形成巨大的浪

涛。汉枚乘《七发》所写曲江观涛即在此地。国梁《还过白水河》：

"君不见匡庐瀑布天下奇，银河倒泻长虹垂。又不见广陵曲江涛八月，

横卷冰山海门决。"嘉庆二十五年（1820），魏源举家迁居扬州新城。

〔7〕两仪：古人以阴阳为两仪。《易·系辞上》："易有太极，是生两仪。

两仪生四象，四象生八卦。"《吕氏春秋·大乐》："太一出两仪，两

仪出阴阳。"

〔8〕斋心：祛除杂念，使心神宁静。钧天瑟：喻天庭之乐。明解缙《怨歌

行》："弦奏钧天素娥之宝瑟。"

〔9〕贶（kuàng）：赠与。悭（qiān）：吝啬。

〔10〕"一日"句：《世说新语·容止》："嵇康身长七尺八寸，风姿特秀。

见者叹曰：'萧萧肃肃，爽朗清举。'或云：'肃肃如松下风，高而徐引。'

山公曰：'嵇叔夜之为人也，岩岩若孤松之独立；其醉也，傀俄若玉

山之将崩。'"

〔11〕"山中"二句：陶渊明《桃花源记》记武陵渔人误入桃花源，停数日辞去，此中人语云："不足为外人道也。"

鉴 赏

这是一首笔力雄劲、气势磅礴的题咏之作，题咏的对象是浙江天台山著名的石梁。诗题称天台石梁观瀑，起首却从雁荡山、中条山、庐山的瀑布写起，或弥漫如烟，或轰鸣如雷，或浩浩如江，引逗读者对天台石梁瀑布的好奇之心。而到第四句石梁瀑布登场，却又说它不奇在瀑而奇在石梁，笔法曲折之至，使六、七两句更添一泻千里的奔放气势，形成极为有力的开头。第八句进入题中的"观"，且交代"我来正值连朝雨"，引出以下十四句对雨瀑、雨后月瀑不同景观的描写。因为落笔不在于瀑布之形态而在于声响，遂自然产生曲江观潮的联想和比较，引发"我曾观潮"六句对造化之功的赞叹，诗的节奏暂趋平缓，但一波未平，一波又起。陪游的山僧说这还不算最奇，更为奇妙的乃是冰瀑。接下来所写的冰瀑没有声响，笔墨全都穷尽于冰雪世界的奇伟瑰丽。在"天崩地坼"的瓦解之后，诗停顿于一片静谧，正像白居易《琵琶行》"此时无声胜有声"的那一刻，留下回味不尽的余韵。而此际作为结束的"但觉石梁之下烟苍苍、雷硠硠，挟以风雨，浩浩如河江"，就不仅仅是回应开篇了，它更强调了天台石梁其实兼有雁荡、中条、庐山三瀑之胜。如此一

梳理，乍读只觉得气势磅礴、才情奔涌的长歌，实则层层递进，张弛有度，回环照应之中，极具匠心。相比之下，想象之卓荦奇逸犹在其次。它是古来少见的纯以赋笔铺叙的山水诗，也是真正意义上的山水诗的经典作品。前人推为魏源平生第一快诗，真不我欺。

项鸿祚

项鸿祚（1798—1835），原名继章，后改名廷纪，字莲生，钱塘（今浙江杭州）人。世为盐业巨商，至廷纪而渐落。虽中道光十二年（1832）举人，但两应进士试不第，竟穷愁而卒，享年仅三十八岁。其生平之短促，颇似纳兰性德，亦以词名，与龚自珍同为"西湖双杰"。其词出入于五代、两宋之间，于浙派、常州派之外独树一帜。唯囿于抒写抑郁感伤之情，内容较窄。有《忆云词》四卷、补遗一卷。

临 江 仙 [1]

暝色一川谁管领 [2]，落霞点破空明。枳篱开处钓船横 [3]。晚凉荷叶浦，微雨豆华棚。　　载酒江湖无长物 [4]，药炉诗卷茶铛 [5]。此生定与白鸥盟 [6]。浮家秋水阔，归梦晓云轻。

清诗鉴赏

注 释

〔1〕选自中华书局 1985 年版《忆云词 附诗词补遗》。临江仙:唐教坊曲,
后用作词牌,又名《谢新恩》《雁后归》《画屏春》《采莲回》《想娉婷》《瑞
鹤仙令》《鸳鸯梦》《玉连环》等。双调小令,变体甚多,本篇为六十字。

〔2〕"暝色"句:本自宋周密《乳燕飞》:"晚色一川谁管领、都付雨荷烟柳。"

〔3〕枳(zhǐ)篱:枳树排列为篱。枳亦名枸橘,为落叶灌木,小枝多刺,
果实味酸,可入药。

〔4〕"江湖"句:杜牧《遣怀》:"落魄江湖载酒行。"长物,多余的东西。

〔5〕茶铛(chēng):古代煎茶的锅子。

〔6〕"此生"句:脱胎于黄庭坚《登快阁》:"万里归船弄长笛,此心吾与
白鸥盟。"白鸥,详前申涵光《无才》注〔7〕。

鉴 赏

　　项鸿祚词多写愁苦抑郁之情,这首《临江仙》独写得轻快潇
洒。但他上下阕起句不是用晏几道"梦后楼台高锁,酒醒帘幕低垂"
那种六字对句,而是用 7 - 6 句式,格调稍有顿挫。首句用周密句,
以"暝"替换"晚"字,音义俱长。次句用"点破"链接"落霞"
与"空明",也很别致。"晚凉"二句,都是寻常字句,但用名词句法,
简洁明快、令人意爽。下片化用杜牧诗句,上句"无长物"言清
贫,下句列举药炉、诗卷、茶铛,又尽显清雅况味。"此生"句点

化黄庭坚名句，回应上片"钓船"，重申隐逸闲适的生活理想。"浮家"二句用题评句式，而上句"秋水阔"为陈述，下句"晓云轻"为暗喻，一如李白"浮云游子意"的笔法，而更多一层轻逸之意，足见才情。

何绍基

何绍基（1799—1873），字子贞，号猿叟，又号东洲居士，道州（今湖南道县）人。道光十六年（1836）进士，官翰林院编修。咸丰二年（1852），官四川学政时，因陈时务十二事，被朝廷斥为"肆意妄言"，降级调职，遂辞官。主讲山东泺源书院、长沙城南书院。晚年主持苏州、扬州书局，校刊《十三经注疏》。书法有盛名，自成一家之体。兼工诗文，诗学宋人，有苏、黄之风。有《东洲草堂诗文钞》及批点。

飞 云 岩 [1]

垂天之云向空布 [2]，来为人间沛甘澍 [3]。功成气猛不自收，太古阴风莽吹冱 [4]。云欲上天天谓顽，太虚缥缈无由还 [5]。云欲回山断根络，凿秘岩扃无住着 [6]。忙云失势化闲云，云自无心不悔错。幻为百千万亿云，云云一气相合分。一云乍起一云落，一云向前一云却。一云奋舞一云懒，一云欢喜一云愕。大云睢盱母覆子 [7]，小云眷戢鱼吹水[8]。丑云恶缩妍云笑[9]，痴云疑立灵云诡。睡云颓散欲着床，淡云散涣偏成绮。三云四云相颉颃[10]，十云百云不乱行。如神如鬼如将相，如屋如塔如桥梁。如龟蛇蛰虎兕吼[11]，鸾凤翻猴虬龙纠[12]。世间人我与众生，云无不无无不有。云来东北乾坎门[13]，性不耐寒思就温。轩轩欲向东南奔[14]，乘巽煦离翕以坤[15]。一云来翔众云萃，上不就天下无地。若离若狎若觊觎[16]，不疾不徐偏不坠。百千万亿空中悬，饥饱病健相牵连。健云扶携病云走，饱云汗出饥流涎。涎垂汗注霏珠玉[17]，人来云下人云触。横奔疾走云尚在，仰自摩天俯扪足[18]。人共云行两不知，千百人载云半腹。丛丛万松插云巅，如鳌员赑负戴坚[19]。天风来时松乱貼[20]，云凝不动松影圆。白龙同云自天下，云不飞回龙亦罢。瀑泉直飞龙所化，电激虹伸越云跨。龙则有智云无情，云自寂然龙怒鸣。云虽大拙乃胜巧，龙亦无术升天行。云罅孤亭嵌齾齾[21]，危叶在树风可脱。

亭中呼酒人看云，酒动人停云并活。老僧逢人说慈悲，谓千万亿云即佛。云不见佛佛爱云，云佛佛云有伸屈。我蹑云趾坐立眠[22]，登巅看松胁听泉[23]。泉下灌田松照天，云闲无事几千年。不嫌碍笠又妨屐，试与摩挲生

润泽。扣之有声出自魄，非木非金色苍白。我行十里方出云，且兰早秋天正碧^{〔24〕}。寄语看诗读记人，我所道云都是石。

注 释

〔1〕选自岳麓书社 1992 年版《何绍基诗文集》。飞云岩：即飞云崖，在贵州省黄平县城东二十里东坡山，似洞非洞，内极宽敞，石壁千姿百态，号称"黔南第一胜景"。此诗以云喻石、描绘飞云岩石壁奇观。

〔2〕垂天之云：《庄子·逍遥游》："其翼若垂天之云。"这里想象石壁初形成之状。

〔3〕沛：充盛貌，这里是使动用法。甘澍：犹甘霖，及时雨。

〔4〕冱（hù）：冻结。

〔5〕太虚：天空。

〔6〕秘：阻塞。扃：关闭。

〔7〕睢盱（suī xū）：喜悦貌。

〔8〕蚕戢（nǐ jí）：又作"戢着"，众多貌。

〔9〕恧（nù）缩：惭愧而畏缩。

〔10〕颉颃：本指鸟上下翻飞，飞而上曰颉，飞而下曰颃，这里形容云朵上下飘浮的样子。

〔11〕蛰：冬眠；兕：雌犀牛。

〔12〕翂翐（fēn zhì）:舒缓貌。《庄子·山木》:"其为鸟也，翂翂翐翐。"纠:盘屈之状。

〔13〕乾坎门:乾，八卦之首，象征阳性和刚健，见《易·说卦》。坎，八卦名，象征水，见《易·坎》。

〔14〕轩轩:舞动貌，见《淮南子·道应训》。

〔15〕"乘巽"句:意谓为风所吹，为阳光所照，云最终凝合于地。乘巽，即乘风，见《易·说卦》。煦离，为日光所煦照，见《易·说卦》。坤，象征地，见《易·坤》。翕，聚合。

〔16〕狎:近，亲昵。觊觎:非分的希望。

〔17〕"涎垂"句:比喻石上悬挂的石钟乳。霏，本指雨雪盛，这里形容石钟乳悬结甚多。

〔18〕扪足:摸到脚。

〔19〕"如鳌"句:鳌，喻青松，语出《列子·汤问》。贔屃（xì bì），传说中似龟的一种动物，古代常用作碑座。

〔20〕飐（zhǎn）:风吹使物颤动。

〔21〕"云罅"句:飞云崖前石峰矗立，上建有圣果、滴翠二亭。齾（yà）齾:参差貌，见苏轼《九日黄楼作》。

〔22〕云趾:指石壁下。

〔23〕胁:此指山腰。

〔24〕且兰:汉代县名，属牂牁郡，在今贵州省福泉市。

鉴 赏

陈衍评论湘贵诗人，曾将何绍基与郑珍并举，说："湖外（郑珍）诗墨守《骚》、《选》、盛唐，勿过雷池一步；猿叟（何绍基）及程春海侍郎之门，出入苏、黄，才思皆有余。"何绍基与郑珍同出程恩泽之门，并为晚清宋诗派的代表作家，而风格殊有不同。郑珍得力于杜甫、韩愈、黄庭坚，是宋诗派的正宗；而何绍基得力于苏东坡，在宋诗派为旁枝，其近体诗尚有乾嘉性灵派余习，歌行则甚得东坡真传，气盛趣长，最见才情。这首《飞云岩》正是气盛兼趣胜的奇作，格调章句古来尠有其比。飞云岩以千姿百态的石壁博得"黔南第一胜景"之名，诗咏飞云岩当然离不开石壁，但诗开篇就说"垂天之云向空布"，然后一直写云，列叙云的数量、云的形容、云的动态，然后拟人拟物、比喻纷陈，在继以酒后观云、老僧话云、游客玩云，各种奇思妙想抖弄已尽，最后丢下一句："寄语看诗读记人，我所道云都是石。"原来诗里通篇写的云，都是在形容石壁千奇百怪的形态！仿佛是说了半天谜语，最后揭开了谜底；又仿佛是说相声，说到最临了抖出一个包袱。等读者回过味来，他已笑跑了。大凡才人都擅用比喻，东坡是古来公认的天才，也是古代诗人中最会用比喻的。他有一首《杨康功有石，状如醉道士，为赋此诗》，即从猿变为道士写起，直到第十三句才点明"三年化为石"，示人前文全为比喻。何绍基此诗异曲同工，全诗从头到尾都装在一个比喻里，比喻里又套比喻，用比喻做足了文章。兴之所至，随意驰骋，层波叠浪，浩无涯涘。足见辞章之富，才力之大。

郑 珍

郑珍（1806—1864），字子尹，晚号柴翁，遵义（今属贵州）人。道光十七年（1837）举人，任荔波县训导，咸丰年间告归。长于经学、小学，与独山莫友芝并称为"西南巨儒"。诗学杜甫、韩愈、黄庭坚，主要描写西南山川景物和自己的穷困生活，是近代宋诗派的重要作家，深受晚近诗论家的推崇。张裕钊《国朝三家诗钞》将他与施闰章、姚鼐并列为清代三大诗人。著有《巢经巢全集》。

荔农叹 [1]

八月获尽不事犁，春深垄草深没畦。年年立夏方下种，今年小满未落泥 [2]。水要从天倒田内，誓不巧取江与溪。邑中之黔杜牧之 [3]，斋洁为祷城隍祠。一夜雨声达明日，明日九龙还浴佛 [4]。官吏腾腾为农喜，会见犁杷一齐出。

先生旧是耕田夫 [5]，食饱无事行村墟。行尽城南复城北，水满翻塍耕者无 [6]。怪问道旁叟：此岂犹不足？四月不耧田[7]，何以望秋熟？叟鼓咙胡前致词[8]，今朝牛生公不知。家家栏内饲乌饭[9]，不许牧竖加鞭笞[10]。终年妇子食其力，谁忍生日劳渠为？古老复传言，田家谨雷忌[11]。宁令冻饿死，不得动锄耒。牛即不生忌还值，雨要活人雷要毙。

嗟汝荔农吁可叹，作尔官难天更难。待汝祖传生忌毕，水渗田干怨天日。

注 释

〔1〕选自浙江古籍出版社2016年版《巢经巢诗钞笺注》。郑珍《荔波县志稿》："农家以四月八日为牛生日，不令出力，饲以乌饭。余初至此，郭外田自获后，田犁不及十一。已小满，家无秧水。四月初七，偕县令祷城隍祠，其夕达旦如注，田垄水溢。明日行村，乃无一人在田者。问之，乃更值忌雷。又终日，水皆渗漏，固不悔也。"又云："农家雷忌最严。其忌日以立春某建日闻雷为率，其月间七日，次月间五日，又次月间三日，其后一日，为忌。如正月闻雷是上辰日，后逢亥即忌也。其日不动锄犁，云动则犯忌，必为雷击。田圃虽干极而值甘雨，亦袖手听之。必栽插毕，始不忌。"黔中地区农业灌溉主要靠雨水，可是荔波当地值牛生日和雷忌日等民俗禁忌日，都不事耕作，往往错过耕种时节。诗中记述此事，表达了自己的惋惜和感慨。

〔2〕落泥：作者自注："黔人谓播稻为落泥。"

〔3〕黔：即首，代指百姓。《史记·秦始皇本纪》："二十六年……更民曰黔首。"

〔4〕浴佛：每逢农历四月八日释迦牟尼诞生日，佛教徒要为佛像洗浴，俗称浴佛日。

〔5〕耕田夫：即农夫。苏轼《庆源宣义王丈以累举得官，为洪雅主簿、雅州户掾》："吏民莫作官长看，我是识字耕田夫。"

〔6〕塍：田坎。

〔7〕耢（lào）：一种整田工具，这里指用耢平整土地。

〔8〕鼓咙胡：亦作"鼓龙胡"，指不敢公开言说，私下传语。《后汉书·五行志一》："桓帝之初，天下童谣曰：'小麦青青大麦枯，谁当获者妇与姑。丈人何在西击胡，吏买马，君具车，请为诸君鼓咙胡。'"

〔9〕乌饭：用南天竺草汁浸煮的米饭。

〔10〕牧竖：放牛人。

〔11〕雷忌：南方多供奉雷神，或以惊蛰，或以正月二十五日祭祀雷神，各有宜忌之日。荔波则以四月八日为雷忌日。

鉴赏

古代文献多记载南方好淫祀，俗多事巫鬼。这首诗记载了诗人亲历的荔波农人因牛生日和雷忌日不事耕耒以致耽误农时的荒唐现象。诗分三段：第一段十二句写夏旱晚种，吏民祈雨成功，喜明日耕耒可出，不误农时；第二段二十句，记农人在牛生日、雷忌日不出耕种的习俗及其民俗理由；第三段四句，感叹民俗信仰的顽固及作为地方官员的无奈。全诗以通俗的语言记录了近代贵州乡间民俗力量的顽固和农耕技术知识的滞后，以批判的眼光表达了开明文人对愚昧的民俗信仰的不满和遗憾。这是中国现代化进程中很有代表性的题材，郑珍诗歌被海外学界从现代性的角度加以关注，不是没有道理的。

江 湜

江湜（1818—1866），字持正，又字弢叔，长洲（今江苏苏州）人。诸生。累应乡试不第，后得亲戚资助，捐浙江候补县丞。咸丰十年（1860）奔走避兵，最终忧愤而死。诗有盛名，宗法宋人，内容多涉及民生疾苦。有《伏敔堂诗录》。

哀流民 宁化道中作[1]

寒风飒飒溪声哀，山日下地城门开。居人妇子走相避，云有湖北流民来。流民来街衢，暗惨飞尘埃。累累乎负者负、拎者拎，破锅敝席肩挑轻。流民入城我出城，可怜满眼流离形。寒者鼻涕长垂膺，馁者瘦骨高峥嵘。病者喘息喉作声，老者足怠儿扶行。前男后妇同伶俜[2]，探怀更哺啼饥婴。嗟尔流民之穷有如此，益见父子骨肉夫妻情。

中一老生行来前，曰我襄汉之今年[3]。秋霖十日江吞天，三十州县空人烟，吾属幸脱蛟龙涎。吁嗟乎！田园闾井村坞庄，门扉厨灶几案床。种成桑麻黍稻粱，养得鹅鸭

鸡猪羊。是皆付水非吾有，独办两肩持一口，万水千山挈
群走。昨者天子施恩膏，疆吏散赈招亡逃。恨身不如水归壑，
还望乡国仍嗷嗷。

我闻去年秋，枯旱遍河洛[4]。今兹湖北水灾作，水旱
连年气参错。况吾淮海亦偏荒[5]，何处哀鸿免飘泊？呜呼！
安得青山为铜高嵯峨，大钱一铸百万多。资尔归去毋奔波，
亦使腐儒不用空悲歌！

注释

〔1〕选自上海古籍出版社 2008 年版《伏敔堂诗录》卷六。此诗作于道光
二十八年（1848），正值湖北水灾严重、流民四野，诗人在宁化道中
目睹惨状而作诗纪事。宁化：初名黄连县，天宝元年（742）取"宁
靖归化"之意更名，今属福建。

〔2〕伶俜（líng pīng）：形容孤单的样子。

〔3〕襄汉：湖北境内的襄阳与汉水。汉水为长江支流流入襄阳境内的一段。

〔4〕河洛：河南境内的黄河和洛水流经地区。

〔5〕淮海：指今江苏苏北地区。

鉴赏

这首诗的体式明显是模仿杜甫《兵车行》的新乐府，以写实的

笔法记述时事，借人物的口语化述说来展开铺叙，最后表达一个善良的愿望。诗也相应地分为三段：先写湖北流民逃荒的惨状，较杜甫作品更细致地描绘了寒者、馁者、病者、老者、哺妇的群像；次借老者之口，细致述说襄汉秋霖致涝的具体情形；最后总述河南、湖北、江苏等地连年旱涝、哀鸿遍野的现实，仿杜甫"安得广厦千万间，大庇天下寒士俱欢颜"之意，抒发空有济世之志而实际无补于世的一腔憾恨。全诗虽以纪实性的叙述为主，但"何处哀鸿免飘泊"一句还是使"昨者天子施恩膏，疆吏散赈招亡逃"的补救措施显得微不足道，加重了结句怀才不遇、徒有悲歌的言外之慨。

蒋春霖

蒋春霖（1818—1868），字鹿潭，江阴（今属江苏）人，寄籍大兴。少颖悟，所作诗赋压倒词坛前辈，有"乳虎"之目。屡应试不中，道光二十八年（1848）后曾在苏北地区任盐官，署理淮南、东台、富安场盐大使。四十岁时罢官，居东台、泰州，生活潦倒。后因情事而仰药自尽。早年工诗，中年弃诗而专意填词。据说因喜好纳兰性德《饮水词》与项鸿祚《忆云词》，而署词集名《水云楼词》。时人亦将他与纳兰性德、项鸿祚相提并论，有"清代三大词人"之称。其词以迭经咸丰间太平天国及第二次鸦片战争之乱，尤多感伤之音，故有"词史"之誉。作品除词集外，尚有诗集《水云楼烬余稿》。

鹧 鸪 天 [1]

杨柳东塘细水流。红窗睡起唤晴鸠。屏间山压眉心翠，镜里波生鬓角秋。 临玉管，试琼瓯 [2]。醒时题恨醉时休。明朝花落归鸿尽，细雨春寒闭小楼。

注 释

〔1〕选自上海古籍出版社 2011 年版《水云楼诗词笺注》。鹧鸪天：又名《思佳客》《思越人》《醉梅花》《半死梧》《剪朝霞》等，定格为双调，五十五字。

〔2〕琼瓯（ōu）：玉制酒杯。

鉴 赏

蒋春霖词虽学项鸿祚，但比项词圆熟流利，也更本色。此词写景抒情本来都是传统的内容，但因为用笔疏密张弛，不断变化，就显出特殊的趣味。如上阕前两句写景，东塘杨柳，春水细流，红窗睡起，日暖鸣鸠，只说得谢灵运"园柳变鸣禽"一句，但并列的景物，弛缓的节奏，洋溢着春日的慵懒气息。接下去两句写梳妆揽镜，顿换一种复杂的修辞和句法，极耐人寻思。"鬓角秋"不只写衰容，同时暗示了主人公与窗外春晴迥异的萧瑟心境，引出下片"临玉管"三句落寞情态的写照。"试"是聊以解忧，"醒时题恨醉时休"则是解忧无计。春晴花好之日尚且如此，则"明朝落花归鸿尽，细雨春寒闭小楼"，又将情何以堪？这递进一层的写法，在深化诗意的同时，又留下不尽的余韵，让读者去玩索、品味。

金 和

金和（1818—1885），字弓叔，号亚匏，上元（今江苏南京）人。数应举不得功名。咸丰三年（1853），太平军陷金陵，流寓南北，以馆课、游幕为生，至同治七年（1868）始返南京。光绪三年（1877）受聘于上海轮船招商局，卒于任。工诗，擅长叙事，梁启超序其诗，将他与黄遵宪、康有为并举，许其"元气淋漓，卓然称大家""移我情者，乃无涯畔"。有《秋蟪吟馆诗文钞》《来云阁词钞》。

兰陵女儿行 [1]

将军既解宣州围 [2]，铙歌一路行如飞 [3]。行行东至濑水上 [4]，乃营金屋安玉扉 [5]。步障十重列纨绮 [6]，流苏百结垂珠玑 [7]。天吴紫凤贴地满 [8]，珊瑚玉树灯相辉。灵蠵之栟大蠡盏 [9]，椒花酿熟羊羔肥 [10]。坐中貂锦半时贵 [11]，眼下繁华当世稀。道是将军毕婚礼，姬姜旧聘今于归 [12]。兰陵道远蹇修往 [13]，春水吴船凭指挥。良

辰风日最明媚，雪消沙暖晴波翠。双桥儿女竞欢声，新年梅柳酣春意。卓午遥闻鼓吹喧[14]，前津已报夫人至[15]。将军含笑下阶行，众客无声环堵侍[16]。

彩船刚舣将军门[17]，船中之女隼入而猱奔[18]。结束雅素谢雕饰[19]，神光绰约天人尊[20]。若非瑶池陪辇之贵主[21]，定是璇宫宵织之帝孙[22]。颀身屹以立，玉貌惨不温。

敛袖向众客[23]："来此堂者皆高轩[24]，我亦非化外[25]，从头听我分明言：我是兰陵宦家女，世乱人情多险阻。一母而两兄，村舍聊僻处。前者冰畦自灌蔬，将军过之屡延伫[26]。提瓮还家急闭门，曾无一字相尔汝[27]。昨来两材官[28]，金币溢筐筥[29]。谓有赤绳系[30]，我母昔口许。兹用打浆迎，期近慎勿拒。我兄稍谁何[31]，大声震柱础。露刃数十辈，狼虎纷伴侣。一呼遽坌集[32]，户外骇行旅。其势殊讧讧[33]，奋飞难远举。我如不偕来，尽室惊魂无死所。我今已偕来，要问将军此何语。"女言缕缕中肠焚，突前一手揕将军[34]。一手有剑欲出且未出，"我言是真是假，汝耳闻不闻？我唯催捉汝姑苏去，中丞台下陈诉所云云[35]。请为庶人上达尧舜君：古来多少名将钟鼎留奇芬[36]。一切封侯食邑赐钱赐绢种种国恩外[37]，是否听其劫掠良闺弱息为策勋[38]？诏书咫尺下五云[39]。

万一我嫁汝，汝意岂不欣？不有天子命，断断不能解此纷。汝如怒我则杀我，譬诸幺麽细琐扑落粪土一蚤蚊[40]。不则我以我剑夺汝命，五步之内颈血立溅青绁裙[41]。门外长堤无数野棠树，树下余地明日与筑好色将军坟。一生一死速作计，奚用俯首不语局促同斯文[42]？"将军平日叱咤雷车殷[43]，两臂发石无虑千百斤[44]。此时面目灰死纹，赪如中酒颜熏熏[45]。帐下健儿腾恶氛，握拳透爪齿咬龈。将军在人手，仓猝不得分。投鼠斯忌器[46]，无计施戈矜[47]。将军左右摇手挥其群，目视众客似乞片语通殷勤。

众客惊甫定，前揖女公子："聆女公子言，怒发各上指[48]。要之将军心，始愿不到此。求婚固有之，篡取敢非理。卤莽不解事，罪在使人耳。若两材官者，矫命必重箠[49]。如今无他言，仍送还乡里。将军亲造门，肉袒谢万死[50]。敬奉不腆仪[51]，堂上佐甘旨[52]。事过如烟云，太空本无滓。请即回舟行，食言如白水[53]！"女视众客笑且謦："诸君视我黄口侲[54]。彼今大失望，野性讵肯驯？山魈寻仇雠[55]，蓄念愈不仁。慨从军兴来，处处兵杀民。杀民当杀贼，流毒滋垓埏[56]。兰陵官道上，若辈来往频[57]。不在霜之夕，则在雨之晨。我家数间屋，猎猎原

上薪。我家数口命，惨惨釜内鳞。弹指起风波，转眼成灰尘。与其种后祸，终作衔哀燐[58]。阎罗知有无[59]，夜台冤谁伸[60]？何如叫九重[61]，天必无私纶[62]。或竟辣手作[63]，公论自有真。明知我此来，螳斧当巨轮[64]。宁犹计瓦全[65]，惜此区区身。诸君调停词，蔓甚我弗遵。"众客更前揖："请勿变色嗔。将军负贤名，毛羽夙所珍[66]。壹意希儒风，衷带殊恂恂[67]。此举大不韪[68]，一旦传闻新。万口鸣不平，可知詈申申[69]。恶声来有由，欲辩难鼓唇。白璧自污之，罔值钱一缗[70]。悔过方不遑[71]，恨无障面巾。江东诸父老，相见惭相亲。况敢犯众怒，兴戎自婚姻。得罪名教尽[72]，不复能为人。斯人非寻常，四方战贼多苦辛。大才虽非管乐匹[73]，英风犹是奢颇伦[74]。女公子既世家裔，幸为朝廷宽假熊罴臣[75]。"他日之事愿以百口保，某也官府，某也乡缙绅。翕然长跪代请命[76]，惟女公子为仙为佛为天神。

女知众客意难拂，乃曰"我为诸君屈：诸君前说姑置之，我与诸君借一物。我闻彼有善马名白鱼，日行千里犹徐徐。我之发兰陵，辞家计已四日余。老母痛哭常倚闾[77]，两兄中庭握手空唏嘘。若乘此马归到家，可及今日日落初。自今我亦弃敝庐，卜邻别有秦人墟[78]。桃花林中奉

板舆[79]，从兄去读黄石书[80]，武陵隔绝痴儿渔[81]。三
日五日间，我既迁所居。秫陵蒋尉祠[82]，归马其何如？”
将军此马不数驭，至此惟恐女不去。急呼从者牵马前，四
足霏霜耳披絮。信是吴门布不虚，由来列子风能御[83]。
女一顾此马，眉宇色差豫[84]。撒手始释将军衣，身未及
腾鞍已据。一身长谢破空行，电掣星流不知处。

　　女行数日军无骚，将军振旅胆气豪[85]。钟山之旁营
周遭，宾僚迎拜将军劳。斗酒劝釂新蒲萄[86]，钲笳杂奏
声欢呶[87]。云中匹马尘甚嚣[88]，清光无恙来滔滔[89]。
千金一诺券果操[90]，将军迎娶归其曹[91]。马汗如血长
嘶号[92]，背上有物臃肿拳曲纵横束缚三尺高。乃是材官
当日将去之聘礼，封还不失分厘毫。聘礼脱尽处，薤叶多
一刀[93]。刀光摇摇其锋能吹毛[94]，将军坐此几日夜睡
睡不牢[95]。

注 释

〔1〕 选自上海古籍出版社 2009 年版《秋蟪吟馆诗钞》。这是一首古来少
　　　见的长篇叙事诗，讲述一个兰陵女子凭借机智和勇敢，与劫婚清将
　　　抗争的故事。兰陵：战国时为楚邑，汉置县，晋兼置郡，治在今山
　　　东省枣庄（一说临沂）。东晋南渡，置南兰陵郡，治在今江苏常州。

清诗鉴赏

本诗所指为南兰陵。

〔2〕将军：疑为指挥清军攻陷太平天国起义军的首领李臣典之辈。宣州：春秋时名爰陵，晋设宣城郡，隋唐置宣州，明清时为宁国府治，在今安徽宣城。

〔3〕铙歌：军中乐歌、凯歌。汉乐府属鼓吹曲。

〔4〕濑水：又名溧水，在今江苏溧阳市。

〔5〕金屋：《汉武故事》："帝以乙酉年七月七日旦生于猗兰殿。年四岁，立为胶东王。数岁，长公主嫖抱置膝上，问曰：'儿欲得妇不？'胶东王曰：'欲得妇。'长主指左右长御百余人，皆云不用。末指其女问曰：'阿娇好不？'于是乃笑对曰：'好！若得阿娇作妇，当作金屋贮之也。'"玉扉：用玉做的门。

〔6〕步障：用来遮蔽风尘或视线的屏障。《晋书·石崇传》："恺作紫丝布步障四十里，崇作锦步障五十里以敌之。"纨绮：精美的丝织品。

〔7〕流苏：车马、帷帐上的穗状垂饰物，多用彩色羽毛或丝线制成。张衡《东京赋》："驸承华之蒲捎，飞流苏之骚杀。"李善《文选注》："流苏，五采毛杂之以为马饰而垂之。"

〔8〕天吴：水神名。《山海经·海外东经》："朝阳之谷，神曰天吴，是为水伯。"紫凤：传说中的神鸟。这里都指地毯上所绣的鸟兽花纹。

〔9〕灵蠵（xī）：即灵龟，其甲用以占卜。《汉书·扬雄传上》："据鼍鼋，拔灵蠵。"颜师古注引应劭曰："蠵，大龟也。"柈：通"盘"。蠡：

葫芦瓢，器皿。东方朔《答客难》："以管窥天，以蠡测海。"

〔10〕椒花酿：用椒花酿制的酒。宗懔《荆楚岁时记》："俗有岁首用椒酒。椒花芬芳，故采花以贡樽。"

〔11〕半时：形容很短的时间。

〔12〕姬姜：春秋时，周王室姓姬，齐国姓姜，二姓常通婚姻，故以"姬姜"为贵族妇女之代称，后泛指美女。任昉《王文宪集序》："室无姬姜，门多长者。"李周翰注："姬姜，美女也。"于归：女子出嫁。

〔13〕蹇修：指媒人。《楚辞·离骚》："解佩纕以结言兮，吾令蹇修以为理。"王逸注："蹇修，伏羲氏之臣也……言己既见宓妃，则解我佩带之玉，以结言语，使古贤蹇修而为媒理也。"

〔14〕卓午：正午。

〔15〕津：渡口。

〔16〕环堵：语出《礼记·儒行》："儒者有一亩之宫，环堵之室。"后指围聚如墙，形容拥挤。

〔17〕舣（yǐ）：停船靠岸。

〔18〕隼入而猱奔：形容飞奔而入的场景。隼，猛禽，上嘴呈钩曲状。饲养驯熟后，可以帮助打猎，又称"鹘"。猱，古书中的一种猿猴。

〔19〕结束：装束，打扮。杜甫《陪王使君晦日泛江，就黄家亭子》其一："结束多红粉，欢娱恨白头。"仇兆鳌注："结束，衣裳装束也。"雅素：高雅质朴。谢：推辞，谢绝。

〔20〕绰约：风姿柔婉美好。

〔21〕瑶池：西王母居住的地方，传说在昆仑山上。《穆天子传》卷三："乙丑，天子觞西王母于瑶池之上。"辇：天子或王室所乘之车。贵主：尊贵的公主，此处指西王母之女。

〔22〕璇宫：玉饰的宫殿。宵织：夜里织布。晋王嘉《拾遗记·少昊》："少昊以金德王，母曰皇娥，处璇宫而夜织。"帝孙：即织女星。《汉书·天文志》："织女，天帝孙也。"

〔23〕敛袖：收紧、整顿衣袖。旧时敛衽，整饬衣服，表示恭敬。此处敛袖如敛衽。

〔24〕高轩：贵显者所乘高车。这里代指贵人。

〔25〕化外：朝廷政令教化达不到的地方。

〔26〕延伫：久立、久留。

〔27〕尔汝：亲昵的称呼。

〔28〕材官：供差遣的低级武职。

〔29〕筐筥（jǔ）：泛指竹器，方形为筐、圆形为筥。

〔30〕赤绳：红绳，传说月下老人用系男女之足，使成夫妇。唐李复言《续玄怪录》：韦固旅次宋城，遇老人倚囊而坐，向月检书。固问，答曰："天下之婚牍耳。"又问囊中何物，答曰："赤绳子，以系夫妇之足。虽仇敌之家，贫贱悬隔，此绳一系、终生即定。"

〔31〕谁何：寻问，这里指论理。

〔32〕遽：急忙。坌（bèn）集：聚集。

〔33〕讧讧：声势喧哗，犹汹汹。

〔34〕揕（zhèn）：用刀剑等刺。

〔35〕中丞：汉代御史大夫下设两丞，一称御史丞，一称中丞。明清时用作对巡抚的称呼。

〔36〕钟鼎：在钟和鼎上铭刻记功的文字。《旧唐书·长孙无忌传》："自古皇王，褒崇勋德。既勒铭于钟鼎，又图形于丹青。"

〔37〕食邑：人臣因功勋获得的封地。

〔38〕弱息：幼弱的子女。策勋：将功勋记录于策书。

〔39〕咫尺：周制八寸为咫，十寸为尺，形容非常近。五云：五色祥云，指皇帝所在地。

〔40〕幺麽：微小。

〔41〕"五步"句：暗用《战国策·魏策四》唐雎对秦王语："夫专诸之刺王僚也，彗星袭月；聂政之刺韩傀也，白虹贯日；要离之刺庆忌也，仓鹰击于殿上。此三子者，皆布衣之士也，怀怒未发，休祲降于天，与臣而将四矣。若士必怒，伏尸二人，流血五步，天下缟素，今日是也。"绝（shī）裙，粗绸制的裙子。

〔42〕奚用：何用。斯文：儒士、文人。

〔43〕叱咤：大声呵斥。雷车殷（yǐn）：雷声轰隆。

〔44〕发石：发射石块。《新唐书·李密传》："造云旝三百具，以机发石，

为攻城具，号'将军炮'。"

〔45〕赪（chēng）：红色。中酒：醉酒。熏熏：犹醺醺、酣醉貌。

〔46〕"投鼠"句：想要除害却有所顾忌。语出贾谊《治安策》所引里谚："欲
投鼠而忌器。"

〔47〕矜（qín）：矛柄。

〔48〕怒发：头发直竖，形容盛怒。语出《史记·廉颇蔺相如列传》："相
如因持璧却立，倚柱，怒发上冲冠。"

〔49〕矫命：假托命令行事。重箠：重重地鞭打。

〔50〕肉袒：古代谢罪时，袒衣露体表示恭敬和惶惧。《史记·廉颇蔺相
如列传》："廉颇闻之，肉袒负荆，因宾客至蔺相如门谢罪。"谢：
道歉。

〔51〕不腆：不丰厚，谦辞。

〔52〕甘旨：奉养老亲的美食。

〔53〕白水：《左传·僖公二十四年》："所不与舅氏同心者，有如白水！"
这里用作誓词，表示信守不移。

〔54〕黄口：幼儿。《淮南子·氾论训》："古之伐国，不杀黄口，不获二毛。"
高诱注："黄口，幼也。"侲（zhèn）：古代迷信活动中用以驱疫逐
鬼的儿童。

〔55〕山魈（xū）：山鬼。魈，能让财物虚耗的鬼。

〔56〕滋垓垠：意谓遍布天下。垓垠，界限。

〔57〕若辈：这些人，指官兵。

〔58〕衔哀燐：含冤屈死的鬼魂。燐，坟地上的燐火，俗称鬼火。

〔59〕阎罗：即阎王，传说中阴间的主宰。

〔60〕夜台：坟墓，代指阴间。

〔61〕九重：代指皇宫，古制天子之居有门九重。

〔62〕纶：指诏书。《礼记·缁衣》："王言如丝，其出如纶。"

〔63〕辣手：毒辣的手段。

〔64〕"螳斧"句：与螳臂当车意同，又作"蟷斧"。螳螂前足如镰刀，故谓。

〔65〕瓦全：比喻苟且偷生。《北齐书·元景安传》："大丈夫宁可玉碎，不
能瓦全。"

〔66〕毛羽：指外在的名声。梁元帝《怀旧赋序》："长安郡公为其延誉，
扶风长者刷其羽毛。"

〔67〕裘带：古代达官贵人的服饰。《晋书·羊祜传》："在军常轻裘缓带，
身不披甲。"恂恂：温顺恭谨貌。

〔68〕不韪（wěi）：不是，不好。

〔69〕詈（lì）：骂，责骂。申申：反复不止。《楚辞·离骚》："女媭之婵媛
兮，申申其詈予。"

〔70〕缗：古代穿铜钱用的绳子，借指铜钱。

〔71〕不遑：来不及。

〔72〕名教：指以正名定分为主的传统礼教。

277

〔73〕管乐：管仲与乐毅的并称。管仲、春秋时齐国名相。乐毅，战国时燕国名将。

〔74〕奢颇：赵奢和廉颇的并称。二人皆为战国时期赵国的名将。伦：辈、类。

〔75〕宽假：宽容、宽纵。熊罴臣：指勇猛的武士。熊和罴、皆为猛兽。

〔76〕翕（xī）然：一致貌。

〔77〕倚闾：倚门、形容父母殷切望子归来。闾，里巷的大门。

〔78〕卜邻：选择好的邻居。秦人墟：陶渊明《桃花源记》："自云先世避秦时乱，率妻子邑人来此绝境，不复出焉。"

〔79〕板舆：一种用人抬的代步工具。潘岳《闲居赋》："太夫人乃御板舆、升轻轩、远览王畿、近周家园。"后常用来指官员赴任时带老母随行。

〔80〕黄石书：黄石公授予张良的兵书、详前陈恭尹《读秦纪》注〔4〕。

〔81〕武陵：陶渊明《桃花源记》中桃花源所在地。

〔82〕秣陵：秦改金陵为秣陵、今江苏南京市。蒋尉祠：汉末秣陵尉蒋子文祠、为孙权所立。干宝《搜神记》卷五："蒋子文者、广陵人也。嗜酒好色、挑达无度。常自谓己骨清、死当为神。汉末为秣陵尉，逐贼至钟山下。贼击伤额、因解绶缚之、有顷遂死。"

〔83〕列子：名御寇、郑国人、生活于战国前期。相传曾向关尹子问道，拜壶丘子为师。后又师事老商氏、友伯高子、得二子真传，能乘风在天空中遨游。《庄子·逍遥游》："夫列子御风而行、泠然善也。旬

有五日而后反。"

〔84〕差豫：稍有喜色。

〔85〕振旅：整顿部队。

〔86〕釂（jiào）：喝干杯中的酒。蒲萄：指葡萄酒。

〔87〕钲：古代行军时敲打的乐器，用铜制成。笳：北方民族的一种乐器，
类似笛子。呶（náo）：喧哗声。

〔88〕尘嚣：人声喧哗，尘土飞扬。

〔89〕无恙：没有毛病。滔滔：这里形容马飞奔而来的样子。

〔90〕千金一诺：指守信用，不轻易许诺。语出《史记·季布栾布列传》："得
黄金百斤，不如得季布一诺。"券：古代的契据，分为两半，双方各
执其一。

〔91〕絷（zhí）：马缰绳。

〔92〕"马汗"句：意谓此马为汗血宝马。据《汉书》记载，张骞出使西域
带来大宛宝马。汉武帝元鼎四年(前113)秋，获得敦煌所献汗血宝马，
称之为天马，作歌咏之曰："太一贡兮天马下，沾赤汗兮沫流赭。骋
容与兮跇万里，今安匹兮龙为友。"

〔93〕薤（xiè）：多年生草本植物，叶细长。此处以薤叶喻刀。

〔94〕吹毛：形容刀剑锋利，吹毛可断。

〔95〕坐此：因此。

鉴 赏

　　金和诗有声于晚清诗坛，深为时流所推崇。梁启超称"其格律无一不轨于古，而意境、气象、魄力，求诸有清一代未睹有偶"（《秋蟪吟馆诗钞序》），最突出的表现就是擅长写作长篇叙事诗。这首《兰陵女儿行》多达一千五百二十二字，是古来少有的长诗，很受当代研究者瞩目。诗写的是一个女子巧拒将军逼婚的故事，这类故事的雏形在诗中可以追溯到汉乐府《陌上桑》和《羽林郎》。由于女子在社会地位和身体力量上都无法与军官对抗，她们的自卫武器只有语言，这类故事通常都是女子凭借机智的辞令占据优势，化解危困。《兰陵女儿行》沿袭了这个传统。女主角词锋犀利，滔滔不绝，以绝对声势夺人，但她的光彩远不止于此，还兼有女侠的矫捷身手，更有唐雎五步溅血的绝死胆气，这就更增添了人物的传奇色彩。诗的情节则更为复杂，对话和动作描写愈加精彩，兰陵女的机智勇敢、将军的虚荣懦弱、众宾客的和事佬声口，无不刻画得栩栩如生，读起来简直就是一部用诗歌语言写作的传奇小说，而不失谐趣和幽默情调。诗的结构，按将军强聘、热闹迎亲、女子陈辞、众宾调和、女子借马、退还聘礼的经过，清楚地分为三段六个层次，韵随意转，脉络分明。无论是情节安排、人物刻画还是环境渲染，处处可见叙事、描写的精细功夫，比起前代叙事作品来明显可见技巧的提升和丰富。在语言形式上，通篇以七言为主，又随着故事内容的跌宕起伏，杂用五言和长短句。兰陵女诘问将军的长句子，每每多至十三字，最有助于辞气雄辩。结尾处"背上有物臃肿拳曲纵横束缚三尺高"一句竟至十五字，为古诗中所少见。诗的声律则尽量多用古调或拗句，可以清楚地看出清代诗学中普遍为人关注的古诗声调论的影响。

王闿运

王闿运（1832—1916），字壬秋，又字壬父，晚号湘绮，世称湘绮老人，湘潭（今属湖南）人。自幼苦学，博览群书。咸丰三年（1855）中举人。太平天国革命爆发，曾入曾国藩幕府，后在四川、湖南、江西等地讲学，门生满天下。辛亥革命后，曾任清史馆馆长、参议院参政。工诗词，擅古文，为晚清汉魏六朝诗派和湖湘派的领袖人物，集中刻意之作"辞采巨丽，用意精严"（汪辟疆《近代诗人述评》）。有《湘绮楼诗文集》《湘绮楼日记》《湘军志》等，门人辑其著作为《湘绮楼全书》。

圆明园词 [1]

宜春苑中萤火飞 [2]，建章长乐柳十围 [3]。离宫从来奉游豫 [4]，皇居那复在郊圻 [5]？旧池澄绿流燕蓟 [6]，洗马高梁游牧地 [7]。北藩本镇故元都 [8]，西山自拥兴王气 [9]。九衢尘起暗连天 [10]，辰极星移北斗边 [11]。沟洫填淤成斥卤 [12]，宫廷映带觅泉原 [13]。淳泓稍见丹棱沂〔14〕，陂陀先起畅春园〔15〕。畅春风光秀南苑〔16〕，霓旌凤盖长游宴〔17〕。地灵不惜瓮山湖〔18〕，天题更创圆明殿〔19〕。圆明拜赐在潜龙〔20〕，因回邸第作郊宫〔21〕。十八篱门随曲涧〔22〕，七楹正殿倚乔松〔23〕。斋堂四十皆依水〔24〕，山石参差尽亚风〔25〕。甘泉避暑因留跸〔26〕，长杨扈从且张弓〔27〕。

纯皇缵业当全盛〔28〕，江海无波待游幸〔29〕。行所留连赏四园〔30〕，画师写仿开双境〔31〕。谁道江南风景佳〔32〕，移天缩地在君怀〔33〕。当时只拟成灵囿〔34〕，小费何曾数露台〔35〕。殷勤无逸箴骄念〔36〕，岂意玄皇失恭俭〔37〕！秋狝俄闻罢木兰〔38〕，妖氛暗已传离坎〔39〕。吏治陵迟民困痛〔40〕，长鲸跋浪海波枯〔41〕。始闻计吏忧财赋〔42〕，欲卖行宫助转输〔43〕。沉吟五十年前事〔44〕，厝火薪边然已至〔45〕。揭竿敢欲犯阿房〔46〕，探丸早见诛文吏〔47〕。此时先帝见忧危〔48〕，诏选三臣出视师〔49〕。宣室无人侍前席〔50〕，郊坛有恨哭遗黎〔51〕。年年辇路看春草〔52〕，处处伤心对花鸟。玉女投壶强笑歌〔53〕，金杯掷酒连昏晓。四时景物爱郊居，玄冬入内望春初〔54〕。袅袅四春随凤辇〔55〕，沉沉五夜递铜鱼〔56〕。内装颇学崔家髻〔57〕，讽谏频除姜后珥〔58〕。玉露旋惊车毂鸣〔59〕，金鸾莫问残灯

事^[60]。鼎湖弓剑恨空还^[61]，郊垒风烟一炬间^[62]。玉泉悲咽昆明塞^[63]，惟有铜犀守荆棘^[64]。青芝岫里狐夜啼^[65]，绣漪桥下鱼空泣^[66]。

何人老监福园门^[67]，曾缀朝班奉至尊^[68]。昔日喧阗厌朝贵^[69]，于今寂寞喜游人。游人朝贵殊喧寂，偶来无复金闺客^[70]。贤良门闭有残砖^[71]，光明殿毁寻颓壁^[72]。文宗新构清辉堂^[73]，为近前湖纳晓光^[74]。妖梦林神辞二品^[75]，佛城舍卫散诸方^[76]。湖中蒲稗依依长，阶前蒿艾萧萧响。枯树重抽盗作薪，游鳞暂跃惊逢网。别有开云镂月台^[77]，太平三圣昔同来^[78]。宁知乱竹侵苔出，不见春风泣露开。平湖西去轩亭在^[79]，题壁银钩连到薤^[80]。金梯步步度莲花^[81]，绿窗处处留螺黛^[82]。当时仓卒动铃驼^[83]，守宫上直余嫔娥^[84]。芦笳短吹随秋月，豆粥长饥望热河^[85]。东门旦开胡雏过^[86]，正有王公班道左^[87]。敌兵未爇雍门萩^[88]，牧童已见骊山火^[89]。应怜蓬岛一孤臣^[90]，欲持高洁比灵均。丞相迎兵只握节^[91]，徒人拒寇死当门^[92]。即今福海冤如海^[93]，谁信神州尚有神！百年成毁何匆促，四海荒残如在目。丹城紫禁犹可归^[94]，岂闻江燕巢林木^[95]？

废宇倾基君好看，艰危始识中兴难。已惩御史言修复〔96〕，休遣中官织锦纨〔97〕。锦纨枉竭江南赋，鸳文龙爪新还故〔98〕。总饶结彩大宫门〔99〕，何如旧日西湖路〔100〕。西湖地薄比郇瑕〔101〕，武清暂住已倾家〔102〕。惟应鱼稻资民利，莫教鹦柳斗宫花〔103〕。词臣讵解论都赋〔104〕，挽辂难移幸雒车〔105〕。相如徒有《上林》颂〔106〕，不遇良时空自嗟。

注 释

〔1〕选自岳麓书社 1996 年版《湘绮楼诗文集》。圆明园：清皇室宫苑，位于今北京西郊海淀区东部。咸丰十年（1860），英法联军攻占北京，大肆劫掠园中珍宝，并纵火焚毁，一代名园遂成废墟。同治十年(1871)四月十日，王闿运与友人徐钧、张雨山同游圆明园遗址，目睹断壁残垣，抚今追昔，百感交集，归寓写下这首长诗，传诵于时。

〔2〕宜春苑：秦代宫苑，遗址在今陕西长安区南。

〔3〕建章、长乐：汉代皇宫中宫殿名。这里借指圆明园。

〔4〕离宫：帝王外出巡游临时居住的宫室。游豫：游乐。

〔5〕郊圻（qí）：指郊外。

〔6〕旧池:指昆明湖,在今颐和园内,即郦道元《水经注》所谓"燕之旧池"。燕蓟：指北京的西北部。春秋时燕国建都于蓟，故址在今北京市西南蓟州区。

〔7〕洗马、高粱：即洗马沟、高梁河，在北京西郊，昆明湖水东流入此。

〔8〕"北藩"句：谓北京原本是北方的藩镇，元朝建都于此。明永乐十九年（1421），明成祖亦迁都于此。

〔9〕西山：在北京市西郊。王气：振兴王业的祥瑞之气。

〔10〕九衢：四通八达的街道。

〔11〕辰极星：即北极星，亦称北辰，旧谓帝王之星。

〔12〕沟洫：田间水渠。斥卤：盐碱地。

〔13〕泉原：即泉源。

〔14〕淳泓：水深静貌。丹棱沜（pàn）：园内水池名。沜，同"畔"，水岸边。

〔15〕陂陀：倾斜貌，此指倾斜的山坡。畅春园：据《嘉庆一统志·京师·苑囿》载，康熙时在明代李伟的旧园址改建，取名畅春园。

〔16〕南苑：又名南海子，在北京永定门外，明永乐年间建成，明清两代为专供皇帝游猎的场所。

〔17〕霓旌：绣有云霓的旗帜，帝王出行时的一种仪仗。凤盖：供帝王遮阳用的绣有凤凰图案的华盖。

〔18〕地灵：地所体现的灵异。瓮山湖：指昆明湖。瓮山，又称邕山，系玉泉山支脉，在北京西郊，昆明湖水源出于此。

〔19〕天题：指皇帝所题。清圣祖将畅春园的一部分赐给太子胤禛，御笔亲题园额"圆明"，故称"圆明殿"。胤禛即位后作《圆明园记》云："圆而入神，君子之时中也；明而普照，达人之睿智也。"

〔20〕潜龙：喻帝王尚未即位之时，此指雍正为太子日。

〔21〕邸第：指雍正的府第。郊宫：即行宫。雍正即帝位后，便将康熙帝
　　　所赐之圆明园改作行宫。

〔22〕十八篱门：指圆明园内有十八座大门。篱门，古时称行宫之门。

〔23〕七楹正殿：出入贤良门内有正大光明殿，宽七间。

〔24〕斋堂四十：园中四字题额者共有四十所，高宗以为四十景。

〔25〕亚风：指仿效成风。

〔26〕甘泉：秦汉时宫名，此指圆明园。跸（bì）：帝王的车驾。

〔27〕长杨：秦汉时宫名，此指圆明园。扈从：皇帝出巡时的护驾侍从人员。
　　　弢（tāo）弓：携带弓箭，指打猎。

〔28〕纯皇：清高宗乾隆帝，纯皇为其谥号。缵（zuǎn）业：继承先业。

〔29〕游幸：指帝王出宫巡游。

〔30〕行所：离宫。四园：指圆明园内照海宁安澜园、江宁瞻园、苏州狮子林、
　　　钱塘小有天园仿建的四处胜景。

〔31〕双境：重叠之胜境。此句当指画师们汇集了江南无数名园胜境，使
　　　它们再现于圆明园内。

〔32〕"谁道"二句：谓乾隆六次南巡，举凡江南名胜，必命画师绘图，然
　　　后仿其形制，一一在园中建造。

〔33〕如注〔30〕所举四园，故谓"移天缩地"。

〔34〕灵囿：周文王畜养禽兽的园林。

〔35〕露台：凉台。

〔36〕无逸：《尚书》中篇名，相传为周公劝诫成王之辞。无逸，勿荒淫逸乐。
箴：规劝。

〔37〕玄皇：唐玄宗，此借指乾隆皇帝。

〔38〕秋狝（xiǎn）：秋天出猎。木兰：清初在今河北围场县所建的狩猎场，
称"木兰围场"。皇帝常于秋天率王公贵族到木兰围场狩猎，称"木
兰秋狝"。道光以后，国势日危，"木兰秋狝"始罢。

〔39〕妖氛：不祥之气，此指社会动乱。离坎：八卦中的二卦，离卦象火，
坎卦象水，以示灾祸。此指八卦教。

〔40〕陵迟：腐朽溃败。

〔41〕"长鲸"句：用鲸鱼掀起巨浪、海水枯竭来比喻英法联军入侵给中国
人民带来的灾难。长鲸，或比喻敌方军舰。

〔42〕计吏：古代郡国上计的官吏。战国时，郡臣须在年末将赋税收入写
于木券，呈送国君考核，称"上计"。此指管理财务的大臣。

〔43〕转输：转运输送，即周转之意。

〔44〕五十年前：指道光元年（1821）至今作诗之时，正好五十年。

〔45〕"厝火"句：语出《汉书·贾谊传》："夫抱火厝之积薪之下，而寝其上，
火未及燃，因谓之安，方今之势，何以异此！"比喻社会潜伏着巨
大的危机。厝，安放。然，同"燃"。

〔46〕揭竿：语出贾谊《过秦论》："斩木为兵，揭竿为旗。"指陈胜、吴广

起义，反抗暴秦统治。此指太平天国起义。阿房：阿房宫，秦代宫苑，项羽入关后焚毁，此借指北京。

〔47〕探丸：《汉书·酷吏传》："长安中奸滑浸多，闾里少年群辈杀吏，受赇报仇，相与探丸为弹。得赤丸者斫武吏，得黑丸者斫文吏，白者主治丧。"这里指军务与政事分治，文官经常被太平军诛杀。

〔48〕先帝：清文宗奕詝，即咸丰帝。因诗作于同治间，故称先帝。

〔49〕"诏选"句：指清文宗派胜保、曾国藩、袁甲三统率军队镇压太平天国。视师，指挥军队。

〔50〕"宣室"句：用《史记·屈原贾谊列传》之典："贾生征见。孝文帝方受釐，坐宣室。上因感鬼神事，而问鬼神之本。贾生因具道所以然之状。至夜半，文帝前席。"宣室，汉未央宫中的殿名。前席，移坐而前。此句言帝身边无人可咨询。据作者自注，文宗曾以"宣室前席"为考御史诗题。

〔51〕"郊坛"句：据徐树钧《诗序》载，咸丰九年（1859）冬，文宗郊宿于斋宫，思及眼下内忧外患的景象，至夜失声痛哭。遗黎，劫后幸存的百姓。

〔52〕辇路：宫中君王车驾所行道路。

〔53〕玉女：东方朔《神异经》："东荒山中有大石室，东王公居焉……恒与一玉女投壶，每投千二百矫。设有入不出者，天为之嘻嘘。矫出而脱误不接者，天为之笑。"此言文宗退朝之后，寄情于诗酒，时召

妃御，日夜行游。

〔54〕玄冬：古以四方为四季之位，北方对应冬位，其色黑，玄为黑色，故称玄冬。作者自注：“初例，十月入大内，三月园居。文宗以宫中行止有节、侍御不乐，常迟至冬至始入，正月十五后，即出幸园中。”

〔55〕袅袅：形容体态轻盈柔美。四春：文宗所宠的四个汉女。徐树钧《诗序》云：“时园中传有四春之宠，皆汉女，分居亭馆，所谓杏花春、武陵春、牡丹春、海棠春者也。”凤辇：皇帝乘坐的车子。

〔56〕五夜：即午夜。铜鱼：即铜鱼符，奉召进入宫禁的凭证。《新唐书·百官志》：“凡有召者，降墨敕、勘铜鱼、木契，然后入。”

〔57〕内装：宫女装束。崔家髻：崔氏乃汉妇，曾入宫为乳妪。

〔58〕“讽谏”句：《列女传》：姜后有贤德，周宣王尝早卧晏起，姜后遂脱簪珥待罪于永巷，以示讽谏。宣王从此便早朝晏退，勤于政事，并成就中兴之业。此以姜后喻文宗孝贞皇后，即后来与慈禧一同垂帘听政的慈安太后。珥，女子耳饰。

〔59〕玉露：秋天的露水。杜甫《秋兴》：“玉露凋伤枫树林。”此句指文宗率后妃仓促逃往热河。

〔60〕金銮：即金銮殿，为唐代皇帝受群臣朝见的大殿。此暗用李商隐《烧香曲》句：“蜀殿琼人伴夜深，金銮不问残灯事。”

〔61〕鼎湖：传说为黄帝乘龙升天处，见《史记·封禅书》。后世遂以代称帝王之死。此指文宗薨于热河行宫。

〔62〕郊垒：原指郊外的营垒，此指北京西郊的圆明园。意谓一代名园转眼间便化为灰烬。

〔63〕玉泉：在颐和园西玉泉山麓，其水自池底上翻，似沸汤滚腾，遂有"玉泉垂虹"的美称。昆明：即颐和园昆明湖。

〔64〕"惟有"句：意谓一代名园遭毁，只剩昆明湖东岸的铜牛还卧于荆棘丛中。作者自注："乾隆四十四年，以昆明湖成，作铜犀勒铭纪之。咸丰十年，英夷兵入，犀为土人击尾取铜，事定以棘围之。"

〔65〕青芝岫（xiù）：北京房山大石，清初米万钟取至良乡，费多不能给，筑屋盖之。高宗载至清漪园正殿，为屏门，因其色青而赐此名。

〔66〕绣漪桥：圆明园中桥名。

〔67〕老监：指圆明园守园的董太监，居福园门旁。诗人游圆明园遗址时，其年已六十。福园门：圆明园东南门。

〔68〕缀：编列。朝班：官员朝见皇帝的行列。至尊：指皇帝。

〔69〕喧阗（tián）：喧闹拥挤。

〔70〕金闺：即汉宫中金马门，为文士待诏处。徐树均《圆明园词序》："文武侍从，并直园林，入直奏对，昕夕往来，络绎道路。"

〔71〕贤良门：在圆明园正中宫廷区，进大宫门后的门。圆明园正门曰"出入贤良"。

〔72〕光明殿：即正大光明殿，在贤良门北，是圆明园的正殿，乃皇帝在园内上朝听政之处。

〔73〕清辉堂：即清辉殿，在寝宫之东，靠近前湖。刚竣工即遭焚毁。

〔74〕前湖：在正大光明殿北面的寿山后。

〔75〕"妖梦"句：徐树钧《诗序》载："园宫未焚前一岁，妖言传上坐寝殿，见白须老翁自称园神，请辞而去，上梦中加神二品阶。明日至祠，谕祠之，未一期而园毁。"

〔76〕舍卫：圆明园中后湖西北的大建筑群之一，模仿佛城而筑。其中供佛千座，故云佛城。舍卫，原系古印度城名，传释迦牟尼居此多年，有祇园精舍，为佛讲道之所。

〔77〕开云镂月台：即镂月开云台，原称牡丹台，是园内宫苑之一。

〔78〕三圣：指康熙、雍正与乾隆三帝。徐树钧《诗序》载，雍正在为皇太子之时，曾于赏花时节迎康熙帝至赐园，其时乾隆年仅十二，以皇孙召侍左右，三代天子集于一堂。

〔79〕平湖：圆明园内福海区仿杭州西湖"平湖秋月"而构筑的胜景。

〔80〕"题壁"句：作者自注："窗壁多嵌纸绢，皆乾隆时名手所书进。"银钩，指遒劲有力的书法。倒薤，篆书的一种。庾肩吾《书品论》："参差倒薤，长短悬针。"

〔81〕金梯：华丽的阶梯。莲花：《南史·齐东昏侯纪》："凿金为莲花以帖地，令潘妃行其上，曰：'此步步生莲花也。'"

〔82〕"绿窗"句：谓宫中窗多屋少，望望相通，脂粉之痕，存于壁纸。螺黛，古代女子用以画眉的一种颜料。

〔83〕"当时"句：写英法联军攻陷天津，直逼北京时，咸丰帝仓皇逃奔热河行宫。铃驼，骆驼颈间悬挂的铃。

〔84〕"守宫"句：只有未从行的宫女留守。上直，即值班。

〔85〕"芦笳"二句：徐树钧《诗序》载，咸丰帝出京后，"道路初无供帐，途出密云，御食豆乳麦粥而已"。芦笳，用芦管制作的乐器。

〔86〕"东门"句：一作"上东门开胡雏过"。上东门，洛阳城门名。《晋书·石勒载记》："勒年十四，随邑人行贩洛阳，倚啸上东门，王衍见而异之。"此处代指北京城门。胡雏：胡儿，喻英法侵略者。

〔87〕"正有"句：指恭亲王率诸大臣列于道路旁迎接侵略军入城事。班，排列。

〔88〕爇（ruò）：焚烧。雍门：春秋时齐国的城门，此借指圆明园的宫门。楸（qiū）：梓树。

〔89〕骊山：在今陕西临潼区东南，为古代骊戎所居之地，故名骊山。骊山离阿房宫仅四十余公里，故古人诗文中常以骊山火起指代阿房宫被焚。作者自注："夷人入京，遂至园宫。见陈设巨丽，相戒弗入，云恐以失物索偿也。乃夷人出，而贵族穷者倡率奸民，假夷为名，遂先纵火。夷人还而大掠矣。"

〔90〕孤臣：指孤立无援的圆明园守臣文丰。徐树钧《诗序》载，英法联军至圆明园时，"管园大臣文丰当门止之。夷兵已去，文都统知奸民当起，环问守卫禁兵，一无在者，索马还内，投福海死"。蓬岛：即"蓬莱瑶台"，福海中的小岛，文丰投湖之处。

〔91〕丞相：指大学士桂良等，开安定门迎英法联军入城。节：节操。此句言主和派官僚谈判求和，避免了尽忠死节的结局。

〔92〕徒人：赤手空拳的人，指文丰。当门：守在门口。

〔93〕福海：位于圆明园中部，面积约二十七万余平方米。

〔94〕丹城紫禁：指红墙围绕的紫禁城。

〔95〕"岂闻"句：江燕巢林木，语出《资治通鉴》卷一二六宋文帝元嘉二十八年（451），"魏人凡破南兖、徐、兖、豫、青、冀六州，杀伤不可胜计……所过郡县，赤地无余。春燕归，巢于林木"。此言皇帝暂时离开紫禁城，比起百姓惨遭屠杀又算得了什么呢？

〔96〕"已惩"句：同治初御史德泰上奏请复修园宫，诏旨切责谪戍，未行，德泰忿悔自到而死。

〔97〕"休遣"句：徐树钧《诗序》载，同治八九年间，为准备穆宗立后，费用已千万，而结彩宫门，至十余万。中官：宦官。

〔98〕鸳文龙爪：衣服上所绣的图案。作者自注："制后宝衣，上含珠宝值十余万金，已用十六万，成其半耳。"

〔99〕"总饶"句：作者自注："大婚礼新议宫门皆结彩幔，用绉绸八十余万匹，初拟费用数百万。户部尚书宝鋆言，旧制不过为万余。不听，遂用至二千万而不足办。若以千万修复园居，则群知其非也，大婚诏言节俭而糜费，不可诘，亦不可言也。"饶，增添。

〔100〕西湖：即昆明湖。

〔101〕郇瑕：春秋时古国，郇在今山西临猗县西南，瑕在今山西临晋县东北，皆以土地贫瘠而闻名。

〔102〕武清：指明朝万历年间武清侯李伟，其清华园在圆明园南，圣祖在其旧址筑畅春园。

〔103〕鹦柳：借指春天。宫花：宫中的花木。此句言不能让春色都被宫廷占尽，讽宫廷不应夺民生计。

〔104〕"词臣"句：英法联军进逼北京时，有人主张迁都西安，王闿运亦持此见。诸督抚言不便，遂未成。论都：议论迁都之事。论都赋：指东汉班固所撰《两都赋》。据自序，东汉定都洛阳后，"西土耆老"仍希望以长安为国都，因作此赋以驳之。《西都赋》托西都宾之口陈述长安形势之险要、物产之富庶、宫室之华美，以见长安作为都城的优势；《东都赋》则托东都主人之口颂美朝廷定都洛阳后的各种善政，说明洛阳文明、风物之盛已过长安。

〔105〕"挽辂"句：言未能阻止咸丰帝逃往热河。辂、车辕前的横木。雒，古"洛"字，指唐副都洛阳。"幸雒"是帝出逃热河行宫的婉曲说法。

〔106〕相如：西汉辞赋家司马相如。《上林》颂：司马相如曾作《上林赋》，颂扬诸侯国楚、齐苑囿之盛大，叙述天子游猎的快意，而篇末归于崇俭，以寓讽谏之意。

鉴 赏

据作者自撰诗注跋：“同治十年四月十日，与徐叔鸿、张雨山同寻海淀故宫，因访园中逸事，证以余所闻见，成诗一篇。拟之元相《连昌》之作、郑峋《津阳》之咏，文或不逮，时则尤近。”可知《圆明园词》像唐元稹《连昌宫词》、郑峋《津阳门诗》一样，也是借一座宫殿来书写王朝盛衰的长篇史诗。在京师的宫苑中，圆明园是最富有传奇色彩的皇家宫苑，借助于数码技术的景观复原，至今我们还不能不为它恢弘精致的华美所震慑！这座绝世名园在清末的毁圮正是王朝走向末日最贴切不过的象征。而王闿运以圆明园为题赋诗，也算是巧占天时、地利、人和，自然地站到一个史诗的领奖台上。全诗清楚地分为四段。从开篇到“长杨扈从且弢弓”是第一段，回顾圆明园的由来，其中又分三层：先写西郊为京师胜地，继写圣祖喜其地而筑畅春园，再述世宗以赐园为圆明园，层次相当清晰。从“纯皇缵业当全盛”到“绣漪桥下鱼空泣”是第二段，陈述圆明园盛衰之迹，也分三层，先说乾隆盛世对圆明园的增修，继写嘉道间的内忧外患，最后叙述英法联军入侵，文宗出逃并薨于热河行宫的动荡历史。从“何人老监福园门”到“岂闻江燕巢林木”是第三段，记守园董太监所述文宗西狩及圆明园焚毁的经过，分为两层，前述三圣同集圆明园的盛况，后述文宗仓皇出逃、圆明园惨遭焚毁的经过。“废宇倾基君好看”以下为第四段，抒发游园所见触动的感慨，由同治初御史德泰上奏请修复圆明园而被诏切责，而几年后穆宗大婚豪奢所费愈甚，深感清王朝正像眼前"废宇倾基君好看"的圆明园一样，其倾覆之势已无可挽救。"艰危始识中兴难"的委婉结论并不能掩盖他满怀沉忧的悲观情绪，诗的结尾分明流露出源自个人经历的深刻绝望和无奈。从秦阿房宫、汉未央宫、唐大明宫到清圆明园、颐和园，宫苑兴废一直是王朝盛衰最直观、最鲜明的象征，于是从元稹《连昌宫词》到王闿运《圆明园词》，这类书写一代名苑盛衰的长篇歌咏，也自然地成为王朝没落的挽歌。到王国维《颐和园词》问世，漫长的封建时代也告终止，只留下那些华丽的宫苑传奇，供后人寄托对旧日繁华的凭吊和想象。

谭 献

谭献（1832—1901），字仲修，号复堂，仁和（今浙江杭州）人。同治六年（1867）举人。官安徽，历任歙县、全椒、合肥、宿松诸县知县。工诗文，精于词学，为晚清著名词家。有《复堂词》《复堂日记》等，编有《箧中词》。

蝶 恋 花 [1]

庭院深深人悄悄 [2]。埋怨鹦哥 [3]，错报韦郎到。压鬓钗梁金凤小 [4]。低头只是闲烦恼。　　花发江南年正少。红袖高楼，争抵还乡好 [5]？遮断行人西去道。轻躯愿化车前草 [6]。

注 释

〔1〕选自浙江古籍出版社 2012 年版《谭献集》。蝶恋花：原为唐教坊曲，后成为词牌，本名《鹊踏枝》，又名《黄金缕》《卷珠帘》等，正体为双调六十字。本篇写唐范摅《云溪友议》卷三所载的韦皋、玉箫故事。

韦皋游江夏，止于姜使君之馆，课其子荆宝。荆宝有小青衣玉箫，常令侍韦，日久生情。后韦归乡视亲，荆宝命青衣从侍之，韦固辞之，约少则五载，多则七年，必来迎娶，留玉指环并诗一首为赠。洎八年而不至，玉箫叹道："韦家郎君，一别七年，是不来矣。"遂绝食而殒。

〔2〕庭院深深：本自欧阳修《蝶恋花》："庭院深深深几许。"

〔3〕鹦哥：即鹦鹉。

〔4〕钗梁：钗的主干。金凤：钗头的装饰。

〔5〕争抵：怎比。

〔6〕车前草：一种草名，又名当道。

鉴 赏

这首词取材于唐韦皋、玉箫的浪漫传奇，托玉箫之口抒发相思之情。词的构思多本自前人，却不乏推陈出新之意。首句脱胎于欧词，即以"人悄悄"之静衬托"埋怨鹦哥"之闹。怨禽鸟误传情人归讯，本是唐诗旧意，如李端《闺情》："月落星稀天欲明，孤灯未灭梦难成。披衣更向门前望，不忿朝来鹊喜声。"富寿荪说："'披衣'二句，不怨良人不归，却咎鹊语无验，与施肩吾《望夫词》'自家夫婿无消息，却恨桥头卖卜人'，皆用意温厚，婉曲相似。"（《千首唐人绝句》）但两诗只写了女子心理，谭献更续以"压鬘"两句

情态描写，便平添许多韵致。尤其是"低头只是闲烦恼"一句，状玉箫独自怄气的情态甚为传神。过片回想当年韦皋思亲情切，当春而归，虽合乎"客行虽云乐，不如早旋归"（《古诗十九首·明月何皎皎》）的人之常情，但对玉箫来说却是很痛苦的事。一年年过去，韦皋并未践约迎娶，失望之余，玉箫竟然生发一个痴绝的奇想："遮断行人西去道。轻躯愿化车前草。""轻躯"在此明显是女子的口吻，因而使词的叙述角度发生了转变，变成玉箫第一人称的陈情，同时倒装句又颠倒两句的因果顺序，就造成十分奇警的艺术效果。

黄遵宪

黄遵宪（1848—1905），字公度，别号人境庐主人，汉族客家人，出生于嘉应（今广东梅州）。光绪二年（1876）举人，翌年同乡翰林院侍讲何如璋出为首任驻日公使，被荐为参赞官，随行日本。后累任美国旧金山总领事、驻英参赞、新加坡总领事，被誉为"近代中国走向世界第一人"。戊戌变法期间，署湖南按察使，助巡抚陈宝箴推行新政。变法失败后，被革职放归故里，郁郁而终。政余作诗甚富，喜以新事物入诗，且提倡"吾手写吾口"，被丘逢甲推为"诗世界之哥伦布"。著有《人境庐诗草》《日本国志》《日本杂事诗》等。

登巴黎铁塔 [1]

塔高法国三百迈突 [2]，当中国千尺。人力所造，五部洲最高处也 [3]。

拔地崛然起，峻峥矗百丈 [4]。自非假羽翼，孰能蹑履

上^[5]？高标悬金针^[6]，四维挂铁网^[7]。下竖五丈旗^[8]，可容千人帐^[9]。石础森开张^[10]，露阙屹相向^[11]。游人企足看^[12]，已惊眼界创。

悬车倏上腾^[13]，乍闻辘轳响^[14]。人已不翼飞，迥出空虚上^[15]。并世无二尊，独立绝依傍。即居最下层，高已莫能抗。苍苍覆大圜^[16]，森芒列万象。呼吸通帝座^[17]，疑可通肸蚃^[18]。自天下至地，俯察不复仰。但恨目力穷，更无外物障。

离离画方罫^[19]，万顷开沃壤。微茫一线遥，千里走河广^[20]。宫阙与城垒，一气作苍莽。不辨牛马人^[21]，沙虫纷扰攘^[22]。我从下界来，小大顿变相。未知天眼窥^[23]，幺麽作何状^[24]？北风冰海来^[25]，秋气何飒爽。海西数点烟，英伦郁相望^[26]。

缅昔百年役^[27]，裂地争霸王。驱民入锋镝^[28]，倾国竭府帑^[29]。其后拿破仑^[30]，盖世气无两。胜尊天单于^[31]，败作降王长。欧洲古战场，好胜不相让。即今正六帝^[32]，各负天下壮。等是蛮触争^[33]，纷纷校得丧^[34]。

嗟我稊米身^[35]，尫弱不自量^[36]。一览小天下^[37]，五洲如在掌。既登绝顶高，更作凌风想。何时御气游^[38]，乘球恣来往^{〔39〕}。扶摇九万里^{〔40〕}，一笑吾其傲^{〔41〕}。

注　释

〔1〕选自上海古籍出版社2014年版《人境庐诗草笺注》上册。光绪十七
　　年（1891）秋，作者赴新加坡总领事任、途经巴黎时游埃菲尔铁塔，
　　作此诗纪事。

〔2〕迈突：法语公尺mètre的音译。

〔3〕五部洲：即五大洲。

〔4〕峻峥：高耸险峻貌。

〔5〕蹑履：穿鞋，这里指步登。

〔6〕高标：塔尖，用杜甫《同诸公登慈恩寺塔》：“高标跨苍穹。”金针：
　　避雷针。

〔7〕四维：四个角。

〔8〕五丈旗：大旗。暗用《史记·秦始皇本纪》：“先作前殿阿房……上
　　可以坐万人，下可以建五丈旗。”

〔9〕千人帐：言铁塔底座面积广大。暗用《北史·宇文恺传》：“炀帝北巡，
　　欲夸戎狄。会恺为大帐，其下坐数千人。”

〔10〕石础：柱子底部的石礅。森开张：石础排列井然。杜甫《天育骠骑
　　图歌》：“卓立天骨森开张。”

〔11〕露阙：指铁塔底层的大门。屹相向：杜甫《丹青引》：“榻上庭前屹相向。”

〔12〕企足：踮脚。

〔13〕悬车：电梯。自注："登塔者皆坐飞车，旋引而上。"

〔14〕辘轳（lù lu）：牵引电梯的滑轮钢索。

〔15〕"迥出"句：凌空而起。此句反用高适《同诸公登慈恩寺塔》"言是羽翼生，迥出虚空上"之意。

〔16〕苍苍：天色。《庄子·逍遥游》："天之苍苍。"大圜（yuán）：指天。《管子·内业》："乃能戴大圜而履大方。"尹知章注："大圜，天也。"

〔17〕帝座：天帝的宝座，又为星名，属武仙座。此句用李白故事。唐冯贽《云仙散记》："李白登华山落雁峰，曰：'此山最高，呼吸之气，想通天帝座矣。恨不携谢朓惊人诗来，搔首问青天耳！'"

〔18〕肸蠁（xī xiǎng）：弥漫散布。左思《吴都赋》："光色炫晃，芳馥肸蠁。"

〔19〕方罫（guà）：方格。

〔20〕河广：《诗·卫风》有《河广》篇："谁谓河广，一苇航之。"这里指塞纳河。

〔21〕"不辨"句：《庄子·秋水》："两涘渚涯之间，不辨牛马。"

〔22〕沙虫：喻街市嘈杂。《艺文类聚》卷九十引葛洪《抱朴子》："周穆王南征，一军尽化，君子为猿为鹤，小人为虫为沙。"

〔23〕天眼：上天的眼光，或曰佛教五眼之一，即天趣之眼，能透视六道四方未来。《大智度论》："天眼通者，于眼得色界四大造清净色，是名天眼。天眼所见自地及下地六道中众生诸物，若远若近，若覆若细，

诸色无不能照见。"

〔24〕幺麽：微细事物。

〔25〕冰海：似指北冰洋。

〔26〕英伦：指英伦三岛英格兰、苏格兰、爱尔兰。

〔27〕缅昔：回忆往昔。百年役：作者自注："西历一千三百余年，法国绝
嗣，英王以法王四世非立外孙，欲兼王法国，法人不允，遂开战争。
凡九十余年，世谓之百年之役。"

〔28〕锋镝：刀刃和箭头，代指战争。

〔29〕府帑（tǎng）：国库的财富。

〔30〕拿破仑：拿破仑·波拿巴（1769—1821），出生于科西嘉岛，法国
大革命期间参加革命，获少将军衔。1799 年发动雾月政变，建立执
政府，自任第一执政，1804 年加冕称帝，将共和国变成帝国。对内
多次镇压反对势力的叛乱，对外多次发动扩张战争，形成了庞大的
帝国体系。1814 年欧洲反法联军攻陷巴黎，流放拿破仑至厄尔巴岛。
1815 年率军再返巴黎，建立百日王朝。滑铁卢之役战败后被流放，
病逝于圣赫勒拿岛。

〔31〕天单于：汉时匈奴称其首领为天单于。

〔32〕六帝：指当时欧洲英维多利亚女王、德威廉二世、意维陀罗伊曼纽
尔三世、俄亚历山大三世、奥佛兰约瑟一世及法六强国君主。法国
属共和国体，实无皇帝。

〔33〕蛮触：《庄子·则阳》："有国于蜗之左角者曰触氏，有国于蜗之右角
者曰蛮氏，时相与争地而战，伏尸数万，逐北旬有五日而后反。"这
是比喻欧洲各国间的战争全都是触、蛮似的小国之争。

〔34〕校得丧：争胜负。

〔35〕稊（tí）米：小米。《庄子·秋水》："计中国之在海内，不似稊米之
在太仓乎？"

〔36〕尪（wāng）弱：瘦弱。

〔37〕"一览"句：语本《孟子·尽心上》："孔子登东山而小鲁，登泰山而
小天下。"又，杜甫《望岳》："一览众山小。"

〔38〕御气游：古代传说仙人能御气而行。御，驾驭。

〔39〕乘球：乘坐热气球。

〔40〕扶摇：飓风。《庄子·逍遥游》："抟扶摇而上者九万里。"

〔41〕傥：同"倘"，倘或。

鉴赏

　　黄遵宪未必是第一个看到埃菲尔铁塔的华人，但可能是第一位
为铁塔写诗的中国诗人。埃菲尔铁塔竣工于 1889 年，最初是为庆
祝法国大革命一百周年而建，后来逐渐成为旅游名胜，被法国人爱
称为"铁娘子"，是巴黎的标志建筑之一，与东京铁塔、帝国大厦
并称为西方三大著名建筑。在塔的四个面上，铭刻有为保护铁塔不

被摧毁而从事研究的七十二位科学家的名字。但黄遵宪看到它时，它还只是刚建起两年的新地标。作为一位来自前工业社会的文人官员，黄遵宪的观感停留在对铁塔的物理属性的惊叹赞美和对欧洲历史的陈腐评论上。

全诗分为五段：第一段十二句，写塔底所见，包括铁塔底部的结构；第二段十六句，从"悬传倏上腾"到"更无外物障"，写乘电梯到达铁塔底层的高旷感觉；第三段十六句，从"离离画方罫"到"英伦郁相望"，写远近眺望所见；第四段十四句，由英、法地理的毗邻引起对欧洲一个世纪争战历史的回顾；最后一段十句，由登塔而生发乘热气球周游列国的幻想。应该说，无论是诗的主题还是取材，对于中国诗歌来说都是很新鲜的，可我们读起来却感觉不到多少异国情调。归根到底，黄遵宪与眼前的巴黎是格格不入的，所以非但一大段对欧洲历史的回顾与铁塔毫不相关，那种出自天朝意识的睥睨姿态和议论也显得有点陈腐。语言表现则过于中国化、古典化，除了少数专有名词外，几乎看不出什么法国色彩。而且他的艺术思维显然受杜甫等《同诸公登慈恩寺塔》的影响太深，语词也用得太熟，因此全诗给人的感觉，就像徐志摩的《再别康桥》一样，纯然是用古典针线缝制的一袭洋装。不过，这并不妨碍它成为近代诗歌中具有特殊意义的作品，它毕竟记录了最初走出国门的近代文人面对西洋物质文明的巨大成就所产生的巨大惊讶和新奇感觉，尽

管他只能利用古典诗歌的传统资源来模塑和传达这种感觉，但"乘球自来往"这有点让人产生动漫联想的愿景，终究刷新了"吾当乘云螭"(《古风》十一)、"乘云驾轻鸿"(《古风》二十八)之类的李白式幻想模式，给古典诗歌的幻想带来一种新的感觉经验。

陈三立

陈三立（1852—1937），字伯严，号散原，义宁（今江西修水）人。光绪十五年（1889）进士，官吏部主事。曾参加戊戌变法。辛亥革命后，以遗老自居。卢沟桥事变后，忧愤而死。诗歌好用生词拗句，显得峭硬艰涩，为"同光体"的代表作家。著有《散原精舍诗文集》等。

晓抵九江作 [1]

藏舟夜半负之去 [2]，摇兀江湖便可怜 [3]。合眼风涛移枕上，抚膺家国逼灯前 [4]。鼾声邻榻添雷吼 [5]，曙色孤篷漏日妍 [6]。咫尺琵琶亭畔客 [7]，起看啼雁万峰颠。

注 释

〔1〕选自上海古籍出版社 2014 年版《散原精舍诗文集》上册。此诗作于光绪二十七年(1901)南归途中。时清廷与八国联军签订《辛丑条约》，诗人感怀时事，写作此诗，抒发忧国忧民之情。九江：今江西九江市。

〔2〕"藏舟"句：《庄子·大宗师》："夫藏舟于壑，藏山于泽，谓之固矣；然而夜半有力者负之而走，昧者不知也。"此既写夜中乘船往九江之景，亦暗寓中国如危船之摇荡，而国人浑然不觉。

〔3〕摇兀：摇荡。

〔4〕抚膺：捶拍胸口。逼：迫近，接近。

〔5〕"鼾声"句：岳珂《桯史》：宋太祖赵匡胤伐南唐，李煜派徐铉为使请求缓兵。宋太祖曰："江南亦何罪？但天下一家，卧榻之侧，岂容他人鼾睡耶？"这里既是实写船中人鼾声如雷，又双关列强侵略中国。

〔6〕"曙色"句：意为曙光从船缝照进舱内。时光绪帝由西安归京，政局稍安，故有此喻。

〔7〕琵琶亭：在江西九江的浔阳江边，即唐白居易《琵琶行》所述送客之处。

鉴赏

一篇夜晚乘船的即事之作，只因写作于特殊的时间点和心境下，便在寻常的叙事中注入了不同寻常的感受和笔法，读来给人异样的感觉。首联用《庄子》典故写搭乘夜船便很奇特，"藏舟"双关当下国势舆情而令人不觉，直到第四句"家国"二字出现，才点明前三句"藏舟""摇兀""风涛"隐喻之意。"抚膺"句用很具象的"逼"字形容抽象的家国情怀，用很具体的环境"灯前"代指内心的意识活动，取意十分奇警。颈联继续用邻榻鼾声和窗隙曙色双关眼前政局，同时暗示自己彻夜不寐的殷忧。尾联用上下相贯的句法扣题，上句用名词句将自己与琵琶亭相联系，赋予身世之感以历史的厚度；结句在开阔的视野中展开，顿清船舱的污浊气氛，令人精神一爽。陈三立诗立意劖刻，用字狠重，善于赋予平常字眼以很重的力度。本诗第四句的"逼"、第六句的"漏"就是很好的例子，细玩之不难体会。

范当世

范当世（1854—1905），原名铸，字铜士，后改无错，号肯堂，又号伯子，通州（今江苏南通）人。少有才名，初从刘熙载学《艺概》，继从张裕钊学古文，与同里张謇、朱铭盘合称"通州三生"。关心国事，研讨学问，然怀才不遇，九应乡试皆落第，遂四方漫游。曾主持观津书院，与贺涛齐名，有"南范北贺"之称。后馆于李鸿章家。甲午之战后辞归，致力于桑梓教育，任东渐书院山长，参与筹办南通小学堂。诗有盛名，多沉郁苍凉之作。有《范伯子诗文集》。

大桥墓下 [1]

草草征夫往月归 [2]，今来墓下一沾衣。百年土穴何须共 [3]，三载秋坟且汝违。树木有生还自长，草根无泪不能肥。泱泱河水东城暮 [4]，仃与何人守落晖？

注 释

〔1〕 选自上海古籍出版社 2015 版《范伯子诗文集》上册。这是作者在亡妻墓地所作的感怀之作。大桥：为诗人发妻吴氏名。吴氏卒于光绪十年（1884），享年三十一岁，葬于南通州东门外范氏祖茔。

〔2〕 草草：忧虑、劳心。《诗·小雅·巷伯》：“劳人草草。”征夫：在外行役之人，诗人自指。往月：上个月。

〔3〕 百年土穴：指坟墓。刘向《列女传·息君夫人》载息夫人诗曰：“谷则异室，死则同穴。谓予不信，有如皦日。”

〔4〕 泱（yāng）泱：水深广貌。

鉴 赏

这是一首非常质朴、毫无雕饰而感情深厚的怀念亡妻之作。说它毫无雕饰，从诗题即可看出。直呼亡妻之名在前人悼亡诗中是很少见的，通常都称亡妻。那是交代死者的身份，亡妻是被言说的“她”，读者则可以是任何人。而直呼亡妻之名，就意味着诗是写给“汝”的，读者至多是亲族友朋，少数知道大桥是谁的人。这样，诗就成了作者面对大桥墓的一番独白，三年漂泊归来向亡妻的一番倾诉。“树木”两句表示旅食在外未能祭扫的歉疚，是很自然的情愫，但写成“草根无泪不能肥”，就把那种怆痛述说得格外凄绝，甚至到了刺痛人心的程度，成为全诗的警句。结联衬托着城外河岸的背景，将自己

孤独的身影定格在夕阳的余晖中，而眼前泱泱的流水仿佛都成了无尽的哀思。无论从哪方面看，这都是一首朴素得看不到修辞痕迹的诗作。正因为没有修辞的蔽障，我们因而可以洞达诗人的内心，看到那心灵的墓地上开出的一朵绝望的花。

陈 衍

陈衍（1856—1937），字叔伊，号石遗老人，侯官（今属福建）人。光绪八年（1882）举人，曾入台湾巡抚刘铭传幕。光绪二十四年（1898）在京撰《戊戌变法榷议》十条，提倡维新。政变后，应湖广总督张之洞之邀，往武昌任官报局总编纂。二十八年（1902）应经济特科试不中。后任学部主事、京师大学堂教习。入民国后以遗老自居，在南北各大学讲授，编修《福建通志》。晚年寓居苏州，与章炳麟、金天翮共倡国学会，并任无锡国专教授。诗词皆有盛名，为"同光体"重要作家。著作刊为《石遗室丛书》，诗文集外尚有《石遗室诗话》《辽诗纪事》《金诗纪事》《元诗纪事》等，选有《近代诗钞》《宋诗精华录》。

冬日种竹竟活喜作 [1]

平生爱种碧琅玕 [2]，自别乡山见汝难。久客归来方草草 [3]，此君请到一竿竿 [4]。托身已恐泥多浊 [5]，卒岁殊忧天又寒。毕竟交情穷乃见 [6]，满庭玉立足清欢。

清诗鉴赏

注释

〔1〕选自上海三联书店 2013 年版《陈衍诗歌选评注》。种竹宜于春秋，诗人冬日种竹，意外竟活，喜而有诗。

〔2〕琅玕（láng gān）：一种碧玉，前人诗中常以喻竹。

〔3〕草草：生活不安定貌，详前范当世《大桥墓下》注〔2〕。

〔4〕此君：刘义庆《世说新语·任诞》："王子猷尝暂寄人空宅住，便令种竹。或问：'暂住何烦尔！'王啸咏良久，直指竹曰：'何可一日无此君？'"

〔5〕泥多浊：王逸《九思·哀岁》："伤俗兮泥浊，曚蔽兮不章。"

〔6〕"毕竟"句：《史记·汲郑列传赞》："下邽翟公有言：始翟公为廷尉，宾客阗门；及废，门外可设雀罗。翟公复为廷尉，宾客欲往，翟公乃大署其门曰：'一死一生，乃知交情；一贫一富，乃知交态；一贵一贱，交情乃见。'"

鉴赏

这是日常生活中的即事之作。古人以竹的潇洒挺拔之姿最近于君子风操，居处必栽竹。王子猷暂时寄居空宅，犹且令人栽竹，苏东坡说"宁可食无肉，不可居无竹"（《於潜僧绿筠轩》），就更不足为奇了。不过竹不宜冬天栽种，陈衍随意一栽竟然成活，不由得喜出望外。诗里将这喜而复忧、忧而复喜的心情，用第二人称娓娓道来，曲尽其意。通篇文字虽似很浅白,却也俱有来历,再织入"此君""交情"两个熟典，就突出了避世独善的情怀。结句的"清欢"是宋人发明的日常生活中的一种美学趣味，很贴合此诗给人的美感。

朱祖谋

朱祖谋（1857—1931），原名孝臧，字藿生，一字古微，号沤尹，又号彊村，归安（今浙江湖州）人。光绪九年（1883）进士，选庶吉士，后官至礼部右侍郎，因病告归，寓居上海。精于词学，与王鹏运、况周颐、郑文焯并称为"晚清四大词人"。王国维称其词"学梦窗而情味较梦窗犹胜"。著有《彊村语业》，编有《彊村遗书》《宋词三百首》等。

鹧鸪天·九日丰宜门外过裴村别业 [1]

野水斜桥又一时。愁心空诉故鸥知 [2]。凄迷南郭垂鞭过，清苦西峰侧帽窥 [3]。　　新雪涕，旧弦诗。惝惝 [4]门馆蝶来稀。红萸白菊浑无恙 [5]，只是风前有所思。

注 释

〔1〕选自浙江古籍出版社 2015 年版《彊村语业笺注》。据龙榆生《词学季刊》第一卷记载，这首词是戊戌变法失败、刘光第就义后作，表

达了对故友的悼念。九日：即九月九日重阳节。丰宜门：北京南面的城门。裴村：刘光第（1859—1898），字裴村，富顺（今属四川）人。光绪九年（1883）进士，授刑部候补主事。光绪二十四年（1898）九月，与谭嗣同等四人授四品卿衔军机章京，参预新政。变法失败后与林旭等六人同被处斩，世称"戊戌六君子"。有《衷圣斋诗文集》《诗拟议》传世。别业：即别墅，刘光第宅邸在北京丰宜门（即右安门）外。

〔2〕故鸥：详前申涵光《无才》注〔7〕，后多以鸥鸟指同心不欺之友。

〔3〕"清苦"句：用姜夔《点绛唇》："数峰清苦，商略黄昏雨。"西峰，指北京西山。侧帽，《周书·独孤信传》："信在秦州，尝因猎，日暮，驰马入城，其帽微侧。诘旦，而史民有戴帽者，咸慕信而侧帽焉。其为邻境及士庶所重如此。"后以喻举止倜傥，为人仿效。纳兰性德词集名《侧帽集》，其《踏莎行》有句云："倚柳题笺，当花侧帽，赏心应比驱驰好。"

〔4〕愔（yīn）愔：幽深寂静的样子。

〔5〕红萸：即茱萸，旧俗重阳节必登高，折茱萸插头上，认为可辟恶气而御初寒。

鉴 赏

　　过亡友故居最是人生一种不堪之境，向秀《思旧赋》即以善达此情而竟成名作。本篇也是一首思旧赋，不过是以词体写成的。起

首"野水斜桥"略状荒凉之景，"又一时"隐含此一时彼一时之意，顿启重游亡友故居的悲绪。故人已矣，衷情何诉，唯有付之"故鸥"。而鸥鸟又岂能解会？故知为"空诉"。怅惘之情，至此已满纸上。经行城南旧径，无非沉浸于伤悼凄迷；远眺西山群峰，却引发故人丰仪的追忆。多少情愁哀思都在"垂鞭过""侧帽窥"两个动作中尽数传达。过片"新雪涕，旧弦诗"两个短句，将"雪""弦"两个名词用作动词，使今日之情与昔日之事交相叠加，愈益强化了眼前的门馆冷落、物是人非之感。"红萸白菊浑无恙"一句乃是以乐景写哀的表现手法，不仅花的无恙反衬了人的凋谢，花的浑然无知也反衬了人的创痛，但作者仅用"只是风前有所思"一句貌似轻漫的表达，压抑下沉重的悲哀。其实这轻轻的着笔，留下更深长的回味，词学家朱彊村自然深明"词之言长"的道理。

谭嗣同

谭嗣同（1865—1898），字复生，号壮飞，浏阳（今属湖南）人。湖北巡抚继洵子。光绪二十二年（1896）奉父命捐江苏候补知府，翌年与唐才常等倡办时务学堂，主办《湘报》，倡言开矿山、修铁路，宣传变法维新。所著《仁学》，为维新派第一部哲学著作。光绪二十四年（1898）六月应诏入京，与林旭、刘光第、杨锐同授四品卿衔军机章京，参与变法。失败后被杀，年仅三十三岁。著有《谭嗣同全集》《远遗堂集外文》等。

狱中题壁 [1]

望门投止思张俭 [2]，忍死须臾待杜根 [3]。我自横刀向天笑 [4]，去留肝胆两昆仑 [5]。

注 释

〔1〕选自中华书局 1981 年版《谭嗣同全集》增订本。光绪二十四年（1898）戊戌变法失败后，作者拒绝亲友的劝告、慨然赴义。本诗

清诗鉴赏

作于狱中。

〔2〕投止：投宿。张俭：东汉末年人，因被诬告结党营私而逃亡，时人敬仰他的为人，都舍命保护他。诗人用这一典故，寄望康有为、梁启超也能像张俭一样受到保护。

〔3〕杜根：东汉人，因上书请邓太后还政权于安帝，而被太后下令装入麻袋摔死。执刑者同情他，不忍下手，杜根装死三日后逸去，隐身于酒馆为佣。及邓太后被诛，官复御史。谭嗣同借用这个典故，激励维新志士勿失斗志，暂时隐忍，以待异日东山再起。

〔4〕横刀：刀搁在脖子上。

〔5〕"去留"句："去"指流亡海外的康有为和梁启超，"留"指诗人自己。不论流亡者还是持守者，同样都是肝胆相照的伟丈夫。

鉴赏

光绪二十四年（1898）九月二十一日，慈禧太后发动政变，连发谕旨捉拿维新志士。谭嗣同闻讯，不顾自身的安危，多方筹划，营救光绪帝，但不幸均告失败。本有机会逃离的他，决心一死以殉变法事业，用生命向封建势力做最后的抗争。他这样回答劝说他逃离的人："各国变法无不从流血而成，今日中国未闻有因变法而流血者，此国之所以不昌也。有之，请自嗣同始！"年轻的谭嗣同因此被梁启超称为"中国为国流血第一士"。这首狱中题壁之作，大义凛然，视死如归，同时也不傲视流亡的友人，其光明磊落的节操和肝胆相照之情，今天读来仍为之震撼，为之热血沸腾。往古迄今，这样的志士仁人，这样的诗歌，都是中华民族的脊梁和所有的希望。

秋 瑾

秋瑾（1875—1907），字璿卿，一字竞雄，号鉴湖女侠，绍兴（今属浙江）人。父寿南官郴州知州。幼年随兄读书家塾，好文史，能诗词，十五岁即从表兄学骑马击剑，接受新式教育和女权思想。归王廷钧，因不满于旧式婚姻，1904 年东渡日本留学，加入同盟会。翌年回国办中国公学，办《中国女报》，提倡男女平权。后参加徐锡麟武装起义，失败被俘就义，年仅三十二岁。后人辑其诗文编为《秋瑾集》。

感 怀 [1]

莽莽神州叹陆沉 [2]，救时无计愧偷生。抟沙有愿兴亡楚 [3]，博浪无椎击暴秦 [4]。国破方知人种贱，义高不碍客囊贫。经营恨未酬同志，把剑悲歌涕泪横。

注 释

〔1〕选自上海古籍出版社 1991 年版《秋瑾集》。这是一首慷慨言志之作，

秋
瑾

　　抒发济世乏术、壮志未酬的悲愤情怀。

〔2〕陆沉：陆地沉没，比喻民族危亡。刘义庆《世说新语·轻诋》："遂
　　　使神州陆沉，百年丘墟。"

〔3〕抟（tuán）沙：将沙握成一团。近代以来，每言国人如一盘散沙，
　　　抟沙即指团结人民。兴亡楚：复兴被灭亡的国家。《史记·项羽本纪》载，
　　　秦始皇虽灭楚国，但楚南公却预言："楚虽三户，亡秦必楚。"后秦
　　　果为项羽所灭。

〔4〕"博浪"句：《史记·留侯世家》载，韩为秦所灭，张良招募刺客复仇。
　　　值秦始皇东巡，张良使力士袭击于博浪沙，铁椎误中副车。这里暗
　　　喻推翻清王朝。

鉴赏

　　顾炎武曾说："保国者，其君其臣肉食者谋之；保天下者，匹
夫之贱，与有责焉耳矣。"（《日知录·正始》）国家就是现政权，国
家兴亡是一朝一姓的存亡，自有当权食禄者去经营；而天下则意味
着民族和文化，它的存亡与每个人都切身相关。在秋瑾这首言志诗
中，"莽莽神州叹陆沉"正意味着民族而非王朝的危亡，而"救时
无计愧偷生"更超脱了性别观念的局限，赋予抒情主人公一种忧伤
莫名、惭愤交集的悲壮色彩。在首联总写天下兴亡和个人责任之后，
颔联承次句，用典故作对仗，具体演绎了"无计"："抟沙"是欲有

325

所为，而"无椎"则又是无技可施。于是颈联只得回到首句，述说"陆沉"的结果：上句说国破必导致民族自卑，下句说贫困更激起复兴壮志。诗的情调由此落而复振，因而结联重应三句"有愿"的主题，再明"经营"之志。虽说暂无成功以告慰知己，但结句的把剑悲歌、涕泪纵横已不复低徊于"叹陆沉""愧偷生"的凄怆，而充溢一股惘惘不甘的慷慨之气。回顾近代以来的历史，我们决不能忘记，一批巾帼英豪在世道最黑暗之际，前仆后继地表现了令须眉瞠目的最坚决地冲破黑暗的勇气，秋瑾乃是其中的第一位！

王国维

王国维（1877—1927），字静安，一字伯隅，号观堂，海宁（今属浙江）人。清诸生。青年时代热心学习西洋哲学、美学，后复留意于古典文学和语言文字。所著《人间词话》对当时文艺美学影响极大。曾留学日本，归国后历任通州、苏州等学校教习。辛亥革命后，以遗老自居，潜心研究甲骨文、殷周金文和上古史，受聘为清华大学国学院教授。著有《静庵文集》《观堂集林》《人间词》《人间词话》《宋元戏曲考》等，门人赵万里等编为《海宁王静安先生遗书》。

鹧 鸪 天 [1]

阁道风飘五丈旗 [2]。层楼突兀与云齐。空余明月连钱列，不照红蕤倒井披 [3]。　　频摸索，且攀跻。千门万户是耶非 [4]？人间总是堪疑处，惟有兹疑不可疑。

注 释

〔1〕选自上海古籍出版社 2013 年版《王国维词集》。

清诗鉴赏

〔2〕"阁道"句：本自《史记·秦始皇本纪》："先作前殿阿房，东西五百步，南北五十丈，上可以坐万人，下可以建五丈旗。"阁道，两座建筑之间有顶的走廊。

〔3〕红葩倒井披：张衡《西京赋》："蒂倒茄与藻井，披红葩之狎猎。"红葩，藻井中画的红花。井，指藻井，即天花板。披，下垂貌。此言仰望藻井，花皆如倒披。

〔4〕千门万户：《史记·孝武本纪》："于是作建章宫，度为千门万户。"

鉴 赏

王国维年轻时一度很沉迷于词学，创作、批评都投入很大精力。虽然他的《人间词》远没有《人间词话》那么有影响，但他自己还是相当自负，以为有度越前贤的新境界，那就是哲理化。本篇就是一个表象化的哲理文本：一个高耸入云的空中楼阁，一个盲目的攀登者。虽然词的上阕对楼阁作了很具象化的细致描写，但仍给人玄虚缥缈之感，关键就在于那个攀登者自己也不清楚，千门万户哪个是真正的门户。这不禁让我们联想到叔本华《作为意志与表象的世界》里说的："我们恰如一个人绕着一座城堡转来转去，想找到一个入口处而终于白费心力。"本词写作时，王国维正醉心于叔本华的哲学、美学，他所要表达的是否就是这种感觉呢？这世间的一切都是可疑而难决的，只有这可疑本身却是无可怀疑的。这就是他在词的结尾所表达的感悟。无论它与叔本华哲学有没有关系，都在古老的词体中注入了一种新异的趣味，写出一种追寻形而上意味的寓言体词，或许可以称之为二十世纪的玄言词。联系中国文学的现代性问题来思考，王国维这类词作也可视为现代性的一个标志。